Guardianes de Sangre II
CASTIDAD
STEFANIA GIL
romance paranormal

Castidad
Serie Guardianes de Sangre II
Copyright © 2020 Stefania Gil
www.stefaniagil.com
**
All rights reserved.

En esta novela de romance paranormal los personajes, lugares y eventos descritos son ficticios. Cualquier similitud con lugares, situaciones y/o personas reales, vivas o muertas, es coincidencia.

Fotografía Portada: AdobeStock.com
Diseño de portada: ASC Studio Design
Maquetación: Stefania Gil

Todos los derechos reservados. Esta publicación no puede ser reproducida, ni en todo ni en parte, ni registrada en, o transmitida por un sistema de recuperación de información, en ninguna forma y por ningún medio, mecánico, fotoquímico, electrónico, magnético, electroóptico, por fotocopia o cualquier otro, sin el permiso previo por escrito del autor.

«Lo que ocurre en el pasado vuelve a ser vivido en la memoria».

— **John Dewey** —

Capítulo 1

Garret llamó a la puerta con timidez. Aun sabiendo que los Guardianes tenían un Coven de brujas aliadas para ayudarles en lo que fuera necesario, evitaba tener que pedirles ayuda. Sobre todo a esas como Loretta Brown; que eran aliadas porque así se les exigía al nacer. Porque su sangre procedía de uno de los linajes más fuertes de brujas que había.

Ser descendiente de Veronika Sas no era cualquier cosa y todas las bendiciones que otorgaba ese linaje debía ser usado siempre para el bien del mundo, sin importar si se estaba de acuerdo o no.

La vida de Loretta siempre estuvo rodeada de elementos imposibles de entender. Mucho conocimiento para procesar; grandes cargas energéticas que debían ser controladas para su uso correcto; y así, se le pasó la vida, perdiendo esa parte fundamental que cada mujer en la tierra debe vivir: colegios, amigos, universidad, amores, desamores, éxitos, fracasos, alegrías, tristezas; la construcción de momentos con diferentes personas que le llevaran a sentirse satisfecha con su vida.

Eso no lo tuvo.

Las descendientes de Veronika tenían una vida muy limitada. Escuela en casa, nada de amigos. Una vida solitaria en completa conexión con la naturaleza y aunque eso no era una regla impuesta dentro del Coven, se tomó como una tradición; y, para las brujas, las tradiciones, eran muy importantes.

Desde la caza de brujas empezaron a esconderse, a crear estas tradiciones que les mantenía fuera de los radares humanos llevándoles a educar a los niños en casa, obligándoles a mantener un estricto círculo de personas cercanas en las que podían confiar.

La magia solía guiarles y ayudarles a seleccionar a esas personas que se convertirían en parte de sus vidas.

Garret escuchó las uñas de los lobos traquetear el suelo de madera acompañando a Loretta en su recorrido hasta la puerta.

Cuando la puerta se abrió, Garret le sonrió con educación a la chica y le dio gusto saber que se encontraba físicamente bien.

Tenía el mismo semblante delicado y sereno que contrastaba tan bien con la mirada azul intenso que dejaba en claro todo lo que pensaba.

En ese momento, con solo verlo, le dejó saber que no era persona grata en su propiedad.

—Loretta.

—Garret.

Los lobos olfatearon el ambiente sin salir de la vivienda y luego, con toda la calma del mundo, les dieron la espalda dirigiéndose a otra estancia.

Garret resopló divertido y a ella no le hizo gracia su actitud.

—No me estoy burlando de ti.

—Como me creas estúpida te cierro la puerta en la cara y tu querida chica se queda sin mi ayuda —Garret se enserió por completo. No era el momento para pensar en tonterías como la de que los lobos de Loretta estaban tan aburridos de su vida como ella—. Y tampoco me tengas lástima.

—Sabes que nunca la he tenido, solo es que no entiendo por qué si no te gusta tu vida, ¿no te propones cambiarla?

—¿Haciendo qué? ¿Un divertido *show* en medio de la playa para atraer curiosos con la magia de los elementos? O metiéndome en una página de citas y rellenando mi perfil como: bruja potente busca hombre que sea valiente y comprensivo.

Garret sonrió.

—Bueno, eso podría funcionar. Quizá atraerías a un hombre simpático que te ayude a ser más simpática.

Loretta se cruzó de brazos y lo vio con hastío.

Sabía por qué Garret estaba allí; sabía para qué le estuvo llamando las semanas previas al encuentro de ese día; y no era que no quería ayudar a la pobre chica que pasó muy mal rato en manos del cretino de Gabor, era que no quería tenerlos cerca.

A ellos.

Les temía, a pesar de que entendía que no podrían hacerle nada, que las leyes de la naturaleza se los impedirían y que ella podría neutralizarlos o matarlos en cualquier momento, la verdad era que les temía.

Cada vez que surgía la historia de que alguno de ellos enloquecía y arremetía contra la misma especie, Loretta avivaba a sus miedos hacia ellos.

Peor aun cuando iban atacando a humanos sin reparo alguno.

Sí, aunque sabía que era poderosa, les temía.

Irónicamente, siempre fue miedosa de todo lo paranormal que la rodeaba aunque la imagen que proyectara dijera otra cosa.

Era como la chica de las series de TV. Esas que le encantaba ver a diario.

Esa chica rubia y despampanante que hace suspirar a todos los chicos del colegio y que se siente como una diosa estando frente a ellos; y que, a puerta cerrada, en la privacidad de su habitación, no es más que un ser humano susceptible lleno de complejos y con una inseguridad tan grande como el planeta.

Así era Loretta y no quería cambiarlo porque su refugio, allí en el medio de la naturaleza, entre el océano y el bosque, era en donde se sentía más segura.

Era la vida que le tocó vivir a pesar —muy a pesar— de que no le gustaba.

Solo tenía que aceptarla y cumplir con las misiones que se le designaban.

Que siempre estaban ligadas a la Sociedad de los Guardianes de Sangre.

No era la primera vez que llamaban a su puerta, si bien era cierto que buscaban a otras del Coven primero.

Sabían de la fuerza de la magia de ella y lo incómoda que se sentía en presencia de los Farkas; por eso, casi no la solicitaban, pero si Garret estaba allí pidiéndole ayuda por la chica que atacó Gabor sería porque ella tenía lo necesario para ayudarle.

—Necesito tu ayuda, Loretta, esto es serio. No habría venido de no…

Loretta percibió el interés sincero que tenía el vampiro en la chica.

¿Le importaba?

No era posible.

Garret Farkas era muy conocido por sus máscaras blancas en las fiestas de la sociedad, con las que dejaba en claro el voto de castidad que hizo hacía tantísimos años.

Loretta estaba enterada, por las brujas de su familia, que cada uno de los Farkas tenía su propia cruz.

Sabía lo que significaba para ellos llevar encima la maldición, alimentarse de sangre, lo mal que también lo pasaron en la cacería de brujas.

Sobre todo Lorcan Farkas.

Ahora redimido a una mujer que parecía haberle dado la felicidad absoluta.

Los vio juntos en la última reunión de la sociedad cuando discutieron el porvenir de Gabor en cuanto lo hallaran.

Lorcan aprovechó la ocasión para presentar a la mujer como su compañera.

Había bebido su sangre y la comunión entre ellos era un hecho.

Se pertenecían.

Así funcionaba esa especie y su maldición.

En aquel momento, Loretta vio en los ojos de Heather el amor y la compresión por el hombre que la introdcía a un mundo que podría resultarle un *show* de circo.

Brujas, vampiros, los lobos.

Y ella, una simple humana.

También presenció en los ojos de la chica la angustia que ensombrecía esa felicidad que sentía junto a Lorcan, le tenía mucho cariño a la mujer que Gabor lastimó y se preocupaba por ella.

Gabor siempre fue el Farkas más detestable de toda la familia.

Loretta le dejó el paso libre y Garret asintió con la cabeza para entrar en la propiedad.

—Es algo en su memoria —comentó mientras Loretta cerraba la puerta.

La bruja guio a Garret hasta la cocina, se sirvió una taza de té sin ofrecerle nada a él.

No quería ser amable, solo estaba cumpliendo con su deber. Además, algo en su interior, desde hacía unos días, empezó a removerse; inquietándose por el estado de la chica que sabía empeoraría.

—¿Cómo se llama?

—Felicity.

Loretta bebió un sorbo de su infusión de rosas, las que ella misma cultivaba.

—Dana intentó pedirme ayuda.

—Lo sé, quiere arreglar el daño que le hicieron de alguna manera.

—Hay otras descendientes de Veronika, Garret. ¿Por qué yo?

—No lo sé, tú fuiste la primera persona en la que pensé en pedirle ayuda y luego Pál sugirió lo mismo… ¿casualidad?

Ella bufó.

—Sabes muy bien que no existen —la bruja tomó otro sorbo de la infusión—. ¿Qué te une a ella?

Garret la vio con temor.

No sabía cómo decirle que estaba perdidamente enamorado de Felicity.

La bruja no era tonta y apreció el sentimiento en su mirada.

Los Farkas podían ser letales, portadores de la maldición, podía sentir temor de estar junto a ellos y, sin embargo, no podrían engañarla si la veían a los ojos porque eran hombres sinceros.

—¿La amas? —Garret asintió una vez con la cabeza man-

teniendo la mirada de la bruja y sintiendo un leve cambio en su aroma.
Era el aroma de ella. Aquello le tomó por sorpresa, porque ninguno de ellos consiguió identificar antes el aroma de Loretta.
No podría describirlo, era tan sutil que se perdía en el ambiente; pero sí, lo notaba.
Loretta cerró su energía de nuevo recordándose que no podía bajar nunca la guardia ante otra persona.
Nunca. Desde que se quedara sola en el mundo, decidió encerrarse por completo en una burbuja que mantenía su esencia, aroma y energía; sellado, libre de cualquier mal que quisiera acecharla.
Libre de ellos.
Si la olían, la reconocerían y podrían encontrar sus debilidades. Eso no podía permitirlo.
Por ello, ninguno de los vampiros que conoció en su vida, reconocía su aroma. Y a pesar de haber bajado la guardia ahora con la noticia que Garret le daba, recuperó el control a tiempo.
Notó la decepción en la mirada de él tras no percibir nada más para oler en el ambiente.
Los lobos se removieron a su alrededor.
Tal como se removió su interior cuando el cambio de Garret la conmovió.
Conocía la historia de él y Diana. Su voto de castidad siempre le pareció la cosa más romántica y admirable que un hombre podía hacer para rendirle honor al amor que le tuvo a una mujer. También le parecía sacrificado y triste vivir en soledad para siempre; recordando un amor que causaba tanto dolor.
No le parecía justo.

—Si le barrieron la memoria, no hay nada que pueda hacer por ella, Garret, y lo sabes. Es peligroso para su mente.

—Lo aceptaría así de no ser porque el trauma es muy grande y el barrido no fue completo, Loretta —sintió un quiebre en la voz del hombre que la sorprendió y él no hizo nada por detener sus emociones—. Sueña cada noche con un maldito animal que se la come viva —la rabia apareció en los ojos del vampiro dejándole saber a la bruja que si Gabor estuviese allí, ante ellos, Garret le sacaba la cabeza sin contemplaciones; y ella no haría nada para impedírselo—. Se retuerce, grita pidiendo ayuda. Cada vez que cae la noche empieza a frotarse las manos y toda la casa se impregna de su pánico. Cada día se hunde más en sus terrores y los asume como parte de la realidad, Loretta; si sigue así la voy a perder y no… —se detuvo, intentando controlarse aunque no pudo hacerlo. Sus ojos se enrojecieron, así como su nariz, instando a Loretta a decidirse, debía ayudarlo. Bebió otro sorbo de su infusión y le extendió el resto a él para que hiciera lo mismo pensando que se negaría. El vampiro tomó la taza, sorprendiéndole y le sonrió de lado con la tristeza bañando sus ojos. Se quedó viendo la taza unos segundos y luego bebió un poco del líquido rojo oscuro del interior. Le ayudó, notó como respiró profundo y luego encontró fuerzas para continuar con su explicación—… no quiero perderla a ella también.

La bruja asintió, le sacó la taza de las manos y lo vio a los ojos de nuevo.

—Nunca he ayudado a nadie a revertir algo tan fuerte y menos, a que se enfrente a hechos tan crueles vividos en el pasado; no sé cómo hacerlo. Tendrás que concederme unos días para consultar a los ancestros.

—Voy a concederte lo que me pidas con tal de que la ayudes a ser la mujer que era antes. La mujer maravillosa que estaba llena de esperanzas y que siempre tenía una sonrisa para obsequiar. Haré lo que me pidas, Loretta.

—¿En dónde está?

—En la casa de veraneo.

Loretta se tranquilizó un poco, no tendría que viajar a la ciudad.

No era que no le gustaba visitar Nueva York, pero la verdad era que prefería mantenerse en poblados más pequeños. La gran manzana la agobiaba.

—¿Y está sola?

Garret asintió.

—Dana creó un escudo que la protege de Gabor, en caso de que quiera regresar por ella.

—No lo hará, si algo ha tenido Gabor toda su vida es que mide muy bien sus movimientos y sabe que regresar por tu chica sería una estupidez que lo llevaría a un desenlace fatal. Al igual que volcar su ira en la chica de tu hermano —lo vio con sorna—. Sus propósitos serán diferentes ahora. Cuéntame más sobre Felicity.

Garret le habló con total sinceridad. Le dijo todo lo que sabía de ella desde que la vio por primera vez en la oficina de la familia.

La rabia que sintió cuando se enteró de que Lorcan pagó exclusividad por ella, lo poco que deseó hacerse a un lado porque creyó que la chica era persona de interés para Lorcan.

Eso hablaba bien de Garret y lo mucho que amaba a su familia.

Siempre dispuesto a sacrificarse por ellos.

Por todos los que amaba.

Se concentró de nuevo en la historia que el hombre narraba, entendiendo que la vida de Felicity no fue buena nunca; víctima de abusos, malos tratos y tantas cosas más que le pareció muy injusto que, además, le tocara vivir una terrible experiencia en manos de un vampiro psicópata que la usó para lastimar a otros. Como carnada.

Se cruzó de brazos sintiéndose frustrada por las injusticias que vivían los inocentes.

Frunció el ceño y, sin darse cuenta, sus barreras se esfumaron haciendo que Garret parara en seco e hiciera una inspiración profunda, abriendo los ojos sorprendido por el olor que sentía.

La rabia de la bruja era picante, al punto que sintió un cosquilleo incontratable en la garganta.

Notó la reacción de ella y no llegó a comprender por qué ahora sí podía detectar su aroma, sus cambios.

Aroma que de repente pasó a ser incierto, como una extraña mezcla entre lo picante y lo dulce.

La molestia y la inocencia. Interpretó Garret de inmediato.

Ella se frotó las manos en el pantalón y los lobos se levantaron en el acto, gruñendo en dirección a Garret.

—¡Basta! —ordenó ella a los animales que, de inmediato, retrocedieron sin perderla de vista. Garret decidió mantenerse en silencio. Ella estaba increíblemente nerviosa—. Iré en cuanto pueda, Garret. Ahora necesito que te marches.

No quería exponer sus emociones. Era eso. Lo entendió en su mirada avergonzada.

Como cuando un niño es descubierto infraganti.

Garret se preguntó por qué ella se comportaba así si estaba claro que todos estaban en el mismo equipo.

No era que no conociera a brujas extrañas en su vida, claro que las había conocido, pero nunca como Loretta.

Asintió sin protestar a su petición. No quería que la bruja se arrepintiera en su decisión de ayudarle.

Así que, sin decir nada más, se dio la vuelta y salió de la propiedad para enfrentarse a un vendaval que azotaba la casa de manera sobrenatural.

Porque lo era.

La bruja estaba mal emocionalmente por alguna razón y los elementos reaccionaban a sus emociones.

Solo esperaba que lo que se removía en ella no le hiciera cambiar de decisión.

«Ayúdame, Diana, te lo suplico», no le pidió ayuda antes porque sentía que la estaba traicionando con Felicity; que sería injusto pedirle ayuda justo a ella, pero no sabía a quién más recurrir porque Diana siempre sería una mujer importante en su vida aunque ya no fuese la dueña de su corazón.

Y estaba convencido de que Diana, desde cualquier lugar en el que estuviera su espíritu, le escucharía y vendría en su ayuda.

***

Loretta Brown era la única hija que tuvieran Amanda y Wallace Brown.

Vivía en la casa que le perteneció a su familia materna de toda la vida. De cuando las brujas asentadas en el norte huyeron a diferentes sitios del sur por el miedo de ser capturadas y llevadas a la hoguera.

Una casa que, aunque vieja, se mantenía en pie; segura y hermosa, gracias a las bondades de la magia y de los hechizos que muchas de sus predecesoras hicieron en la propiedad.

La casa conservaba una esencia única que fue construyéndose poco a poco, generación tras generación y que le permitía fortalecer sus cimientos; abonar la tierra que la rodeaba, haciendo del lugar un sitio único para la supervivencia de las brujas que vivan en él.

Su abuela y su madre siempre le contaron la importancia de ser una descendiente de Veronika, la primera de las brujas fruto de la unión de un hijo de la condesa con una bruja blanca muy poderosa como lo fue Szilvia.

Y cada una de las brujas que pertenecían a ese linaje era especial.

Cada una tenía su magia que las hacía únicas.

Todas valientes, decididas y avocadas a luchar contra el mal que acecha el mundo mientras cuidan la tumba de la mujer que no debe ser despertada jamás.

Una historia que se transmite de generación en generación entre ellas explicando que, Veronika, junto a Pál Farkas, crearon la sociedad a la cual debían pertenecer les gustara o no.

Por ello sus barreras, que ahora parecían haberse esfumado.

Garret lo notó y eso la desestabilizó más, creando el viento que aún no cesaba en su propiedad y haciendo que los lobos se apartaran de su lado por completo porque no podían soportar la energía que estaba generando en ese momento.

Apagó la TV, disgustada con ella misma por ser tan torpe y haber cometido ese error.

Se dio la vuelta en la cama observando la noche a través de la ventana.

Recordó a su abuela, lo feliz que fue siendo bruja.

A su madre, que compartía la misma alegría de existir con sus poderes y las responsabilidades que esto traía consigo.

Su padre siempre se mantuvo alejado de las tradiciones de la familia, a pesar de que ella le pidiera mil veces ayuda para no desarrollar más su magia.

Aunque suplicara ir a la escuela y compartir con niños de su edad.

El hombre le decía que debía asumir la responsabilidad que tenía y para la cual estaba siendo educada; se daba cuenta ahora de que, en sus ojos, le expresaba su preocupación por encontrar la manera de hacerla feliz.
Por darle una vida mejor.
Aguantó mucho, hasta un día en el que su naturaleza humana no soportó más y decidió declarar una opción que a su abuela no le gustó en lo absoluto; haciéndole insoportable su estancia en la casa de ahí en adelante.
Su padre intentó sacarlas a ella y a su madre de ahí por todos los medios, pero la anciana hacía que las cosas se torcieran y lo arrastraba solo a él hacia la salida de la casa.
Un día se fue y nunca más supo de él.
Loretta pasó mucho tiempo tratando de reconciliarse con el mundo al que pertenecía.
La muerte de la abuela no ayudó porque eso desató la desesperación de su madre quien intentó, por todos los medios, volver a atraer al hombre que amaba a su vida pero le fue imposible; la abuela creó un hechizo tan potente para que su padre no recordara el camino de regreso a esa casa cuando decidió abandonarlas, que hizo que su rastro se perdiera para siempre.
Así que su madre se dedicó a servirle a la naturaleza, hasta que sintió el llamado de la misma y supo que se uniría a ella de nuevo.
Se convertiría en tierra.
Un día triste para Loretta que quedó muy sola y entendiendo aquello que su abuela siempre le dijo de que las brujas como ellas, estaban mejor solas porque podían concentrarse al completo en su deber.
Se acostumbró a estarlo, sin embargo, no era que le hacía gracia.

No por la soledad, no por estar a solas con ella misma que era gran parte de lo que debía hacer para reconocerse a sí misma y poder aceptarse tal como era, no era nada de eso. Ni siquiera tenía que ver con ser una descendiente de Veronika. No.
No le hacía gracia saberse sola en el mundo.
La verdad era que no tenía a nadie más que los lobos.
Y, a veces, quería tener al menos un amigo en quien pudiera confiar y contarle cómo se sentía.

Lo intentó, claro que lo intentó; mas nunca resultó bien el contacto que tuvo con el exterior haciéndole comprender pronto de que, aunque sola, en casa estaría mejor que en ningún otro lado.

El intento de tener una vida normal le llevó a sentir un estrés enorme y aquello desestabilizaba sus emociones haciendo que sus poderes se salieran de control y no era buena idea andar creando catástrofes naturales en cualquier momento de estrés del día.

El dinero no era una necesidad, mucho acumularon sus ancestros y siempre había abundancia material en la familia; el resto, lo proveía la tierra y el huerto que tenía en casa del cual se alimentaba a diario.

Su casa seguía estando oculta para la mayoría de las personas exceptuando para Pál y otros miembros de la sociedad.

Esa noche parecía que iba a ser larga porque no lograba encontrar un punto del cual aferrarse para calmarse y entregarse a los brazos del sueño profundo.

Bajó a la cocina para prepararse una infusión relajante.

Fue entonces cuando los lobos vinieron a ella tomando cada uno una posición.

Uno frente a la puerta de la cocina; el otro, de espaldas a

esta y viendo a los ojos a Loretta para dejarle saber qué ocurriría a continuación.

Loretta alcanzó a apagar la hornilla que calentaba el agua para la infusión justo antes de sentir que su cuerpo se desvanecía escurriéndose hacia el suelo.

Capítulo 2

Felicity veía abstraída el vaivén del mar. Aquel día estaba calmo y el clima era delicioso a pesar de estar finalizando el verano.

Los rayos del sol tocaban con suavidad su rostro y la invitaban a permanecer allí por el resto del día.

Podía hacerlo, nada se lo impedía.

En las últimas semanas tenía tiempo de sobra para disfrutar de esas cosas sublimes de la vida.

A las que se aferraba con una fuerza suprema para ver si conseguía alejar a los monstruos que la perseguían.

«Al monstruo», se corrigió, sintiendo que un escalofrío la recorría desde la cabeza hasta la punta de los dedos de los pies.

Había pasado un tiempo desde que Garret la llevara esa casa en Los Hamptons.

Todavía recordaba la sensación de pánico que tuvo en el parque, la noche antes de que Garret le dijera que ese mismo día la sacaría de la ciudad.

No habría querido marcharse así de casa, sin hablar antes con Heather pero tuvo que hacerlo porque, extrañamente, después de esa sensación de acoso en el parque, lo único que le hacía sentirse segura era Garret.

Sabía que no le conocía de mucho; sin embargo, desde el momento en el que lo vio, confió en él y no se refería al momento en el que entró con su hermano al apartamento en el que ella vivía con Heather.

O a la fiesta en Venecia.

No.

Se refería a la primera vez que lo vio en la oficina en la que él trabajaba.

La fiesta en Venecia, de la que poco recordaba, no había sido el primer encuentro entre ellos.

De hecho, en la fiesta poco pudo reconocerlo. La máscara blanca que llevaba puesta no permitía distinguir quién se encontraba debajo de esta, aunque Felicity lo supo en cuanto lo vio.

Sus ojos felinos estaban llenos de vergüenza; imposible pasarlos por alto.

De ese viaje poco más recordaba.

Una fiesta muy lujosa y un hombre que la acompañaba al cual no conseguía ponerle un rostro.

Ni voz, ni nada.

Parecía un condenado fantasma que la seguía y que, en ciertas ocasiones, le producía temor.

Un hombre que la contrató a través de la agencia de damas de compañía para la cual trabajó antes de que estuviera desaparecida.

Trabajo que ya no tenía que hacer porque estaban a salvo Heather y ella del hombre que las amenazó con matarlas si no cumplían con pagarle la deuda que la difunta hermana de

Heather le debía.

Heather estuvo de acuerdo con la sugerencia de Garret de que ella renunciara a todos sus trabajos y se quedara allí durante un tiempo, aclarando su mente. Su amiga le aseguró que el contacto con la naturaleza le devolvería la seguridad en sí misma, ya que no se sentía cómoda con la idea de volver a vivir en la ciudad.

Algo de dinero tenía reunido y podía tomarse un tiempo libre. Heather también le aseguró que no le faltaría nada porque ahora era el turno de ella de devolverle toda la ayuda económica que le dio.

No tenía ni idea de cuánto había sido, tampoco era que le importaba; pero esas pequeñas cosas se sumaban a la interminable lista de detalles que poco recordaba de un pasado no tan lejano. E incluso, del presente.

No entendía de dónde le venían todas las lagunas mentales que ahora tenía, nunca antes padeció algo así.

Era desesperante tener recuerdos inconclusos o recuerdos que no entendía de nada.

Como el de las pesadillas.

¿De dónde provenían? ¿Por qué sentía tan real sus pesadillas?

¿Por qué estuvo desaparecida un tiempo, según aseguraban todos, y no recordaba nada de ese tiempo?

¿Cómo era que, físicamente, estaba perfecta según los exámenes médicos y aun así sentía que su mente estaba cada vez peor?

¿Por qué nadie le daba una explicación precisa? Aunque presentía que todos sabían algo que ella no.

Conocía tan bien Heather, que estaba segura de que le ocultaba cosas.

¿Qué eran?

Heather actuaba tan extraño desde que entró aquella tarde en casa y la encontró leyendo la revista en el sofá; la sorpresa que se llevó al verla, el llanto de alegría, la cara de consternación cuando se dio cuenta de que ella no recordaba nada de lo que decía; de que todavía a ese día, allí, frente a la playa, Felicity pensaba que aquel día que regresó del trabajo, fue un día normal y corriente en su vida, cuando en realidad todos le aseguraban que estuvo desaparecida.

Su amiga actuaba extraño desde entonces. Salía con alguien de quien hablaba maravillas, pero se negaba a presentárselo porque insistía en que no era el momento, que lo primero era que Felicity estuviera bien del todo y luego festejarían y conocería a todo el que debía conocer.

Decía muchas incoherencias, o por lo menos, eso le parecía a ella.

Y sí, podía ser que Felicity estaba perdiendo la memoria, que no tenía claros sus recuerdos del pasado y del presente, que sufriera inesperados ataques de pánico, que no se recordara algo tan importante como haber desaparecido semanas de la vida de todos; pero no era estúpida y su amiga le ocultaba cosas que tenían que ver con ella, con su pérdida de memoria y con su desaparición.

Al igual que Garret.

Parecía querer contarle tantas cosas a veces. Otras, en los momentos en los que Felicity intentaba disimular el pánico que la embargaba al caer la noche, Garret enfurecía con gran disimulo; se le notaba el esfuerzo por controlarse y ser ese hombre paciente y cariñoso que era con ella.

¿Por qué?

Garret le apoyaba en todo momento, no se apartaba de ella si no para lo necesario o si ella le pedía un poco de espacio para estar a solas, sin pensarlo o sin cuestionarlo, Garret desaparecía hasta que ella así lo decidiera.

Al principio no entendía por qué él se mostraba tan amable y comprensivo, con el pasar de los días empezó a notar que él mostraba un genuino interés hacia ella.

Preocupación, instinto de protección, quería hacerla sentir bien y cómoda en todo momento.

La forma tan dulce en la que la veía y las palabras tan maravillosas que le decía, le hacían sentir cosas que ella creía que antes no experimentó, aunque, algo en su interior le indicaba que sí lo había hecho.

Creía recordar emociones importantes sentidas hacia un tiempo, es más, le parecía haber estado muy confundida o decepcionada; por supuesto, no tenía claras cuáles eran las emociones que sintió entonces ni cuándo o hacia quién las sintió.

Ahora todo en su vida era así, tan pronto como conseguía un vago recuerdo y quería atraparlo para conservarlo, este se esfumaba.

Su mente estaba cada vez peor.

Por ello no quería construir malos recuerdos en el presente.

Tenía sentimientos encontrados porque necesitaba empezar a tener una actividad en la cual ocuparse para mantenerse distraída y para sentir que estaba siendo una persona productiva; pero no quería marcharse de allí, del paisaje, del mar, de la serenidad que le daba enterrar los pies descalzos en la arena.

Del refugio en el que se convirtió esa casa.

No quería separarse de Garret y de lo bien que le hacía sentir porque esos sentimientos eran los que le mantenían cuerda, lo que hacía que sus lagunas no se profundizaran.

Lo que la llenaba de buenos recuerdos en el presente.

Del pasado le quedaban pocos, allí en algún lado, se ocultaban muchos más pero no encontraba la forma de sacarlos a la luz. Quizá eso acabaría con el maldito infierno que vivía cada noche cuando la dominaba el sueño.

Quiso apartar esos pensamientos de su cabeza y trató de concentrarse en el ruido del mar que le resultaba mágico y relajante.

Tenía por costumbre dormir con las ventanas abiertas para poder escuchar las olas romper usándolas como la mejor canción de cuna que escuchara en su vida.

Hasta que aparecía el maldito monstruo de sus pesadillas desde las sombras; la observaba, esperando el momento adecuado para hacerle daño.

Mucho daño.

La pesadilla, era una fantasía infernal de esas en las que hay seres místicos que solo se conocen por leyendas que han pasado de generación en generación.

Y entonces todo se volvía miedo, ansiedad, terror.

Se le cortaba la respiración, notaba que cada vez le costaba más despertar de ese momento maldito en el que sentía que se le iba la vida.

Que la mataban.

Tragó grueso, recordando esas imágenes que se repetían noche tras noche.

Que de no ser por Garret, su consuelo, sus palabras y sus brazos que la resguardaban protegiéndola con firmeza, habría enloquecido.

Necesitaba reparar todas las fisuras de su mente para poder entender, para ser la chica que fue antes, aunque ahora no deseaba volver a la vida que ella y Heather tuvieron.

Muertes, amenazas, venderse para conseguir dinero rápido.

No quería nada de eso, necesitaba empezar de cero; recuperando su cabeza, en primer lugar.

Sus recuerdos, incluso aquellos que la aterraban.

Esa mañana despertó decidida a decirle a Garret que le ayudara a buscar un oficio con el cual ganar dinero porque se negaba a pasar más tiempo en esa casa sin percibir dinero propio.

El hombre pareció ofenderse, la protegía de todo y todos; quería hacer lo imposible para ella se sintiera cómoda y sin problemas a su alrededor.

Ella sabía de sobra que la vida siempre estaba llena de problemas o de retos para superar y agradecía todas las atenciones de Garret hacia ella; sin embargo, necesitaba sentirse útil.

Él le prometió que le daría pronto alguna ocupación porque estaba intentando mover sus obligaciones en la empresa familiar de Nueva York a Los Hamptons para evitar tener que trasladarse con tanta frecuencia de un lado al otro.

Además, aseguraba que tenía mucho por recorrer en la zona porque podrían comprar algunos terrenos que se encontraban a la venta para levantar varias propiedades de lujo.

Felicity podría esperar por una ocupación sin problema, no tenía prisa ni lugar a dónde ir; o mejor dicho, un lugar en el que pudiera sentirse mejor que ahí, junto a él.

Esperaría.

A cambio, le propuso a Garret acceder a lo que todos proponían que hiciera: ponerse en tratamiento psicológico.

La verdad era que no había querido hacerlo porque sospechaba que esas terapias removerían cosas del pasado con su madre, su hermana muerta y esto último no iba a ser capaz de soportarlo.

A la vez, la sometería a ir levantando capas de su memoria hasta que encontrara la causa que creaba las lagunas.

Encontraría el trauma vivido el tiempo en el que estuvo desaparecida y tendría que obligarse a enfrentarse a un pasado que, aunque quería desvelar, no sabía si sería tan valiente para enfrentarlo y superarlo.

Esa mañana estaba dispuesta a intentarlo todo.

Necesitaba recuperar su confianza, su tranquilidad y entendía que eso solo sería atacando el problema de raíz.

Garret se fue a la ciudad por un par de días después de que conversaron, diciéndole que a su regreso buscarían todo lo necesario para sacarla del hoyo negro en el que vivían sus recuerdos; y prometió ayudarle a ganar dinero todos los meses reafirmando mil veces que no tenía ninguna necesidad de hacerlo porque él tenía dinero de sobra para darle a ella cubriendo con todas sus necesidades y caprichos si así lo deseaba.

Era un buen hombre, no quería aprovecharse de él de ninguna manera.

Se recostó de la camilla sintiendo el sol en la piel del rostro.

Cerró los ojos y respiró profundo.

Cuando estuvo a punto de entrar en algún momento relajante, un húmedo y frío cosquilleo entre los dedos de los pies la obligó a volver a la realidad.

Instintivamente sacó el pie al darse cuenta del inmenso y hermoso lobo que estaba frente a ella observándola con mirada juguetona.

El animal se sentó y se relamió el hocico.

Felicity se quedó inmóvil porque sí, el animal era hermoso pero intimidante y nada tenía que ver con un bonito y domesticado lobo siberiano de esos que tienen ojos de diferentes colores.

Este era salvaje.

Hasta le pareció que estaba fuera de lugar.

Se sintió nerviosa, mas algo en su interior la llevó a confiar en el animal.

Así como había confiado en Garret.

Extendió la mano y dejó que este olisqueara. En ese momento, otro animal de igual tamaño corrió hacia ellos haciendo que Felicity empezara a sentir algo de temor. ¿Podría haber una manada de lobos salvajes allí?

Era momento de volver a casa, «sin correr», se recordó; aunque en realidad le apetecía salir corriendo ya que no estaba segura de cuándo el amistoso encuentro podría acabar en tragedia.

Se levantó de su camilla con cautela, observando como los lobos se engarzaban en un combate divertido y fue cuando vio a una chica correr a su encuentro por la orilla del mar llamando a los animales a gritos por sus nombres.

Estos estaban muy ocupados revolcándose en la orilla del mar para prestarle atención a los llamados de su ama.

Decidió quedarse de pie, inmóvil esperando a que la chica se acercara.

Los lobos seguían en sus asuntos, sospechó entonces que no tenían algún interés en ella.

—¡Hola!

Felicity admiró la belleza natural y salvaje de la mujer. Con una piel blanca que lucía tan tersa que apetecía tocarla sin consentimiento alguno.

Ligeras sombras cumpliendo la función de pecas adornaban los pómulos de la chica con delicadeza, como si supieran que ese detalle le hacía más hermosa; y luego estaban sus ojos.

Felicity parpadeó un par de veces para cerciorarse de que sus ojos eran reales porque le parecía que en algún punto se fundían con el color del cielo de ese día.

Era un azul vibrante, puro, o eso creyó porque cuando la chica se acercó más y la tuvo a escasos centímetros, pudo detallar que en el interior de estos, el iris tenía delgadas y sutiles rayas de un azul verdoso y aquella combinación parecía que les daba luminosidad. La chica movió las manos frente a Felicity que la observaba atontada.

Felicity la vio divertida.

—Lo siento, no quería ser mal educada es que tienes un color de ojos...

—Inusual, lo sé. Gracias por recordármelo.

Felicity se enserió de inmediato y se reprochó haber dicho algo que hizo sentir muy incómoda a la mujer.

—No quería...

La chica negó con la cabeza viendo a los lobos y volvió los ojos al cielo en señal de que estaba harta de verles jugar de esa manera. Como si los animales no tuvieran remedio alguno. Luego le sonrió con amplitud a Felicity.

—Lo sé, no tomes mis palabras de forma textual, sé que no quisiste decir nada inapropiado, es lo que la gente suele hacer al verlos —señaló sus ojos—. Lo dije de un modo sarcástico porque a veces olvido que los tengo diferentes. No suelo salir de casa con frecuencia.

Felicity asintió; sintiéndose de pronto relajada, tranquila.

Se asombró cuando la embargó aquella sensación que tenía tanto tiempo sin sentir a plenitud y sin tener cerca a Garret.

—No debe ser fácil mantenerlos dentro de casa —comentó Felicity señalando a los lobos que aun jugaban en la orilla del mar; pero esta vez, corrían tras las olas que retrocedían, en un vano intento de poder atrapar alguna.

—Vivo cerca y la casa tiene espacio suficiente para que no tenga que preocuparme por ellos.

Felicity asintió. ¡Qué tonta era!

Era lógico y tuvo que haberlo razonarlo antes de lanzarle la pregunta a la mujer.

Le dio curiosidad saber qué hacía una chica tan guapa

encerrada en casa y cómo podía sobrevivir viviendo en Los Hamptons en una casa en la que sus inmensas mascotas tenían mucho espacio para correr y divertirse.

La chica la vio de reojo y sonrió de lado.

—No esperaba ver gente en casa de los Farkas en esta fecha.

Felicity parpadeó y la vio con sorpresa. ¿Conocía a Garret?

—Soy amiga de Garret, estoy aquí instalada por una temporada —respondió de la manera en la que Garret le pidió que lo hiciera a todo el que pudiese presentarse en esa casa y preguntarle que hacía ella allí.

La chica asintió y vio hacia la casa.

—Garret, ¿está? Me gustaría saludarlo.

—Oh no, fue a la ciudad por trabajo un par de días.

La chica volvió la mirada al mar y luego vio la hora en el reloj de muñeca que llevaba puesto.

—Muero de hambre, será mejor que regrese a casa que me queda una buena caminata —Vio a Felicity con una sonrisa sincera—. Mi nombre es Loretta, supongo que nos veremos en otra ocasión.

—Seguro, yo soy Felicity.

Loretta asintió una vez más y silbó a los lobos que, de inmediato, vinieron a ella.

—Nos vamos chicos, a despedirse.

Los animales hicieron una especie de reverencia a Felicity que los veía asombrada.

Quizá la chica era domadora de animales salvajes, por ello vivía en una gran casa y los animales le obedecían de esa manera que dejaba a cualquiera con la boca abierta.

La chica los observó orgullosa.

—Hasta luego, Felicity —empezó a caminar hacia la dirección en la que había llegado. Felicity levantó la mano a modo de despedida y Loretta se dio la vuelta de nuevo—: dale mis saludos a Garret, por favor.

La curiosidad de Felicity picó de inmediato haciéndola caer en el plan que la bruja tenía preparado para el encuentro con ella.

Se preguntó al instante de dónde conocería a Garret y cuántas cosas podría contarle de él. De esas que ella misma quería saber y que Garret callaba con tanto celo.

—¡Loretta! —Los lobos se detuvieron en el acto al igual que la chica que se dio la vuelta—: ¿Te gustaría comer conmigo? Tengo mucha comida y estoy sola y…

—¡Encantada! No creo que llegue a casa sin ponerme de mal humor por no tener comida pronto en la barriga. ¿Tienes vino?

—Mucho —Loretta ya estaba de nuevo frente a ella y los lobos, revolcándose una vez más en la arena mojada.

—No perdamos tiempo entonces, gracias por la invitación.

Felicity sonrió con alegría recordando a Heather y lo mucho que la extrañaba.

A pesar de que quería saber de dónde conocía a Garret le pudo más la emoción que le causó el simple hecho de pensar que, esa chica y ella, podían llegar a ser amigas.

***

Loretta observaba a Felicity moverse con total seguridad por la cocina de los Farkas.

La casa siempre le dio curiosidad en su interior. Estaba al tanto de la fortuna que manejaba esa familia y teniendo gustos tan rimbombantes en las mansiones que visitó de ellos en Europa y en el palacio en el que se celebraba la fiesta de las máscaras de la sociedad, pensaba que aquella propiedad sería como para entrar con lentes de sol bien oscuros en caso de que el brillo del color del oro te cegara con los reflejos del sol que bañaba la costa.

Se encontró todo lo contrario.

Una casa sobria, llena de blanco y azul marino, sofás cómodos de lona resistente a todo, alfombras de calidad pero no lujosa.

Muchas ventanas, luz natural y una vista estupenda desde cualquier rincón del salón o de la cocina.

Era grande, sin llegar a exagerar; espaciosa, lo ideal para veranear con la familia.

Y un desperdicio... porque nunca la usaban.

—Finalmente alguien hace uso de la casa.

Felicity, que lavaba la lechuga para preparar una ensalada fresca con trozos de pollo a la plancha y otros vegetales que encontró en el refrigerador, la vio con sorpresa.

—¿No vienen mucho?

—No vienen nunca —Loretta pensó en que debía mantener la boca cerrada en esos temas porque se daba cuenta de que la chica desconocía muchas cosas de los Farkas. Garret desconocía que ella estaría allí con Felicity ese día. El plan lo montó ella sola después de la visión que tuvo en la cocina de su casa unos días antes, así que debía ir con cuidado hasta hablar con Garret y saber qué sabía con exactitud Felicity sobre ellos como humanos y como vampiros. Tomó un cuchillo que estaba en la encimera y empezó a cortar los vegetales que Felicity iba lavando—. Son personas muy ocupadas, según parece, y de esos que compran propiedades para decir que tienen una casa en Los Hamptons. Da estatus, tú sabes.

Felicity sonrió con sinceridad y la bruja se relajó.

Era una chica delicada. A pesar de no tener una belleza áurea, su dulzura invitaba a acercarse y conocerla.

Aunque la pobre tuviera una carga emocional de mierda que le tenía el estómago revuelto a Loretta. Carga emocional, nervios extremos, miedos incontrolables, dudas, lagunas.

Dejó escapar el aire abatida porque sintió mucha lástima por ella y su situación.

Los ancestros le enviaron a Diana como mensajera para pedirle que ayudara a Garret; pero que, principalmente, ayudara a la chica.

Debía establecer un nexo con ella porque así sería que entendería cómo podría ayudarla a mejorar.

Aseguraron que mejoraría, ella lo mantendría en secreto porque odiaba levantar expectativas que luego no se cumplían.

—Te quedaste pensativa —Loretta habló viendo a Felicity vagar en sus recuerdos.

—Es mucho de lo que me pasa ahora. Intento recordar cosas que no recuerdo.

—Eso nos pasa a todos. Podría facilitarte algunas técnicas para que no olvides nada.

Felicity la vio a los ojos con atención.

Loretta le mantuvo la mirada.

Esperaba a que ella diera el siguiente paso, no pensó que se daría tan pronto. Supuso que ese momento ocurriría en los siguientes días que la visitara; así de sorpresiva era la vida a veces.

La ansiedad de Felicity hizo que los lobos corrieran hacia ellas y se pusieran a ladrar histéricos en la puerta trasera que conectaba la cocina con parte del jardín y la playa.

Felicity volvió la cabeza a ver qué diablos ocurría y Loretta quiso darles un castigo a sus mascotas por hacer tan bien su trabajo.

Esos dos lobos de la manada se quedarían con Felicity el

tiempo necesario y los demás, los seguía conservando ella en casa.

Así que, habiendo hecho conexión con Felicity, los lobos podrían sentirla y venir en su auxilio en cualquier momento

—Parece que les caíste de maravilla, ya te cuidan como si fueras parte de la manada.

Loretta se dio cuenta de lo que dijo de forma inconsciente una vez que todo salió por voluntad propia de su boca.

Felicity la vio con gran duda y esta, para poder poner todo en orden, abrió la puerta trasera viendo a los lobos a los ojos que de inmediato aullaron y corrieron de nuevo a la playa para seguir jugando.

Felicity la siguió con la mirada.

Loretta sospechaba que sus pensamientos estarían cuestionando qué diablos acababa de ocurrir. Con suerte, tras una siesta, olvidaría gran parte de todo.

—¿Cómo pueden saber ellos que me sentí ansiosa por lo que dijiste?

«Aquí vamos con las preguntas», se dijo Loretta y se recordó el por qué no salía de casa y no frecuentaba a nadie.

—Porque son animales y sienten los cambios de humor en el ambiente. ¿Por qué te produce tanta ansiedad aprender de mis técnicas?

—Lo necesito, un trauma reciente que no recuerdo del todo y...

—Es un estado de *shock*. Tu cerebro creó un bloqueo para que no te duelan los recuerdos —Loretta debía seguir el plan—. Eso es más serio de curar.

Felicity se desinfló.

—Lo sé. Empezaré tratamiento pronto.

Loretta no sabía de eso. ¿En serio Garret pensaba colocar en manos de un psiquiatra a una mujer que fue atacada cruelmente por un vampiro loco y luego obtuvo un barrido parcial de memoria para olvidar las atrocidades del vampiro?

¡¿En qué estaba pensando Garret?!

—¿Y ya tienes médico?

Felicity negó con la cabeza.

—Garret conseguirá uno.

Loretta frunció el ceño pensando en lo que le iba a decir a Garret por su grandiosa idea.

Resopló, atrayendo la atención de Felicity,

—¿Qué ocurre? Parece como si hubiese dicho algo que te hubiese molestado.

—No dijiste nada malo. Es solo que siempre me pasa lo mismo cuando salgo a dar un paseo para relajarme del trabajo. Acabo encontrando nuevos clientes —La mirada de Felicity revivió por completo y Loretta supo que iba por buen camino. Una pequeña mentira de su parte, le ayudaría a establecer un nexo con la chica y le devolvería la memoria. No le mentiría al completo—. Soy terapeuta, aunque no de los comunes. Hago uso de técnicas que pueden ser inusuales. Son antiguas y efectivas.

—Cuéntame más.

—No tengo por costumbre hablar de mis técnicas antes de que la gente las pruebe porque al ser un poco místicas, suelen negarse.

—Oh —Felicity tomó una botella de vino y la destapó—. Entiendo.

Se dio la vuelta para tomar dos copas de cristal de la estantería y luego sirvió el contenido de la botella en las dos copas.

Se quedó observando el líquido vino tinto de ambas como si aquello le recordara algo.

Loretta observaba con cautela sus movimientos.

Los lobos regresaron con prisa a la puerta mas no ladraron. Se quedaron allí, olfateando; entendiendo ellos también que algo estaba ocurriendo en el interior de la mujer.

Felicity parpadeó un par de veces como hizo antes; como si ese fuese el interruptor que la trae de regreso a la realidad. Le sonrió con timidez.

—Me da miedo someterme a un tratamiento que destape lo que mi mente me quiere ocultar —vio el líquido rojo de nuevo y se abrazó.

Los lobos se removieron. Loretta se levantó de su asiento para caminar hacia donde estaba Felicity.

Estaba claro que su mente le enviaba mensajes. El vino le recordaba algo; lo más probable era que se tratara de los ataques.

Con cuidado, le colocó una mano encima del brazo que le quedaba expuesto.

—Puedo ayudarte, Felicity —la vio a los ojos buscando en su mirada café algo que pudiera detectar de sus pensamientos; emociones, algo que pudiera definirla más que la dulzura y la bondad que ahora veía. Lo que encontró fue vacío, desconcierto y un miedo profundo que heló su propia sangre—. Solo tienes que intentarlo.

Felicity le mostró gratitud, comprensión y se relajó; soltando los brazos y extendiéndole una de las copas.

Todo volvía a la normalidad, los lobos empezaron a juguetear en el jardín.

Felicity la vio a los ojos sonriéndole con sinceridad.

—¿Eso es un sí? —Loretta no supo cómo interpretar su gesto.

—Es un sí. Es extraño, pero esta sensación que me produce tu compañía solo he conseguido sentirla junto a Garret.

Chocaron las copas y bebieron un sorbo.

—¿Y cuál es esa sensación de la que hablas?

—Seguridad. Tú y él son los únicos que me hacen sentir segura. Es extraño porque a ti te acabo de conocer y a él lo conozco desde hace muy poco también.

—Así es la vida, Felicity. Nos pone en el camino a las personas indicadas, en el momento que corresponde. No antes, no después. Todo debe estar alineado para cumplir un objetivo. Y sea cual sea el objetivo que nos toque alcanzar a nosotras, lo haremos. Tenemos todo a nuestro favor para eso.

Ambas mujeres sonrieron.

Felicity, con la misma cantidad de esperanza y terror; en tanto, Loretta, estaba decidida a devolverle la vida a esa chica, aprovechando la ocasión para hacer algo diferente con su propia vida.

Capítulo 3

Klaudia llegó a Londres agotada, estuvo unos días de compras junto a Miklos en Ámsterdam para renovar algunas piezas decorativas del salón de la fiesta de las máscaras en Venecia, todavía faltaba para que estuviera cerca la fecha de la próxima; pero, tal como decía Miklos, era mejor organizar todo con calma.

No era que ella se involucraba en esos asuntos todos los años, solo se dio la ocasión al no tener nada importante que hacer por esos días.

La verdad era que necesitaba una excusa para acercarse a Europa y una vez allí, se iría a tierras irlandesas en la búsqueda de cierto detective que le mencionó se iría a su tierra para reconectarse con su pasado.

Klaudia aún no creía que pudiera existir tanta coincidencia. Pero existía y si no se ocupaba pronto de ese hombre, acabarían siendo perseguidos y amenazados o cazados mortalmente por él.

Era algo que no podía permitir.

Además, le aseguró a Pál que se ocuparía del hombre y lo haría.

Resopló, negando con la cabeza mientras se subía al coche que alquiló en la tienda del aeropuerto.

Ronan Byrne no solo se había convertido en un problema para su familia si no para ella también porque desde que habló con él por última vez en ese elegante restaurante de la ciudad, lugar en el que recibió una profunda amenaza de su parte que le hizo saber lo que era ponerse nerviosa por primera vez en su vida, no pudo parar de pensar en él.

De todas las formas posibles.

Sí.

Como detective, sospechoso, enemigo, vengador, cazador, hada, guerrero y hombre.

Sobre todo eso, no podía parar de pensar en Ronan «el hombre de mirada verde brillante y el delicioso olor a campiña irlandesa» que brotaba de su piel, producto de la mezcla del *After Shave* y su esencia verdadera.

No podía sacárselo de la mente y empezaba sentirse obsesionada, al punto de tener ciertos episodios muy extraños que le alteraban el sueño y le hacían escuchar voces.

Aquellas cualidades mágicas no eran propias de ella porque eso lo heredó Veronika, no ella.

Ella solo heredó al demonio y la sed de sangre.

Nada más.

Entonces no entendía de dónde provenía aquella sensación de sentirse observada a cualquier hora y además, escuchar cosas que los demás como ella, con un oído mucho más desarrollado, no eran capaces de sentir.

El primero que sintió fue como un siseo delicado que salió de la nada cuando fue a despedirse de Pál diciéndole que iba a Venecia junto a Miklos una temporada y que, desde allí, ubicaría a Ronan con ayuda de las brujas aliadas.

Su intención no era viajar a Inglaterra mas no tuvo otra salida porque no encontraba dar con una condenada bruja que le ayudara en eso.

No de las que ella conocía, así que tuvo que recurrir a las aliadas que no le caían tan bien y así consiguió contactar con Fiona.

Pál no quedó contento cuando se enteró de sus planes de ir a Europa, tal como siempre ocurría.

Le sugirió quedarse en casa y arreglar los asuntos allí.

No perdía esa extraña costumbre de protegerla a pesar de que sabía que ella sola podía defenderse muy bien; y tampoco conseguía entender, a pesar de todos los años que llevaba junto a Pál, por qué se mostraba tan tenso cuando ella mencionaba Europa y ni hablar si se le ocurría decir Inglaterra.

Era tan extraño todo ese asunto con Pál que aunque no le mencionara que iba de visita a esas zonas, no sabía cómo diablos, de pronto, él aparecía y se la llevaba de allí con cualquier excusa.

Sin embargo, en ese momento nada le saldría al revés y Pál tenía la cabeza en otras cosas por las cuales ocuparse.

Además, era ridículo quedarse en casa resolviendo pendientes de casa.

¿Qué había por resolver? ¿La lista de la compra semanal para la servidumbre?

¿La limpieza del mes?

En casa ya todo estaba atendido.

Felicity y Gabor eran los únicos asuntos pendientes por resolver de los Farkas.

Y ambos tenían quien los resolviera.

Garret se encargaba de devolverle la memoria a la pobre de Felicity; y Gabor, estaba escondido, siendo tarea de Pál encontrarlo y decapitarlo.

Así que el cabo suelto que le quedaba a los Farkas, el que parecía quitarle el sueño a Klaudia en todos los sentidos era Ronan.

Ella se encargaría de él.

Miklos, como siempre, poco le importó lo que ella quisiera hacer al salir de Venecia.

Él solo se encargaba de sus asuntos y sus mujeres que le proveían diversión, alimento y psique.

Miklos era su versión en masculino.

«Un encanto, la verdad», pensó sonriendo con sarcasmo y diversión mientras sacudía la melena negra azabache al viento porque aprovechaba el día anormal en la ciudad.

En Reino Unido se debían aprovechar al máximo los días de sol porque no se veían mucho por allí.

Suspiró negando con la cabeza. Sintiendo lo que siempre la embargaba cuando pensaba en ese pedazo de tierra del mundo.

Tenía una relación de amor-odio que nunca tuvo sentido para ella.

Por un lado, el clima que era un asco, llovía casi todo el año.

Sin embargo y a pesar del clima, adoraba el verdor de sus campiñas, la humedad constante de sus bosques y la energía que se percibía en toda la extensión del territorio; concentrándose más en ciertos sitios en donde podía sentirse el poder de las brujas antiguas, las buenas y las malas haciéndole recordar a su tía Marian, a la época en la que vivió feliz allí, en algún sitio de esos junto a su padre y su hermana cuando apenas eran unas niñas.

Klaudia apreciaba esos pequeños detalles de la vida. El contacto con la naturaleza, el roce del viento en la piel; quizá era la herencia mágica de la naturaleza que le dejó su madre.

No lo sabía con certeza aunque a veces sentía que se movían cosas en su interior, sobre todo cuando intentaba mostrarse dura y cruel.

Poco entendía de cómo funcionaba su interior y tampoco era que pusiera gran intención en entender nada de lo que ocurría dentro o fuera de ella, a menos de que representara una amenaza para ella o para alguno de los suyos. Entonces sí se convertía en un arma letal y se mantenía alerta, lista para atacar.

Claro, que parecía que todo evolucionaba en la vida y su letalidad no quería ser la excepción, porque con Ronan Byrne estaba alerta, quizá para atacar; mas no estaba segura de que pudiera ser tan letal como en otras ocasiones, porque lo que le ocurría con ese hombre era tan extraño que pensar en matarlo, se le hacía una idea abominable.

A ella.

«Estás peor de lo que crees, Klaudia, necesitas divertirte un poco y sacarte a ese hombre de la cabeza».

Quizá todo se calmaría cuando llegara a casa de Fiona y se tomara alguna infusión de esas extrañas que preparan las brujas.

Fiona era una bruja aliada. No era descendiente de Veronika; mas era de las buenas, poderosas y en las que podían confiar si lo necesitaban.

La conoció muchos años atrás en una reunión en Europa, de seguro que la mujer iba a cada una de las fiestas de la sociedad; aunque en esas noches, Klaudia solo buscaba divertirse a lo grande y no ver quién asistía detrás de cuál máscara o quién no asistía en absoluto a la fiesta.

El único que destacaba en aquellas reuniones cada año era Garret que usaba las máscaras impolutas de la castidad.

Una norma aplicada desde la antigüedad, desde que se iniciaran las fiestas de las máscaras; que aquellos puros, virginales o que tuvieran algún impedimento para caer en las tentaciones carnales, debían llevar la máscara blanca para ser identificados porque, al principio, las fiestas iban bien y con bastante normalidad pero al cabo de unos años, a media fiesta, cuando el alcohol empezaba a hacer efectos en las cabezas de los asistentes, volaban los vestidos y las risas de festejo se convertían en gemidos.

En la actualidad, Garret era el único que asistía con la máscara y Klaudia presentía que dejaría de usarla muy pronto porque la cercanía con la chica a la que protegía y quería, le derrumbaría cualquier atadura que le quedara al recuerdo de Diana.

Cuánta desgracia a veces rondaba a su familia.

Pensó en Fiona de nuevo, haciendo una mueca de rechazo ante su pensamiento.

Fiona no era de sus brujas favoritas; aunque, si lo pensaba bien, ninguna lo era, pero esta, en particular, siempre la escudriñaba con la mirada y, en muchas ocasiones, la observaba con asco.

Bueno, en realidad, Fiona los veía a todos ellos con asco, menos a Pál a quien trataba con máximo respeto y este le correspondía de la misma manera.

Es que Pál se ganaba el respeto de todos, era un hombre bueno y justo.

Fiona era la aliada más cercana a Ronan que encontró en ese momento. Hacía un tiempo le habría pedido ayuda a Morgana, en Irlanda directamente, pero la mujer había muerto de vejez, un poco más joven de lo que murió Veronika.

Y ninguna otra estaba por instalarse allí, además, Morgana no tuvo descendencia así que no tendría más remedio que tomar el té con Fiona, conversar de la naturaleza y pedirle que le ayude a encontrar a Ronan.

La última vez que lo vio le dijo que se iría a Irlanda y ella no tenía intenciones de ponerse a buscar en todo el territorio irlandés ni aun teniendo la eternidad por delante; además, la Sociedad no guardó un registro exacto de la ubicación de la aldea que Luk masacró y aunque se sabía que las hadas habitaron las colinas huecas, Klaudia no sabía ni por dónde empezar.

Las brujas eran efectivas, en ocasiones, localizando a personas.

No siempre funcionaba tan bien, claro estaba; el caso con Felicity lo certificaba.

Esperaba Klaudia que, en ese caso, los resultados con la bruja fuesen los esperados, porque no quería pasar más tiempo del debido en casa de Fiona y necesitaba acabar cuanto antes el asunto con el detective.

El viaje en coche, que duró algunas horas, le hizo pensar en tantas cosas que ya estaba deseando llegar a destino. Sentía que iba a enloquecer.

Hizo una breve nota mental de esperar un poco la próxima vez de seguir sus impulsos y caprichos de plantarse en algún lugar en el momento en el que no había un maldito vuelo a Leeds que la dejara más cerca de la casa de Fiona.

No encontró vuelo, ni privado ni comercial.

Después, tampoco encontró tren y por ello estaba conduciendo.

Un viaje de esos en los que las cosas siempre estaba en contra. Parecía que el destino se oponía a que lo hiciera, pero ella estaba decidida a no dejarse vencer por el destino.

Pronto el sol dejó de alumbrar siendo opacado por las nubes grises que dominaban el cielo de ese lugar y, en nada, se abrió paso la noche.

Por ir distraída en sus pensamientos, no siguió las indicaciones de la mujer del GPS haciendo que el recorrido hasta la casa de Fiona se alargara unos minutos más.

Tuvo suerte de encontrar, sin quererlo y perdiéndose por segunda vez, un retorno que la puso de vuelta en el camino correcto, llevándola por Knaresborough directo a su destino. Un destino que desconocía y que nada tenía que ver con la bruja que iría a visitar.

Las voces se hicieron más fuertes a partir de ese momento. Lo escuchó claramente en el aire que aún arremolinaba su melena.

Alguien, en un susurro que parecía un antiguo cántico, la llamaba.

La piel se le puso de gallina y se sintió perseguida por las sombras que rodeaban el camino.

Odiaba las noches sin luna.

Fue la primera vez en su vida en la que sintió un miedo real.

Activó el botón para subir de nuevo la capota del coche; hundió el acelerador a fondo deseando salir de ahí cuanto antes y llegar a casa de la bruja en donde estaría a salvo de cualquier cosa que la estuviese persiguiendo.

***

Garret estacionó el coche frente a la propiedad, lleno de ganas de abrazar a Felicity.

Tuvo una gran suerte de terminar a tiempo todo los pendientes y de poder adelantar la reunión que tenía pautada para el día siguiente, por la cual se habría tenido que quedar dos días enteros sin ver a Felicity.

Una noche de angustia sin saber cómo estaría pasando ella la noche y sin poder ayudarla a superar el trago amargo de sus pesadillas.

Odiaba cuando eso ocurría.

Se llenaba de desesperación e impotencia por cumplir con sus deberes para llegar a ella pronto.

Sonrió pensando que nunca antes le gustó tanto esa casa. Nunca antes pensó en esa emoción que lo embargaba ahora, cuando pensaba en llegar a una casa con ella esperándole dentro.

Le daría una gran sorpresa, le gustaba ver cómo se le iluminaba la cara a ella cuando le veía atravesar la puerta antes del tiempo acordado.

La forma en la que lo recibía con un cálido abrazo que le llevaba tener los pensamientos más eróticos que había tenido en su vida.

¿Cómo podía hacerle entender que, ella, era la mujer que llenaba su corazón en ese momento de su vida y que haría todo lo que fuera necesario por hacerla feliz?

Abrió la puerta del coche para bajarse cuando sus emociones se detuvieron en seco, podía jurar que su corazón se detuvo junto a sus emociones en cuanto vio a los lobos frente a él.

«Si algo le ocurrió a ella...»

«Si...»

«No».

«No».

Tenía que calmarse; nadie, nadie, nadie podía llegar a Felicity a menos de que fuese Loretta.

¿Loretta estaba dentro?

¿Qué diablos hacía allí? ¿Por qué no le avisó?

Dios, aun no sentía el corazón palpitarle porque no podía descartar de que algo hubiese ocurrido y...

«No».

Nada podía ocurrir si estaba allí Loretta y la casa estaba protegida.

—Chicos, soy Garret, necesito entrar ¿ok? —se sintió ridículo anunciándose con la voz temblorosa. Ellos no necesitaban introducciones, pero sabía que debía ir con cautela porque al más mínimo movimiento estos podrían atacarle; y defenderse de uno sería pan comido, de dos… No tanto.

Los lobos olfatearon de nuevo en aire; el que tenía mayor tamaño lo vio a los ojos antes de darse la vuelta para dejarle el camino libre a Garret que, sin pensárselo, corrió a la puerta de la casa y la abrió, escuchando risas en el interior.

—¿Nunca habías jugado a esto? —Felicity sonaba divertida, entusiasmada.

Cuando llegó al salón y vio a Loretta jugando *Just Dance* junto a Felicity, no se lo podía creer.

Agradeció que estuvieran tan concentradas en lo suyo que no notaron su presencia; permitiéndole observar la escena, encantado.

Felicity estaba animada, muy animada; y Loretta parecía disfrutar el estar dentro de la casa de los Farkas.

Garret carraspeó la garganta. Loretta la primera en darse la vuelta con las manos al aire y cara de pocos amigos.

No le habría sorprendido que le lanzara algún hechizo de los que solían lanzar las descendientes de Veronika.

—¿En serio, Garret? ¿En serio? ¿Cómo es que entras en casa sin avisar?

—Porque es su casa —el tono de voz de Felicity fue seco y Loretta dejó ver su vergüenza por lo que acababa de decir.

Era una chica espontánea, no le extrañaba que se le salieran cosas que no planeó decir.

Y él, era mejor que se mantuviera dentro de lo que ellas

comentaban para no descubrir a Loretta porque no tenía ni idea de cómo se acercó a Felicity; así como tampoco en qué momento se hicieron tan amigas.

Felicity lo estrujó en un abrazo de esos que tanto le gustaban aprovechando él de darle un beso en la coronilla.

Loretta los observaba, estaba analizando cada uno de los movimientos de ambos, lo sabía y no le importó dejarle ver lo bien que se sentía cuando estaba junto a Felicity.

—Loretta paseaba hoy por la playa con sus mascotas, se me acercaron para olfatearme y mencionó que te conocía —suspiró—; en fin, la invité a almorzar. No sabía que vendrías porque te habría llamado para preguntarte si… —lo observó avergonzada. ¡Dios! Cada vez que le colocaba esa mirada llena de vergüenza e inocencia, en lo único en lo que él pensaba era en abrazarla y llenarla de besos. Esa mujer podía hacer con él lo que quisiera y qué nervios le daba pensar en eso—. Espero que no te moleste que…

—Felicity —la tomó de los brazos, aunque le habría encantado rodearle el rostro con las manos y plantarle un beso sin sutilezas que le ayudara a guardar silencio—. Te dije que esta es tu casa y puedes hacer lo que quieras. Además, Loretta es buena amiga de la familia y nada me da más gusto que verla aquí, contigo.

Garret caminó hasta donde se encontraba Loretta, la abrazó sorpresivamente. Los lobos se plantaron en la puerta de inmediato al sentir el cambio en la bruja, esperando la orden de su ama para que los invitara a entrar y actuar.

Eso no ocurriría. Garret lo supo en cuanto la chica respondió su abrazo.

—Gracias —lo soltó como un susurro en el oído derecho de la bruja y esta, le frotó la espalda como respuesta.

—Garret, ¿sabías que Loretta es terapeuta y tiene técnicas

que son muy buenas? Hemos estado probando algunas y me gustaron. Me va a ayudar con… tú sabes… mi asunto.

Felicity tenía encima una alta carga energética que en cualquier momento la llevaría a sentirse agobiada.

Garret lo había visto antes.

Empezaba a caer el sol, motivo suficiente para que las ansiedades de Felicity aparecieran.

Por ello estaba gastando energías con el baile.

La conocía.

—Bueno, sería interesante que podamos conversarlo. ¿Te quedarás a cenar? —Garret vio a Loretta con sarcasmo.

—No creo que sea buena idea, tengo todo el día aquí y…

—Y nadie te espera en casa, puedes quedarte —Felicity interrumpió con un veredicto a Loretta dejándola sin argumentos—. Garret va a cocinarnos una deliciosa pasta mientras tú y yo seguimos practicando.

—Me parece una idea genial. Sigan en esto y yo voy a la cocina.

Las dejó solas para que Loretta no tuviera oportunidad de rechazar la oferta de cena. Quería saber qué se traía entre manos aunque sabía que no lo conseguiría con Felicity allí.

Tendría que llamarla luego o quizá esperar a que Felicity se durmiera para ir a casa de la bruja y conversar con…

No.

Nada de eso, porque no dejaría a Felicity sola en la noche ni un segundo. Regresó de Nueva York por eso.

Se lavó las manos, se colocó el dental negro que estaba en la cocina para no mancharse la camisa italiana que tenía puesta ese día.

La corbata y la chaqueta se quedaron dentro del coche, las bajaría en otro momento.

Ahora solo quería ver lo bien que se la pasaba Felicity jun-

to a Loretta a pesar de que se notaba claramente que empezaba a activarse su terror nocturno.
¿Y si Loretta hacía un cambio en ella desde ese mismo día? Sonrió pensando en eso.
Tenía tanta fe con que las cosas se solucionarían en el interior de Felicity; tantas ganas de que todo volviera a la normalidad en su cerebro, en sus pensamientos.
Aunque a él también le diera terror ese proceso porque, antes de que su abuela y Gabor la secuestraran, Felicity solo tenía ojos y sentimientos para Lorcan.
No por él.
¿Qué iba a pasar cuando ella pudiera recordar todo? ¿Seguiría sintiendo cosas por Lorcan y decidiría alejarse de él?
Peor aún, cuando pensaba en que la chica lo rechazaría por completo al enterarse de que él y Gabor, el maldito monstruo que la volvió un manojo de nervios, son primos y que, además, él es un monstruo como Gabor.
Negó con la cabeza.
No podía pasar eso. La perdería.
Levantó la cabeza mientras seguía cortando las zanahorias para la salsa.
Amaba a Felicity con todo su sistema, con cada fibra de su ser.
Cada latido de su corazón le pertenecía. La quería con él para el resto de sus días.
¿Llegaría a ser posible eso?
Y si no, ¿qué ocurriría? Estaba lleno de preguntas y de «¿Qué pasará cuando...?» Odiaba sentirse así.
Él no podría volver a ser el mismo. Felicity lo cambió, derribando con su encanto y con su dulzura barrera que se impuso hacía tantos años tras la muerte de su amada Diana.
Resopló, abrió el horno para meter dentro unas rodajas de

pan con ajo, mantequilla y perejil.

Revisó el agua de la pasta, estaba hirviendo.

Diana lo aceptó tal cual era. Felicity, ¿haría lo mismo?

—Espero que no te moleste que haya venido sin avisar —Se dio la vuelta para encontrarse con los ojos azules de Loretta, oscurecidos por la agitación y emoción de la partida de baile. La piel del rostro estaba enrojecida por el calor; y el pelo húmedo a causa del sudor. Garret vio a su alrededor vigilando la posición de Felicity—. Se fue a duchar. Me dijo que había baños disponibles y que ella podría prestarme ropa, pero...

Loretta se tuvo que callar por la sorpresa de ver a Garret abrazarla, otra vez y sin aviso alguno, la tomó por sorpresa. Más que cuando llegó a casa. Y no supo por qué, pero respondió de nuevo al abrazo sincero que el hombre le daba.

—Gracias, Loretta, gracias.

—No lo hago por ti —se vieron a los ojos—; bueno, sí, dije que te ayudaría y tenía mis dudas cuando lo dije. Ahora, aunque tú me vieras como un bocadillo, no podría dejarla a ella a un lado. Está peor de lo que pensé. Después de las seis de la tarde ha estado comportándose de una forma...

—Lo sé, es la ansiedad que le produce la noche —Garret se quedó pensando en las cosas que se enteró que le hizo Gabor—. Mi maravilloso primo la soltaba en medio del bosque para cazarla, Loretta.

La bruja se llevó una mano al estómago y frunció el ceño.

—Es un animal. ¿Saben algo de él?

Garret negó con la cabeza.

Escuchó los pasos de Felicity; arriba, caminando por su habitación.

Pronto se reuniría con ellos.

—Te llevaré luego a casa. A cierta hora le absorbo un poco de psique, te pido que no entres en pánico cuando lo haga, por favor, es por su bien.

—Es la única manera de que concilie el sueño pronto.

Garret asintió mientras removía la pasta dentro del agua, también removió la salsa.

—Te dejaré a los lobos. Se los asignaron a ella.

Garret la vio con sorpresa.

—¿Quién más sabe de esto? —Loretta le sonrió con compasión. Garret sintió que le temblaron las piernas—. ¿Te envía Diana?

—Así es y me aseguró que encontraremos la forma de restaurar toda su memoria.

***

Heather escuchaba a su amiga hablar tan feliz que no se lo podía creer.

Llevaba días que no la escuchaba tan animada.

—Me alegra saber que encontraste una vecina con la cual compartir un poco de café y chismes en esa inmensa casa en la que te encuentras.

—Es encantadora, me hace extrañarte menos.

—A penas la estás conociendo y no me digas esas cosas que me haces poner celosa. Tú extráñame tanto como siempre.

Ambas rieron ante el comentario de Heather.

—Te tengo que dejar, cariño, me esperan abajo para cenar.

—¿Garret también está con ustedes?

—Sí, creí que no vendría hasta mañana; me dio una grata sorpresa cuando lo vi llegar hace un rato —sintió a Felicity respirar profundo y sabía muy bien lo que ese suspiro significaba para la chica. No estaría sola para pasar la noche.

—Pues que tengas una excelente cena con Garret y esa

nueva amiga tuya a la que ya le tengo unos celos inmensos.
—Loretta, tonta. Se llama Loretta y nadie puede ocupar tu espacio.
Heather sonrió mientras salivaba al ver a Lorcan salir del baño con las gotas de agua aun resbalándole por el dorso y la toalla enrollada a la cintura.
—Bueno, mándale un beso a Garret y a la tal Loretta esa
—Lorcan se dio la vuelta de inmediato al escuchar el nombre y la vio con el ceño fruncido. Heather no supo interpretar si aquello era bueno o malo—. Otro inmenso para ti, arreglaré las cosas en el hospital para poder pasar a visitarte pronto y me quedaré algunos días si te parece bien.
—Nada me haría más feliz.
—Hablaremos pronto.
Colgaron y Lorcan se le acercó aun húmedo.
—¿Loretta está con ellos?
Heather asintió apreciando que sus ojos ganaban esperanza.
—¿Quién es Loretta?
Lorcan resopló sonriendo y abrazó a Heather con cariño.
—Garret lo consiguió. Convenció a Loretta de que le ayudara.
—¿Es la bruja que se negaba a ayudar a Felicity? ¿Es esa la que ella cree que es su nueva mejor amiga?
Lorcan soltó una carcajada por lo alto.
—¿En serio estás celosa?
—Estoy cuidando a la que considero mi hermana. Ya perdí a la verdadera y a esta por poco…
La mirada de Lorcan se ensombreció al recordar todo lo que vivieron mientras Felicity estuvo desaparecida y peor aun cuando la encontraron en el estado en el que la encontraron y se enteraron de todo lo que Gabor le hizo.

Se salvaba el maldito bastardo de que Pál tomó la delantera de ir a buscarle porque lo habría tomado él mismo como misión de vida para tener el placer de hacerle sufrir unas cuantas de las torturas que él mismo inventó en la inquisición.

Ahhh sí que lo disfrutaría.

La bestia se removió en su interior con ganas de pelea, pero las cosas con Lorcan eran diferentes ahora. La bestia solo se removía, no conseguía ir más allá de eso porque él vampiro encontró la manera de quedarse con el poder absoluto de ella y no la dejaba salir.

A menos, que, claro, Gabor...

—Lorcan, tienes esa mirada que podría asustarme —parpadeó un par de veces y se encontró a la mujer que amaba con sus manos apoyadas en las caderas; la mirada acusadora como si él fuera un niño de cinco años que está haciendo una travesura que podía resultar peligrosa.

En realidad, sí, podía resultar.

Sintió tensión en su entrepierna al pensar en pelea, la bestia y sangre, teniendo frente a él a esa mujer que lo enloquecía hasta el infinito y pensó que había algunas cosas que no se podían controlar; o mejor dicho, que él no quería apaciguar porque le gustaba sentirse en tensión sexual con ella, le gustaba el reto que representaba mantener el control de manera que ella se sintiera cómoda y, sobre todo, amada.

Le sonrió con picardía.

—¿Sabes qué quiero? —ella se dejó seducir porque le encantaba ese juego. No dejaba de fascinarle la forma en la que él se convertía en una llama que la absorbía para elevarla a la cima del placer.

Ese destello en los ojos, la forma en la que respiraba para capturar cada uno de los olores que salían de su cuerpo, la excitación, la emoción, el deseo.

Le puso las manos en las nalgas y la elevó pegándola a él. Ella llevaba puesta su ropa de deporte tan fina que no le costó trabajo sentir la erección que tenía Lorcan.

Se enganchó a su cuello mientras él la encajaba a su cintura y sin esfuerzo, la sostenía con una mano mientras que, con la otra, le acariciaba la espalda.

—¿Me vas a hablar de la tal Loretta esa? —Lorcan la vio con sorpresa.

—¿Ahora? —protestó.

Heather sonrió divertida.

—No, luego... quiero saberlo todo de ella.

Lorcan no perdió las ganas que tenía de devorar a su mujer en el acto. De absorber de su psique. De consumir del elixir que representaba para él la sangre de ella; sin embargo, por unos instantes, la vio a los ojos con la misma esperanza que tuvo unos minutos antes cuando se enteró de que Loretta Brown decidió ayudar a Felicity.

Le dio un beso dulce en los labios a Heather y pegó su frente de la de su chica por unos segundos.

—Si Loretta está con ella, pronto Felicity volverá a ser la mujer que todos conocíamos.

Heather sintió un nudo en la garganta de felicidad que Lorcan no dejó salir porque ya era momento de concentrarse en el deseo que ambos mantenían.

Después de amarla, la llevaría a cenar para celebrar la buena noticia y le explicaría todo lo que quería saber.

***

Loretta no había pasado un día más divertido desde que... Desde que...

¿Había pasado un día así de divertido alguna vez en su

vida?

Negó con la cabeza mientras acariciaba a los lobos en la orilla de la playa.

La noche estaba preciosa. De esas que tanto le gustaban; en la que se veían las estrellas casi sin dificultad y la luna era un delgado hilo en el firmamento.

Una buena época para limpiezas, sanaciones.

Sí, estaba haciendo lo correcto.

Felicity le dejó ver quién era en tan solo un día. Le abrió las puertas de lo que era su casa y de su corazón el mismo día en el que la conoció.

Nunca se habría imaginado que comería en casa de los Farkas.

Y admitía que, desde ese mismo día, tenía otra percepción de Garret.

Se atrevía a decir que empezaba a tener otra percepción de toda la familia; menos de Gabor, claro estaba, que a ese si lo encontraba, ella lo ponía en sequía el resto de su vida; atado a un palo, en medio del desierto para que las aves carroñeras se alimentaran de él para siempre.

No moriría y tampoco tendría una eternidad en paz.

La muerte la veía como una salida muy fácil para alguien que le hizo tanto daño a un humano.

Garret la sacó de sus pensamientos al salir de casa y silbarles a los lobos.

Loretta los vio acercarse a él con respeto, se echaron junto a la puerta y desde allí, les siguieron con la mirada.

Garret se metió las manos en los bolsillos y caminó al encuentro de Loretta que se arrebujaba en su abrigo de punto.

—¿Tienes frío? Puedo buscarte…

—No, no, gracias. La noche esta deliciosa y un poco de frío, no me hará daño.

Garret asintió, caminaron en silencio. Caminarían un buen rato, la vivienda de Loretta no estaba tan cerca. Tendrían que buscar un tema de conversación. Garret prefirió que fuera ella quien tomara la iniciativa porque sabía que había preguntas que quería hacerle.

Lo sentía en el ambiente, aunque su aroma no fuese claro para él.

Sobresalía la duda, la curiosidad.

Dejó escapar el aire. Era paciente, pero en ese momento no le hacía honor a su aptitud.

Ella sonrió.

—Gracias por permitirme ver cómo es el proceso de la absorción de psique. Nunca lo había presenciado y se escuchan tantas cosas, algunas tan catastróficas que…

—Sin control todo es catastrófico, Loretta.

—Sí, lo sé. Me lo enseñaba mi abuela en todo momento. ¿Es verdad que Pál alguna vez mató a alguien así?

Garret se tensó. No quería mentirle a la bruja; primero, porque no tenía sentido mentirle a una bruja; y segundo, porque no le correspondía hablar de Pál.

Solo asintió.

—¿Me contarías alguna vez cómo sucedió?

—No me corresponde a mí contarlo.

—Entiendo y respeto tu decisión, ¿crees que alguna vez él quisiera conversar conmigo de eso?

Para Garret, Loretta representaba la inocencia.

Era lo lógico teniendo en cuenta de que no conocía mundo, se quedó sola a muy temprana edad y tenía tanto por descubrir.

Aparentaba muchas cosas que no era.

Él podía sentirlo. Podía verlo en sus ojos.

Esa fortaleza e ironía que le enseñaba al mundo no era más

que una coraza con la que escondía las cosas que le hacían vulnerable.

—¿Los ancestros no podrían mostrarte algo así?

Negó con la cabeza.

—Y mi abuela no hablaba mal de ustedes, pero su grimorio no tiene cumplidos precisamente hacía la especie a la cual perteneces.

Garret sonrió.

La abuela de Loretta, a quién poco conoció, era una mujer desconfiada y amargada.

Mientras que su hija fue blanda y manipulable; quizá por ello Loretta mantenía una extraña mezcla en su interior que la hacía tan poderosa.

—No creo que Pál se niegue a contarte lo que le pidas. Es como un padre para todos nosotros.

Loretta le dedicó una tímida sonrisa.

El mar estaba tranquilo y una delicada brisa fresca los acompañaba en su caminata.

—Hace unos días estaba en la cocina y, de pronto, los lobos se pusieron en modo custodios —Loretta señaló al frente; allí, a lo lejos, Garret observó dos figuras apostadas esperando por ellos. Entendió que eran lobos de la manda de Loretta que le esperaban justo a mitad de camino. Entonces Garret empezó a escuchar con atención—. No me pasa con frecuencia lo que me ocurrió ese día. Perdí el conocimiento y viajé a una colina. Hermosa, resplandeciente, llena de vida —suspiró—, llena de magia. Un lugar al que nunca había ido y en donde vi personas que son como yo y que no conocía.

Hizo una pausa que Garret no tenía intenciones de interrumpir.

—Tras caminar un rato en ese extraño y hermoso lugar, alguien me llamó por mi nombre —retomó Loretta, que lo veía a los ojos de cuando en cuando—. Era una chica, con los ojos tan verdes como la colina en la que estábamos, el cabello ondulado y castaño rojizo que le llegaba hasta la cintura y un vestido color del vino que hacia resplandecer la blancura de su piel.

—Oh dios, Lore… era… —Garret sentía que la voz le temblaba tanto como las manos y las piernas; y que estaba a punto de echarse a llorar como un chiquillo.

Ella le sonrió con dulzura y le dio un apretón en un hombro.

Asintió.

—Sí, Garret, era ella. Está bien, feliz —Loretta sintió muchísima compasión por el vampiro—, me contó todo lo que ocurrió entre ustedes y con Lorcan. Lamento mucho, tanto como ella, que las cosas hubieran sido así entre ustedes y que a Lorcan le haya tocado ese destino tan oscuro en esa época.

Garret no pudo soportar más y dejó que las lágrimas se escurrieran de sus ojos.

Tenía tanto tiempo que no lloraba por esa parte de su vida que llegó a olvidar cuánto le dolía aun.

Un dolor que no se sentía capaz de superar jamás, sobre todo porque se sentía culpable de todo lo que le ocurrió a Diana.

—Me dijo que te culparías. No lo hagas.

Garret la vio con sorpresa.

Ella sonrió de lado.

—Tu hermano no es el único empático en el mundo y hay muchas cosas de mí que no sabes.

Garret sonrió. Loretta confiaba en él.

—Si no confiara en ti no habría ido a tu casa hoy aunque la misma Diana hubiese retornado de la muerte.

Él sonrió de nuevo.

—Fue un tiempo muy duro para mí, Loretta. Muy duro.

—Todavía lo es, por la culpa que sientes —él asintió—.

—Si lo quiso la vida, Garret, no había nada que pudieras hacer.

Diana y yo tuvimos una conversación larga. Me contó también un poco lo que vivió Felicity. Me dijo que debía ayudarla, pero no sabía cómo hacerlo; nunca antes me encontré con un caso similar como ya te comenté hace unos días.

Llegaron hasta el lugar en el que los lobos esperaban y Loretta saludó con caricias de cariño a cada uno. Luego siguieron el camino, con los lobos cuidándoles a sus espaldas. Loretta suspiró profundo; continuó explicándole a Garret su conversación con Diana.

—Me dijo que todo lo podríamos arreglar si yo creaba un nexo con ella.

—Por ello te presentaste en casa sin avisarme.

—Tenía que ser así. Un encuentro natural que nos lleve a establecer un nexo.

—¿Y cómo va resultando?

Ella sonrió asombrada.

—Mejor de lo que esperaba. No pensé que fuera una mujer tan dulce y buena.

—No es ni la sombra de la que fue hace un tiempo, está llena de miedos.

—¿Tú no lo estarías de estar en su lugar?

—No la estoy juzgando.

—Lo sé, no serías capaz de hacerlo. Eres un buen hombre, puedo verlo. Además, tus sentimientos por ella no te permitirían juzgarla. La proteges más que a ti mismo.

—¿Soy tan obvio? —preguntó Garret con una mezcla de vergüenza y diversión en la mirada.

Loretta sonrió de lado.

—Lo eres. Atento, cordial, amable, sincero, cariñoso y res-

petuoso.
—Supongo que he perdido práctica con las chicas.
Guardaron silencio por algunos segundos.
—Me sentí segura en tu casa así que seguiré visitando a Felicity; sin embargo, empezaré a invitarla con mayor frecuencia a estar en mi espacio. Necesito mis materiales cerca y aunque tu casa tiene buena vibra, la mía está en mejores condiciones para lo que se quiere lograr. Podrás reunirte con nosotras las veces que quieras siempre y cuando sea ella la que esté de acuerdo —Garret la vio agradecido—. Te siente como su protector y algunas veces necesitaremos de esa energía para sacarla del lugar en el que la metan sus recuerdos, ¿ok?
—No me cansaré de decirte que haré todo lo que me pidas, al pie de la letra.
Otro silencio y Loretta pensó en lo que hablaron antes sobre Pál y perder el control. Se preguntó si alguna vez Garret habría pasado por lo mismo teniendo en cuenta la tragedia que vivió con Diana.
No temió en preguntar. Quería saber si su instinto le fallaba o no al decirle que podía confiar en Garret.
—¿Algunas vez has perdido el control? Como le ocurrió a Pál o como le ocurrió a tu hermano Luk.
Garret no quería hablar de eso. Suspiró derrotado porque se negaba a mentirle.
—¿Entrarás en pánico si digo que sí?
Ella lo vio con asombro, no se esperaba esa respuesta. No de él.
—¿Por qué lo hiciste? No pareces esa clase de hombres
Garret frunció el ceño recordando el momento en que mató al camello que amenazó la vida de Felicity.
—Lo hice por ella. No me estoy justificando, pero no le quité la vida a un inocente. Era un hombre que amenazaba

a Felicity y Heather y pensamos que podría ser él quien la tenía...

—Sabías que no la tenía, ¿cierto?

Garret asintió aun con el ceño fruncido.

—Como dije, no me estoy justificando y solo tú y Lorcan saben esto.

—Podrías haberme mentido, creo que eso que hiciste es una falta grave entre ustedes.

—Lo es y sí, pude haberte mentido; mas no quiero decirte mentiras.

—Valoro tu sinceridad y sé que ese hombre no era bueno, no te veo arrebatando la vida de personas inocentes. Yo también atacaría si me siento amenazada o alguien se atreve a amenazar a un ser amado.

—Gracias —Garret respondió en un susurro.

La casa de Loretta se abría paso delicadamente entre la playa y la maleza. Dos lobos más aparecieron para dar la bienvenida a Loretta.

Garret caminó junto a ella por el sendero mientras los lobos olfateaban a su alrededor.

Loretta abrió la puerta de casa y se dio la vuelta para quedar frente a Garret.

—¿Le dirás a ella toda la verdad de las cosas que has hecho y vivido cuando recupere la memoria?

Él la vio con duda. No esperaba menos, ella también se habría cuestionado si sería capaz de hacerlo.

—Haría cualquier cosa por ella y estoy seguro de que llegado el momento, le contaré todo, pero no puedo negar que eso me dé pánico de perderla porque estoy casi seguro de que eso es lo que va a ocurrir. Cuando le cuente sobre mi naturaleza, se ira lejos porque soy parte de lo que le aterra cada noche.

—Entonces no esperes más para ocupar su corazón, Garret. No lo olvides, establece un nexo. Es lo único que hará que siga a tu lado aun cuando se entere de tu verdadera naturaleza. Conquístala, enséñale el verdadero amor y estoy segura de que no se irá de tu lado —le sonrió con vergüenza—. Yo, no lo haría.

—Aun siendo un vampiro.

Loretta asintió dejándole ver gran compasión en la mirada.

—¿Me estás haciendo un cumplido? ¿O es que te gusto?

Ella sonrió en grande y divertida.

—No exageres que no estoy loca y no te acostumbres, que no voy a ser así de cordial todos los días —dio un paso en el interior de la propiedad, se volvió para verlo a los ojos—: será un trabajo duro, pero vamos a conseguirlo. No olvides conquistarla en el proceso, ¿entendido?

Le gustó verlo sonreír lleno de esperanza.

Asintió un vez con la cabeza y le agradeció infinitamente con la mirada.

Loretta cerró la puerta viéndolo alejarse por el sendero y luego por la playa.

¿Quién creería que acabaría ese día consiguiendo una nueva amiga?

Bufó con una sonrisa en los labios.

—¿Una nueva amiga, Loretta? —Se preguntó en voz alta—. ¿A quién quieres engañar? Es la única amiga que has conseguido en tu vida; y te gusta tanto la idea de tener una, que estás dispuesta a conservarla —observó el mar, luego posó su mirada allí, en donde creía que estaba la raya que unía el cielo con el mar—. Algo me dice que esto del nexo será para las dos.

Sonrió al ver el destello de una estrella fugaz pasar frente a ella.

Sí, alguien la sacaba de su zona de confort para que tuviera una vida diferente.

—Gracias, mamá —fue lo último que dijo en voz alta esa noche y sintió que, tras esas palabras, todo iba a empezar a cambiar.

***

En algún lugar cercano a *Fewston Reservoir*, Klaudia despertaba deseando que su estancia en esa casa terminara de una vez porque Fiona no hacía más que analizarla y tenerla bajo vigilancia total; como si se fuera a convertir en un condenado vampiro sediento y asesino, que la va a drenar en dos segundos y medio.

De haber querido hacerlo, ya lo habría hecho y habría tardado menos. La verdad era que a ninguno de ellos se les hacía apetecible la sangre de las brujas; menos, si era de una mujer tan amargada.

Además, la bruja no vivía en las mejores condiciones y eso estaba siendo insoportable para Klaudia.

No esperaba encontrarse alguna mansión como las que dejó a un lado del camino en cuanto ingresó en el condado. Pero siendo honesta, tampoco esperó encontrarse con aquella casa en estado deplorable.

No podía asegurar que la mujer tuviese una fortuna como otras brujas que conocía, pero en casi todas esas familias que tenían descendencia mágica, había dinero.

Al proveerles la tierra la mayor parte de las cosas que usaban para hechizos, comer y demás; el dinero que percibían, lo que hacía era aumentar el patrimonio de generación en generación.

La casa de esta bruja era pequeña, con la humedad entrando por cualquier rendija. El polvo acumulándose en zonas que parecían haber quedado suspendidas en el tiempo; y dos habitaciones en las que se encontraban unas camas que daban risa nada más verlas.

Probablemente le quedarían bien a un niño, no a una mujer como ella y como era de esperarse, estaba durmiendo muy mal llegando a tener unos sueños bastante extraños.

Así que deseaba irse cuanto antes.

Sin embargo, por mucho que ella deseara marcharse de ahí cuanto antes, parecía que todo lo que tenía que ver con Ronan se volvía turbio y nadie encontraba nada de su ubicación, haciéndole permanecer más tiempo junto a Fiona

Esperaba que esa mañana, cuando empezaran con el conjuro de búsqueda y localización, finalmente encontraran algo.

Escuchó los pasos de la bruja atravesar la maleza que circundaba la casa.

¿Cómo diablos podía vivir en tanta desidia? ¿No tenía algún súper poder que la hiciera sacar la maleza rápidamente; reparar la propiedad en general?

«Como por arte de magia» —comentó burlona, en voz baja, saboreando luego un café que era peor que la cama en la que dormía.

No solo era la parte material de la vivienda.

La amargura de la mujer, por no hablar de la desconfianza hacia Klaudia, llenaba la casa de una energía que era altamente perceptible hasta para la vampira.

Y ya quería largarse de ahí.

La puerta del patio trasero se abrió dándole paso a una mujer que podía parecer una anciana de un cuento de terror entre la vestimenta que llevaba, lo poco arreglado que tenía el cabello y la forma en la que arrastraba los pies.

Klaudia sabía que tenía alguna dolencia, eso le hacía compadecerse un poco de ella.

La mujer la vio de reojo; como cada día, desde que llegara allí. El único día que se mostró medianamente amable fue cuando Klaudia llegó un tanto asustada por lo que vivió en la carretera y las extrañas voces que cada vez sentía más claras en su cabeza.

Sí. No dejaba de sentirlas; al contrario, se hicieron intensas y le llamaban constantemente.

Quizá eso tampoco le dejaba descansar con plenitud porque era en las noches, cuando ella entraba en modo de relajación, el momento previo al sueño, cuando empezaba a darse cuenta de que las voces, en vez de mantenerse alejadas como en el resto del día, empezaban a acercarse a ella.

Aterrador hasta para una mujer que creía que no le temía a nada ni a nadie.

Se terminó el café, a duras penas, mientras la bruja mantenía el silencio hostil y el análisis con mirada de asco.

Estaba harta.

La bruja se dio la vuelta, garabateó algo en un papel y se lo extendió.

Allí está tu hombre, ahora puedes irte.

—¿Cómo...?... —Klaudia estaba sorprendida, fue testigo del trabajo con la magia en esos días para buscar a Ronan y la bruja no conseguía dar con él porque seguramente hizo algo para que Klaudia no pudiera localizarlo con tanta facilidad.

Lo que era una completa tontería porque él mismo le dijo que estaría en Irlanda ¿no? Podría haber facilitado un poco más las cosas.

Le habría evitado a ella el incómodo momento de estar ahí con esa anciana que parecía que la odiaba a muerte.

—No tengo que explicarte nada más, ya puedes marcharte. Ninguna de las dos está cómoda. Recoge tus cosas y márchate ahora mismo.

—¡Vaya modales! —Klaudia estaba indignada, agradeció mantener sus cosas siempre bien recogidas en caso de que se presentara ese momento; porque sí, estaba indignada mas no podía negar que se sentía feliz de que ya pasara todo y pudiera marcharse de allí.

Salió de la habitación sacando un sobre de su bolso.

—No me lo has pedido, esto es para ti.

—No quiero tu dinero.

—Entonces dáselo a alguien que sí lo quiera, ¡con un demonio! Vives mal, estás muy enferma y cuando te agradezco la ayuda, me hablas así. Que sigas siendo profundamente amargada, Fiona. Adiós y gracias.

Se dio media vuelta y salió de la propiedad dando un portazo.

Que mujer tan mal agradecida, ella podía llegar a ser pedante, no lo discutía —y también cruel en ciertas ocasiones— pero no había sido mala persona con la bruja y no pretendía serlo tampoco.

Sinceramente, le agradecía lo que hizo por ella y no le daría más vueltas al asunto. Ella pidió un favor que la bruja hizo y le dio algo a cambio, como correspondía.

No le debía nada a nadie, ni antes ni ahora.

Encendió el coche y se puso en marcha camino al aeropuerto.

Necesitaba acabar con esa búsqueda de una vez y saldar las malditas cuentas con Ronan para poder volver a su vida normal.

***

La bruja vio alejarse el coche de la vampira.

Se sintió más relajada en cuanto sus ojos ya no pudieron divisar nada más referente a esa mujer y a todos los demonios que la perseguían.

Encendió el sahumerio para limpiar las malas vibras que percibió desde que Klaudia apareció en su casa.

¡Vaya noche pasó!

Y ni hablar de las siguientes.

Parecía que esa mujer tenía detrás un ejército de seres diabólicos llamándole para que les auxiliara.

En todos los años de vida que tenía, jamás se sintió tan amenazada junto a uno de esos seres.

Klaudia Sas no era santo de su devoción.

Bufó sumergida en sus pensamientos y negó con la cabeza. Nadie era santo de su devoción, sin importar la especie.

Desde que perdiera a su hijo y esposo en un accidente de tránsito, la amargura cubrió su corazón y se echó al abandono.

Llevaba años sin salir de la casa. Y para ella, estaba perfecto de esa manera.

Mientras estuviera más sumergida en sus recuerdos felices, mejor.

Claro que le habría encantado negarse a la petición de ayuda de localización a Klaudia, pero como bruja aliada de la sociedad de los Guardianes de Sangre, no podía negarse.

Por ello le abrió la puerta de su casa y ahora estaba bastante arrepentida. Tendría que limpiar las ventanas con vinagre y pedirles asistencia a los Dioses porque lo que sintió junto a esa mujer era aterrador.

Sin embargo, consideró que su prioridad era notificarle a Pál lo sentido junto a Klaudia.

Esa mujer corría peligro y no quería guardarse eso en su consciencia.

Sacó su móvil porque donde se encontraba era imposible

que las líneas telefónicas llegaran, con suerte el móvil conseguía un par de barras de señal en una esquina de la casa a donde se dirigió mientras buscaba el número de Pál entre sus contactos.

Marcó.

—Querida Fiona, que alegría saber de ti después de todos estos años —Pál, como siempre, era un hombre respetable. Además, se decía que era el único que conocía la ubicación del demonio mayor.

El que no debía ser despertado jamás.

Y ellas estaban allí para ayudarle con eso.

—Me da gusto también saludarte, Pál. Lamentablemente, no son buenas noticias.

Sintió la agitación de Pál al otro lado del teléfono.

—¿Qué ocurre Fiona?

—Klaudia estuvo aquí.

—¿En tu casa? —se preocupó más aun cuando sintió el asombro teñir la voz de Pál.

—Sí, me contactó para buscar a Ronan Byrne y se quedó unos días conmigo. He decirte que esa chica está mal, Pál. La persiguen los demonios.

Pál dejó salir el aire de su interior al otro lado.

Fiona decidió continuar su relato.

—Ese hombre, al que busca, no quiere ser encontrado tan pronto, por ello tardé tanto en encontrarlo, pero todo tiene su razón de ser ¿no es así? —Resopló sarcástica—. Porque, de pronto, tuve una visión de su ubicación exacta y la voz de una mujer que me decía que sacara a Klaudia en ese instante de mi casa. No me dieron las piernas lo suficiente para correr por el bosque y echarla de aquí. La vienen a buscar los demonios de noche, Pál. La llaman. Klaaaaaaudiaaaaaaaaaa —imitó la voz escalofriante que ella escuchó la noche anterior.

—Dios santo —Pál sonaba más preocupado de lo que ella pensaba que estaría.
—No la quiero aquí otra vez, ¿está claro?
—Hablaré con ella y gracias por informarme, Fiona, si necesitas algo, sabes que...
—Estoy bien como estoy. Gracias.
—Lo entiendo. ¿Podrías enviarme el lugar de la ubicación de Ronan?
—De inmediato. Hasta luego.
—Adiós, Fiona y muchas gracias de nuevo.

***

Pál recibió el mensaje que la bruja acababa decir que le enviaría.

No podía creerse lo que había escuchado.

«Los demonios la llaman».

Dios santo, Klaudia estaba despertando ¿cómo era posible? y estar tan cerca de la condesa era un grave error.

De pronto recordó la noche en la que su difunta hermana Etelka le visitó en su casa de manera sorpresiva para informarle que ella tenía a Felicity secuestrada y que la entregaría a cambio de la ubicación de la condesa sangrienta.

¡Pensar que Pál se la dio pudiendo haber ocasionado un caos!

Se le puso la carne de gallina y eso, para un ser como Pál, era mucho decir.

Tomó de nuevo el móvil y marcó el teléfono de Klaudia.

Desde hacía algunas horas estaba en territorio norteamericano de nuevo porque se enteró, por Garret, de que Loretta aceptó ayudar a Felicity y quería acercarse hasta su casa para agradecerle personalmente el gesto.

Podría haber esperado hasta la fiesta de las máscaras, en donde de seguro se encontrarían, faltaban solo unas semanas para eso. Pero no le parecía lo correcto; además, la búsqueda de Gabor en Finlandia no le arrojó buenos resultados y decidió cambiar la perspectiva.

Klaudia le respondió en la segunda llamada que le hizo.

—Pál, ¿cómo estás?

—Muy bien, en casa ¿y tú?

—¿Estás en Nueva York? ¡Qué ganas de estar ahí también y olvidarme de este hombre y todo el misterio que lo rodea!

Pál sintió el cambió en la voz de la mujer al mencionar el misterio que rodeaba al detective.

¿A Klaudia le gustaba el hombre?

Una razón más para preocuparse.

Resopló con desespero.

—¿Qué ocurre? ¿Sabes algo de Gabor?

—No —disimuló Pál con rapidez—, ese es justamente el problema, que no se nada. ¿Qué tal tu estancia en Venecia?

—Meravigliosa —respondió en un italiano perfecto que hizo sonreír a Pál—. Ahora no estoy ahí.

—Ah.

—Estoy en el aeropuerto de Leeds esperando abordar el vuelo que me lleve a Irlanda.

—Ah.

Klaudia soltó una carcajada.

—No te lo esperabas, ¿no? —Comentó sarcástica—. ¿Vas a venir a buscarme como otras veces?

Pál respiró profundo, Klaudia no estaba bien. Podía sentirlo en su voz.

Le ocultaba algo.

—Podría subirme al avión y recogerte en Irlanda si así lo quieres. ¿Por qué no estás usando vuelos privados?

—Quiero pasar desapercibida, Pál. No sé a quién me voy a enfrentar. Ronan es descendiente de aquella comunidad a la que Luk extinguió.

—¿Es buena idea que estés a solas con él?

—Probablemente no es una buena idea que esté él a solas conmigo, con lo cabreada y agotada que estoy. Esa bruja, Fiona, es la fuente de la alegría y la cortesía. Espero sientas el sarcasmo en mi voz.

Pál sonrió divertido porque Klaudia no dejaba de ser quien era por nada en el mundo.

—Ha pasado por cosas muy malas, Klaudia.

—¿Y qué? Todos hemos pasado por algo y no por eso…

—Tú no eres el mejor ejemplo para hablar de cordialidad y amor.

Ahora fue Klaudia la que bufó divertida.

—Es verdad. De igual manera, vive en muy malas condiciones. ¿Por qué no vive mejor?

—Cada quien vive como quiere.

—A veces me irrita lo comprensivo que eres.

—Tú eres la que pareces más irritada que de costumbre.

—¿Y cómo no estarlo? Dormí varios días en una cama de la que se me salían los pies y la mitad del cuerpo; no he podido darme una ducha decente; y además de eso, no consigo quitarme de los huesos la maldita humedad de esa casa. Con razón ella esta tan mal y tan envejecida.

Pál lamentó escuchar eso de Fiona. Pero no era su mayor preocupación en ese momento.

—Y es que desde que decidí ir a su encuentro, todo me ha salido al revés; parece que está llena de mala suerte esa mujer —dejó que Klaudia siguiera hablando porque quería saber lo que estuvo haciendo por la zona. Tenía un mal presentimiento instalado en el pecho—. Tuve que aterrizar en Londres y conducir hasta Fewston. Mi mente voló a los días en los que vivía en un claro del bosque junto a papá, Veronika y la tía Marian. Un bosque que podía ser cualquiera de esos que hoy se mantienen en pie dentro de este territorio, Pál —Klaudia suspiró y Pál sintió una tensión asquerosa en la mandíbula, no era sed de sangre, era una simple reacción a algo muy malo—. No he tenido días más felices que esos en toda mi vida, por ello es que casi nunca vengo a este país. En fin, me puse a pensar en eso y me perdí. ¿Puedes creerlo? Dejé de seguir indicaciones de la mujer del GPS y tuve que tomar una vía alternativa y…

—¿Y? —Pál aún tenía esperanzas de que le dijera algo que indicara que todo estaba tan normal como siempre.

—Y nada, Pál, nada. Cansancio, falta de sueño y ganas de regresar a mi casa.

Klaudia suspiró con gran nerviosismo. Pál supo entonces la vía que tomó cuando se equivocó en el camino; cerró los ojos y se pinchó el puente de la nariz con los dedos porque aquello se convertiría en su principal preocupación.

Tenía miedo, estaba seguro de eso. La conocía tan bien, que no le hacía falta que la bruja le llamara para contarle lo de los demonios que la siguen; así como tampoco necesitaba verla a la cara para saber qué ocurría con ella.

—Tengo que arreglar algunas cosas aquí y puedo unirme a ti si así lo deseas o regresa a casa y yo me encargo del detective.

—Nada de eso —volvía a sonar decidida, como la Klaudia de siempre—. Este hombre me retó a mí. Así que yo voy hasta allá, le pateo el trasero y luego me voy a casa.

—Me preocupa que te tienda una trampa —Pál no estaba preocupado por eso, pero quería que ella viera peligro en algún lado y regresara al continente americano cuanto antes.

—No lo hará. Me lo dejó en claro la última vez que nos vimos. Sabe quiénes somos y quiere saber quién acabó con su aldea. Es un cazador, no voy a decir que cualquiera de nosotros no podría estar en peligro a su lado; sin embargo, me aseguró que no iría detrás de nosotros si le decimos la verdad y le entregamos al responsable.

—Se va a cabrear cuando se entere que Luk murió, Klaudia, y tú vas a pagar las consecuencias.

—Bueno, tengo que descargar con alguien yo también, así que me vendría bien un poco de acción.

La mujer del altavoz en el aeropuerto anunció la llamada a los pasajeros del vuelo que le correspondía a Klaudia.

—Pál, te dejo, es mi avión.

—Klaudia —hizo una pausa lamentando no estar a su lado y cuidar de ella y de la especie como prometió en el pasado—. Cuídate.

—Lo haré, adiós.

Colgaron y Pál no pudo evitar sentirse mortificado.

Gabor se convertía en la menor de sus preocupaciones después de hablar con Klaudia.

Su búsqueda quedaría a un lado por completo o enviaría a alguien más a encargarse de él.

Dios santo, cuando pensaba que las cosas no podían ponerse peor…

Klaudia estaba despertando y debía estar listo para cuando recordara todo lo que aún no alcanzaba a recordar.

Capítulo 4

Klaudia aterrizó en Galway sin muchos ánimos. Aunque quería terminar con aquella búsqueda y ese encuentro, que estaba segura resultaría poco amistoso, tan pronto como le fuera posible, la verdad era que estaba agotada a morir y necesitaba reponer energía.

No le parecía conveniente enfrentarse a un oponente con tanto cansancio encima.

Quiso alquilar un coche, pero temió quedarse dormida en cualquier momento. Por ello decidió pedir un Uber y pagar cualquier cosa que le pidieran a cambio de llevarla a Tuam.

Lugar que la bruja le dio como localización de Ronan.

Por supuesto, no especificó dónde, cuándo o cómo lo encontraría; aunque teniendo en cuenta de que Tuam fue el sitio con mayor población de aldeas de Hadas en el pasado, pensó que no tardaría en encontrarlo.

Eran muchas las leyendas sobre esos seres místicos; algunas verdad, algunas mentiras, «como en todo», pensó, mientras luchaba por mantenerse despierta dentro del vehículo.

El conductor, a dios gracias, no le hablaba. Lo último que tenía, era ganas de conversar y ser amable.

El sol resplandecía, lo cual agradeció; y el viento soplaba bastante fresco, lo que era normal para la temporada en esa zona del planeta.

¿Qué debía hacer cuando lo encontrara?

Era algo bastante sencillo pero parecía que para ella esa tarea se estaba volviendo una odisea.

Resopló con fuerza.

Lo primero era encontrarlo.

—No, primero un hotel y dormir.

—¿Dijo algo? —el hombre detrás del volante bajó el volumen de la radio y la vio por el retrovisor.

—Sí, que por favor me deje en un buen hotel en Tuam.

—Muy bien.

Siguieron el recorrido.

Klaudia tomó su móvil, revisó sus correos y no encontró nada interesante además de los mensajes que pudiera tener de la compañía o de Pál.

El mundo parecía que se olvidó de ella.

«Deja el drama, acabas de hablar con Pál»

¿Cómo habría sido su vida sin Pál a su lado?

«Un maldito caos», se respondió mentalmente.

Pál era el punto de equilibrio en eso que ella tenía como existencia. A pesar de que le dejaba a sus anchas y respetaba sus decisiones, siempre estaba al pendiente de ella y la cuidaba como si fuera una hermana.

¿Por qué le estaba dando por pensar en su familia, hermana, padre… madre?

Se le hizo un fuerte nudo en la garganta que tenía años sin sentir.

Klaudia dejó de pensar en su familia hacía siglos, justamente por eso, porque sentía que la debilitaban y ella necesitaba ser fuerte para enfrentarse al mortal aburrimiento de la eternidad sin flaquear.

Pero en esos días...
Volvió a sentir la presión en la garganta y la falta de aire en el pecho.

Pensar en su madre dolía. ¡Cuánto daría por poder conversar con ella aunque fuera una vez!

Daría todo lo que tenía, todo, lo que era con tal de que esa mujer a la que añoraba con toda su alma le pudiera dar un abrazo.

¿Cómo habría sido vivir a su lado?

Un milagro. Eso habría sido.

Y no fue y ella debía dejarse de sentimentalismos y...

Silenció sus pensamientos de inmediato porque ahí estaban los susurros que se acercaban poco a poco a ella.

Vio al conductor rápidamente que parecía no estar sintiendo nada porque estaba sumergido en sus pensamientos, con los ojos puestos en el camino.

Y otra vez, sintió el siseo más cercano.

Bajó la ventanilla del coche, la brisa golpeó su rostro dejándole escuchar claramente a alguien que le llamaba.

Así como le pasó en noches anteriores.

La piel se le erizó y sintió miedo.

¿Qué demonios pasaba con ella y sus malditas emociones?

¿De dónde venían los susurros?

Seguían acercándose. No iba a dejarlos pasar.

—Deténgase —ordenó al conductor que la vio confundido—. ¡He dicho que se detenga!

El hombre frenó en seco a un lado del camino en el que lo único que se veía era naturaleza formando colinas y bosques.

—Todavía falta para llegar al hotel, señorita, ¿ocurre algo?

Klaudia no quería perder los susurros que iban y venían.
Sacó de su cartera un billete de alta denominación y se lo extendió al hombre.

—Deje mis cosas en el hotel y solo dígame el nombre para llegar luego.

—No puede quedarse aquí…

Klaudia lo vio con desesperación y furia.

El hombre se quedó mudo en el acto y asintió.

Apuntó el nombre del hotel en un papel de un bloc de notas que tenía en el asiento del copiloto y se lo dio.

—Puedo esperarle hasta que llegue, no puedo dejar sus cosas allí y…

—No, déjelas en el *lobby*. Klaudia Sas es mi nombre y dígales que llegaré luego —sacó varios billetes más—; dé buenas propinas para que nadie se oponga a lo que pida y el resto, quédeselo.

Abrió la puerta del coche, el hombre la tomó del brazo de forma inofensiva.

—Señorita, es peligroso, si quiere yo la espero aquí, está muy lejos y…

—Voy a estar bien, usted haga lo que le digo.

Se zafó del agarre y salió del coche decidida a acabar con el martirio de los susurros.

Agradeció haberse puesto zapatos deportivos ese día y llevar una cartera cruzada para poder tener las manos libres.

Aguzó el oído.

Susurros ligeros. Se perdían en la lejanía mientras se internaba en el bosque.

Se detuvo.

Analizó su entorno preguntándose si estaría haciendo lo correcto. Tenía tantos años que no vivía una aventura semejante. La nariz le ardía debido a los diversos y penetrantes olores de la tierra que percibía en ese instante.

A pesar de que una rama se quebró muy lejos de ella, con su oído afinado, pudo sentirla.

Un animal. No sabía de qué especie, llevaba muchos años en la ciudad y por ello estaba bloqueada en cuanto a lo que percibía.

Cerró los ojos e intentó relajarse para poder sentir.

¿En dónde estaban los susurros?

Debía regresar porque los había perdido.

Respiró profundo; hinchando sus pulmones con el aire puro de la naturaleza y fue cuando lo sintió.

A él.

La garganta empezó a picarle al tiempo que la brisa le inundaba las fosas nasales con el *After Shave*.

Abrió los ojos de inmediato sintiendo que las encías ardían.

Se le escapó un gruñido animal, de los salvajes, de los que tenía mucho tiempo sin sentir y empezó a correr hacia el lugar que estaba revolucionando su sistema haciéndole desear sangre, pelea y caza.

Corrió hasta notar el círculo de champiñones venenosos en el suelo.

Entró en este sin pensar en lo que podría ocurrir y entonces, lo vio.

El claro de la colina se abrió ante ella con un sol mucho más resplandeciente del que estaba al otro lado del bosque y Ronan estaba ahí, en medio del claro, en prácticas de guerra que le serían necesarias para luchar contra ella.

Klaudia sintió la punzada en la mandíbula, la resequedad en la boca.

Apretó los puños, sonrió de lado con gran maldad en la mirada.

Y, sin pensárselo, se abalanzó sobre él.

***

Ronan se encontraba en la colina del antiguo reino practicando movimientos para derrotar a sus oponentes cuando estuviera frente a frente con ellos.

Le gustaba ir allí todos los días no solo para mantenerse en forma, no, le gustaba porque le hacía sentirse más cerca de los suyos y alejado de la maldad que existía en el mundo.

Hacía tanto tiempo que quería un poco de paz en su vida. Y allí, era el único sitio del mundo en el que lo encontraba.

Incluso cuando los recuerdos de la tragedia lo agobiaban.

Cuando el dolor de la masacre se hacía presente de nuevo.

Sí, incluso en ese momento, Ronan se sentía en paz en ese lugar.

Era su tierra aunque no quedaba nada de lo que fuera alguna vez.

Todo gracias al ser diabólico que arrasó con la aldea entera.

Dio un salto en el aire pensando en que, ahora, cuando ya era un hombre establecido y con tantos siglos de experiencia, saltaría así y lo sorprendería por la espalda clavándole en el corazón la daga de su familia.

Imitó los movimientos que haría. Eran directos, decididos, precisos.

Y sabía que aquello no mataría al demonio; mas lo mantendría ocupado el dolor de la herida en el corazón mientras él, con otro rápido movimiento, le seccionaba la aorta para que se desangrara; y mientras este lamentaba lo que le estaba ocurriendo, sacaría la espada, tal como ahora, la haría girar en el aire una vez para poder coger fuerza y velocidad; y luego…

¡Ah!.. Sí… luego le arrancaría la cabeza al maldito.

La espada terminó de hacer el corte imaginario y para cuando Ronan reaccionó, la afilada hoja cortó la piel del hombro de una mujer salvaje que se abalanzaba sobre él.

—Klaudia —fue lo único que pronunció sorprendido antes de caer sobre la hierba, atontado, por el golpe que la mujer, fiera como un animal del bosque, le acababa de dar.

Necesitaba recomponerse y luchar.

Ella fue más rápida y alcanzó a darle una patada que lo hizo encogerse debido a la falta de aire y el dolor insoportable en la parte baja del estómago.

Acto seguido, Klaudia se subió a horcajadas sobre él, inmovilizándolo; aunque no pareciera que fuera capaz de hacerlo.

Le dio tres golpes de puños cerrados, alcanzando uno de ellos la boca de Ronan que empezó a sangrar, haciendo que Klaudia dejara salir toda la maldad que llevaba en su interior y llevando a Ronan a esos recuerdos que se juró que no viviría de nuevo.

Klaudia lo veía como un bocadillo mientras seguía repartiendo golpes y él sintió la fuerza de sus ancestros invadirlo, alentándolo a luchar.

Tenía que librarse de ella de cualquier manera.

Como pudo, alcanzó la larga herida del brazo producida por la espada y metió los dedos entre la carne separada.

Klaudia se retorció del dolor y fue el momento preciso para tomarla de esa melena espesa y sedosa que tenía para arrastrarla por el campo hasta que él alcanzara la espada de nuevo, sin perderla a ella en el intento.

Sentía que hiperventilaba, algo en su sistema no iba bien porque sentía un furia asesina por haber sido sorprendido de esa manera; pero, a la vez, estaba desconcertado y quería preguntarle a ella varias cosas.

Estaba claro de que no era momento para preguntas y tal vez se quedaría con la duda porque el comportamiento de ella dejaba mucho que desear aquel día. No permitiría que ella le atacara; o peor aún, lo matara.

No.

Él acabaría antes con ella.

La zarandeó para que ella dejara de retorcerse y gruñir como un perro rabioso.

Luego la empujó, soltándola y tomando la espada con rapidez.

Flexionó las rodillas e hizo girar la espada en el aire para demostrarle a ella que era hábil con esa arma y que no tendría reparos en usarla en su contra.

Ella se levantó en un ágil movimiento, adoptando la misma posición que él; solo que iba desarmada lo que le pareció un poco injusto a Ronan.

Así era la vida, sobreviviría el más apto.

Klaudia le sonrió de lado con mucha malicia. No se parecía en nada a la mujer fina y educada que conoció en Nueva York. La que debía darle el nombre del ser maldito que acabó con su aldea.

«No puedes matarla».

—Pál tiene una más grande que esa —vio la espada con gran sarcasmo—. Nunca me han dado miedo las espadas, imbécil.

Ella saltó en el aire haciendo un giro con tanta rapidez que Ronan no tuvo tiempo de salir de su radar.

La vampira se situó detrás de él pasándole el brazo sano debajo del cuello para inmovilizarlo, pero Ronan todavía tenía la espada en la mano y no le tembló el pulso en usarla para hacerle otro corte a ella. Esta vez, en las piernas.

La mujer trastabilló quejándose un poco, siendo el momento perfecto para clavarle el codo en un costado y sacársela de encima.

Sin embargo, las peleas no siempre salían como se esperaban y Klaudia rodó colina abajo arrastrando a Ronan con ella.

Ronan dejó la espada caer de inmediato porque sería un peligro para él y se preparó para cuando la caída llegara a su fin.

Al llegar al siguiente llano, Ronan fue más rápido y ágil; se colocó de pie de inmediato, sacó la daga e se le fue encima a Klaudia sin clemencia.

Ahora fue él quien se sentó a horcajadas sobre ella; daga en mano, la vio a los ojos.

Negros, opacos, aterrorizados.

Y en vez de lanzar una amenaza mortal o clavarle la daga en algún lado, bajó la guardia haciendo que ella lo observara desconcertada.

Entendió que la debilitó y no por las heridas.

No.

Encontró algo más que le causó curiosidad y quiso entender cómo era que una guerrera como ella, se desconcertaba ante él.

Después de esa pequeña lucha no le quedaba duda de que ella podía ser letal y rápida.

No lo fue con él, ¿por qué?

Klaudia hizo una mueca de dolor tratando de zafarse de la prisión que Ronan representaba encima de ella.

Este aun la apuntaba con la daga.

—Si me vas a clavar eso en algún lado, hazlo de una maldita vez y quítate de encima que la herida de la pierna me está matando soportando tu peso.

Ronan parpadeó un par de veces y en cuanto fue a moverse, ella tomó ventaja de nuevo quitándole la daga en un abrir

y cerrar de ojos para tirarla lejos.
Él se quedó perplejo. En tantos años de lucha, con tantos otros vampiros a los que se enfrentó, jamás se encontró a alguien con la habilidad de Klaudia.
Resopló confundido y dolorido; quiso tantear la herida que él tenía en la boca con la mano que tocó la sangre de ella. Klaudia lo detuvo en seco, haciendo que él colocara su otra mano sobre la de ella para inmovilizarla.
Klaudia clavó los ojos negros de nuevo en los de él y Ronan ahora solo pudo percibir vergüenza.
Gran vergüenza.
—A menos de que quieras convertirte en uno de los míos, no te toques ninguna herida hasta tener las manos limpias. ¿Está claro? —Ronan parecía estar bajo hipnosis mientras los ojos de ella escudriñaban los de él—. ¿Está claro?
Solo asintió con la cabeza sintiéndose como un perfecto imbécil.
Ella se dio la vuelta y empezó a subir colina arriba con gran dificultad por la herida de la pierna.
El orgullo lo retuvo algunos segundos antes de ceder a la compasión que le dio verla temblar por el dolor.
Sabía que la hoja de su espada era perfecta para arrancar cabezas de un tajo, la afilaba para eso, así que no dudaba de haber podido llegar al fémur ocasionándole algún corte.
Corrió hacia ella.
—No te atrevas a ayudarme. Esto me lo he buscado yo.
La determinación de ella fue un motivo de admiración para él.
No era orgullo lo que la movía en ese momento, era respeto hacia él por haberlo sorprendido y atacado en su refugio de esa manera.
Hizo lo que ella le pidió y se mantuvo a su lado, subiendo

a su paso para ayudarle en caso de que se lo pidiera.

Ronan pensó en cómo sanaría ella sus heridas. Necesitaría sangre. Conocía tantas historias de ellos que no sabía cuál era cierta. La verdad era que nunca les daba tiempo al diálogo a los que se encontró antes de Klaudia.

La vampira cojeaba cada vez más y él se sintió culpable y horrible por hacerla pasar más dolor del que ya soportaba; así que, sin previo aviso, la tomó entre sus brazos y acabó de subir la colina mientras ella intentaba disimular una fortaleza que estaba a punto de ahogar en un profundo llanto de dolor.

La apoyó con sutileza encima de la hierba, en el mismo claro en el que estuvo practicando antes de ser sorprendido.

De las heridas ya no brotaba tanta sangre; sin embargo, aún estaban abiertas. Y pudo apreciar que sí, eran bastante profundas, sobre todo la de la pierna. Tal como lo pensó, el hueso no se libró de la hoja de la espada.

Ella se mantuvo en silencio un rato.

—¿Qué puedo hacer para que te recuperes?

Ella bufó.

—Nada. Con descansar un poco podré caminar hasta el hotel al que el hombre del Uber llevará mis cosas. Allí me encargaré yo de conseguir mi medicina.

Ronan entendió a lo que se refería.

—¿Cuándo llegaste?

—No he llegado todavía. Aterricé en Galway y no tenía una ubicación exacta de ti —hizo una pausa, luego continuó—: en el camino supe en dónde estabas, pude olerte.

—¿Pensabas matarme?

—No lo sé, Ronan. Ni siquiera sé qué diablos pasó conmigo en cuanto pisé el bosque y sentí todos esos aromas y el tuyo y... —Klaudia resopló y negó con la cabeza arrepentida—. La verdad es que habría estado bien matarte antes de que me hicieras esto —señaló la herida de la pierna y retorció la cara con una mueca de dolor—. Como te dije antes, me lo tenía merecido por atacarte en este sitio y por acceder aquí sin tu permiso. Gracias por perdonarme la vida.

Ronan la observaba perplejo porque todo su comportamiento de ese día le parecía un enigma que lo invitaba a resolverlo aun poniendo él resistencia.

¿La estaba empleando de verdad, la resistencia?; ¿o solo era una ilusión para sentirse más tranquilo por su actitud benevolente y compasiva hacia ella?

A otro lo habría sepultado no solo por atacarlo sino, además, por haber tenido el atrevimiento de acceder al portal sin su consentimiento.

No a ella. ¿Por qué no?

Ronan sintió un espasmo en el estómago que no comprendió. Habría sido del golpe que ella le dio en cuanto lo sorprendió.

Sí, tenía que ser eso.

—¿En dónde te estás quedando?

Ella vio a su alrededor intentando descifrar en dónde quedó el bolso que llevaba encima, antes de la pelea.

Vio la cinta que sobresalía de la hierba y recordó que se lo quitó antes de sorprender a Ronan.

Ronan seguía el movimiento de sus ojos, también vio el objeto de interés.

Lo buscó y lo puso junto a ella.

—No me sé el nombre del lugar y no creo que llegue hoy; no estoy en condiciones, despertaría muchas preguntas.

—No puedes quedarte en el bosque, herida. Déjame atenderte.

—No intentes ponerme un dedo más encima aunque me lo tenga merecido.

—¿Siempre eres así de rebelde y orgullosa?

—Estoy siendo respetuosa, Ronan. No tienes ni idea de lo que puedo ser cuando quiero meterme en plan: «señorita orgullo o rebeldía» —respiró profundo mientras se ponía de pie, a duras penas; y Ronan se sintió miserable por no ayudarla, pero cumplió con sus deseos—. Mira, estoy aquí tal como me lo pediste la última vez que nos vimos en Nueva York y, por supuesto, que este no era el plan inicial para un acercamiento contigo. Jamás me salgo de control, jamás; así que no sé qué diablos me pasó y lo lamento, sinceramente, lo lamento. Sé que no debe ser fácil este momento para ti. Y estoy inmensamente cabreada conmigo misma como para que avives la chispa porque no sé si voy a ser capaz de comportarme como lo estoy haciendo ahora o voy a pasar al modo salvaje de antes.

—En ese estado no me aguantarías ni un round —Ronan quiso causar gracia porque la veía estresada y realmente fuera de sí. De todas las veces que conversó con ella, nunca se habría imaginado esa faceta en Klaudia. Ella lo ignoró y siguió caminando hacia la salida del claro—. Klaudia, no puedes ni debes quedarte en el bosque así.

Ella resopló abatida y se desinfló, haciéndole entender que él tenía razón mas no tenía otra alternativa.

Esa mujer no estaba bien.

Nada bien.

¿Representaría un peligro para la comunidad? Era mejor que la tuviera en casa, bajo vigilancia.

Ella lo vio y frunció el ceño.

—Sé que dudas de mí, puedo olerlo; te aseguro que no voy a lastimar a nadie.

—Entonces te quedarás en mi casa, confío en tu palabra; cuando estés mejor y hayamos hablado, puedes marcharte a donde te dé la gana. Te doy mi palabra de que me comportaré como un caballero y las armas quedarán fuera de casa.

Ella sonrió de lado con pesar en la mirada, sabía que no tenía muchas otras alternativas.

—Necesitaré mis cosas y…

—Las buscaré y entiendo la otra parte, tendrás que alimentarte.

Ella asintió.

—Supongo que tienes chicas y chicos dispuestos a eso en todo el mundo.

Ella volvió los ojos al cielo, se encontraban en el portal de acceso al claro, cruzaron los dos al mismo tiempo regresando a la humedad y frío del bosque haciendo que Klaudia perdiera el equilibrio por el dolor para irse de bruces contra el suelo.

Ronan negó con la cabeza levantándola sin esfuerzo.

Era una mujer alta y de complexión ósea fuerte, pero no pesaba tanto para él.

—Puedo aguantarme, me alimentaré en unos días cuando esto sane y me pueda ir de tu casa.

—Ni hablar, soy un chico grande, puedo asumir la culpa de haberte hecho eso, así que podré aceptar que te alimentes bajo mi techo.

—Gracias.

La voz de ella fue tan delicada y dulce que Ronan se volvió para verla a los ojos porque le pareció que hablaba con una desconocida.

¿Cómo era que Klaudia Sas podía ser tan fascinante llevando una maldición tan diabólica encima?

¿Cómo podía despertar su interés esa mujer que era tan peligrosa como el hombre que acabó con toda su aldea varios siglos atrás?

Ella recostó la cabeza de su hombro y él se sintió en la obligación de responsabilizarse por su sanación.

Sí, la ayudaría; y después, buscaría la forma de seguir con plan tal como lo tenía trazado.

Capítulo 5

Loretta llegó a casa de Garret muy entusiasmada.
Llevaba varios días visitando a Felicity por las tardes. Se entretenían en la cocina horneando algún pastel y conversando trivialidades de chicas.

Cosas que parecían normales para Felicity no para Loretta.

Toda esa experiencia con ella estaba siendo tan maravillosa que ahora, estar en casa, en soledad, le hacía sentirse muy mal.

Ese día en particular tenía algunos planes para ellas que le ayudarían a Loretta a entender un poco mejor los sueños y miedos de Felicity.

Estaba trabajando en la recuperación de la memoria de la chica, pero necesitaba ir más profundo y entender sus verdaderas emociones para poder entrar en su mente, hurgar y recomponer las cosas poco a poco.

Lo principal que quería lograr era que entendiera o recordara que Lorcan no fue el hombre que la atacó.

Sabían que fue Gabor, bajo un hechizo de ilusión o con un poder propio que desconocían, quien consiguió meterse en la cabeza de ella haciéndole creer que él era Lorcan.

No podía abordar ese punto en ese momento, ni en las siguientes semanas, tendría que ir poco a poco. Pudo darse cuenta de que la mejor manera de conversar con Felicity de ese tema que tanto la perturbaba, era haciendo alguna otra actividad que la mantuviera distraída.

Y si era por establecer un nexo con ella, no debía preocuparse por eso porque, sin darse cuenta, ya lo tenía creado por parte de ambas.

Encajaron muy bien desde el primer día.

Por ello necesitaba que Felicity pasara, de ahí en adelante, más tiempo con ella y en su casa. La necesitaba en el invernadero, tocando algunas plantas que la bruja tenía preparadas para desencadenar algunas emociones sin necesidad de esperar a que ella durmiera; buscaría también la forma de que se quedara a dormir en su casa un par de días para entender el proceso de las pesadillas.

Ya había presenciado la ansiedad que la dominaba en cada atardecer y sabía que Garret algunas veces le absorbía la psique para que ella entrara en un sueño profundo, al menos por unas horas; sin embargo, la bruja quería conseguir que la chica durmiera con algunas de sus infusiones y así pudiera acceder a sus pensamientos, «para hurgar y reparar» se dijo de nuevo.

Casualmente, encontró a Felicity esa tarde quitando la maleza que sobresalía entre las flores que estaban en el jardín.

—Pensaba que Garret tenía un jardinero para esto —Felicity levantó la cabeza al máximo para poder tener la vista libre de su pamela, que le daba la sombra necesaria para el trabajo que estaba haciendo. Le sonrió a Loretta.

—Lo tiene, pero hay días que le digo que se tome el día libre y me quedo yo con el trabajo porque estoy muy aburrida aquí.

Lo entendía. Ella estuvo muy, muy, muy, aburrida toda su vida en su casa.

—No sabía que te gustaban las plantas —le pareció una señal positiva para su plan en el invernadero.

—No lo habíamos hablado. Parece que ahora solo sabemos hablar de películas y chicos guapos de Hollywood —Ambas rieron. Felicity siguió en su proceso descontaminante y Loretta se sentó a su lado a ayudarla. Encontró una maleza que a ella le gustaba secar para preparar un té aromático que sanaba la acidez de estómago así que, de la forma más natural para ella, empezó a seleccionar las hojas y las iba colocando a un lado.

Felicity la vio con gran curiosidad.

Loretta aprovechó la ocasión para introducirla en su mundo, cuando reparó en su error.

—Esta hierba que todo el mundo echa a la basura, es muy buena para la acidez.

—Interesante. Cuéntame más.

Loretta la vio con fascinación. No la juzgaba ni la veía como un bicho extraño por decirle algo así.

—¿Qué hace esta? —le enseñó una maleza alargada y delgada de color verde.

Loretta sonrió divertida.

—Nada, esa sí se puede desechar.

Felicity la examinó y luego, sin darle mayor importancia, la desechó.

Las rosas estaban divinas y el olor que desprendían era maravilloso. Loretta se preguntó ¿cómo sería una infusión de esas rosas sembradas en esa casa?

Sabía el proceso de las suyas, los ciclos de siembra, las energías que se usaron.

No en las de los Farkas.

—¿Crees que pueda llevarme unas de estas rosas a casa?

—Supongo que nadie lo notará —respondió Felicity—, hay muchas y Garret suele verlas con añoranza. ¿Crees que signifiquen algo para él?

Loretta iba a responderle cuando los lobos corrieron en dirección a la puerta para olfatear a Garret que se reunía con ellas.

—Podrías preguntárselo a él —Loretta le animó en voz baja—. Hola, Garret —saludó y luego se puso de pie—. Voy a la cocina por unas limonadas, ¿quién se anima?

—Yo preferiría una cerveza —respondió Garret con las manos en los bolsillos de su vaquero y Felicity lo apoyó en su idea haciendo que Loretta volviera los ojos al cielo y fuera a la cocina a buscar tres cervezas, porque no tenía razón alguna de negarse a beber una refrescante cerveza.

Entró en la casa y se detuvo en seco, dándose cuenta de que algo en el ambiente era diferente.

La energía que Garret dejó allí antes de encontrarse con ellas en el jardín, era fuerte y agresiva, algo que le extrañó mucho porque no le correspondía en nada a la energía que estaba acostumbrada a sentir en él.

Vio por la ventana mientras iba a buscar las cervezas en la nevera y sintió un extraño pálpito en el pecho que la puso alerta.

Buscó a los lobos con la vista, los observó revolcándose a lo lejos en la playa. Si ellos estaban tranquilos, nada habría que temer ¿no?

Exacto.

Entonces abrió las cervezas y salió de nuevo al jardín observando a Felicity y Garret reír sobre algo que conversaban.

Garret aún se mantenía a distancia de Felicity a pesar de que la chica, de forma inconsciente, le dejaba pequeñas señales para que él se atreviera a dar el siguiente paso.

No podía seguir perdiendo más tiempo.

—¡Oh, Loretta! Te perdiste la historia de Garret. Una muy divertida sobre él y sus hermanos cuando vivían en Europa y asustaban a la servidumbre con bromas fantasmagóricas.

Loretta sonrió divertida, les dio las botellas a cada uno y después de un suave *chin* entre las tres botellas, cada uno bebió un sorbo de la suya.

—Luk era un genio gastando esas bromas.

—Me habría gustado conocerlo —acotó Felicity, sacando la maleza y cortando algunas rosas extra para decorar el interior de la casa.

—Y a él le habrías encantado.

Loretta se incomodó por el momento en el que sentía que estaba de sobra y quiso marcharse, pero algo se lo impidió. De nuevo ese pálpito extraño y la energía de Garret que parecía ser inestable

Lo observó curiosa.

Felicity se sonrojó como era costumbre cuando él decía cosas como las que acababa de decir y después de darle un tiempo prudencial para hacer una siguiente jugada que nunca hacía, continuó indagando sobre los Farkas. Parecía que nunca habían hablado de ellos y creía entender que era por el tema de los recuerdos en ella.

Entonces desconocía que Lorcan era el novio de su amiga Heather.

—¿Tú lo conociste? —Loretta negó con la cabeza—. Es una lástima que haya muerto tan joven. ¿De qué me dijiste que murió?

—Un accidente.

—Mmm —Felicity se abstrajo en su memoria como si estuviese buscando algo importante que nunca encontraba,

lo hacía con frecuencia cuando mencionaban cosas tristes—.
Loretta, he conseguido más ramas de esas para ti. ¿Qué haces luego con ellas?

—Las dejo secando al sol y luego las proceso en el invernadero.

—¿Tienes un invernadero?

Loretta asintió con el pecho hinchado de orgullo. Porque el suyo, no era cualquier invernadero.

—Me encantaría conocerlo.

—No tengo nada que hacer, podríamos ir ahora así te aprendes el camino a casa porque ni creas que voy a venir yo, cada día, a visitarte.

Felicity sonrió divertida y se puso de pie.

—¡Ah! Yo pensaba que venías porque no sabías preparar café y querías que lo hiciera yo —Loretta le sonrió traviesa a su nueva amiga—. Garret, ¿tienes problema con que se lleve algunas rosas de aquí?

Garret la observó con sinceridad desde el suelo.

—Puedes tomar todas las que quieras —Felicity le tendió la mano a él para ayudarle a levantarse del suelo mientras que, con la otra mano, sostenía un puñado de rosas con cuidado de no pincharse; el intento fue en vano cuando ancló los pies en tierra para tirar de Garret y sus ojos encontraron a los del hombre en el contacto de manos.

Loretta lo supo al instante, algo ocurriría.

En efecto, Felicity se dobló más de lo que debía y una de las espinas de la rosa más grande que tenía agarrada se le enterró en la palma de la mano.

—¡Auch! —se quejó, soltando las rosas al momento que cayeron en el suelo, dejando ver la herida en su mano. Loretta observó a Garret respirar profundo y lamerse el labio superior.

Ahí estaba otra vez la energía que no era común en él. Tenía hambre.

¡Con un demonio! ¿Cómo era aquello posible?

Los nervios la amenazaron y los lobos corrieron en su ayuda.

Los acarició y les pidió que acompañaran a Felicity al agua a lavarse la herida.

—Ve a la orilla y lávate que no hay nada mejor que el agua de mar para estas cosas, ahora te alcanzo —Garret la seguía con la mirada y Loretta lo interrumpió haciendo que este volviera a la realidad y se espantara de lo que acababa de hacer—. Estaremos en mi casa. Resuelve tus asuntos en tanto. Si no te alimentas, ella no regresa aquí. ¿Está claro?

—Loretta no quise…

—Pero lo hiciste ¿Qué pasa con tu alimento?

—No he podido ir a la ciudad y no quiero hacerlo aquí porque ella podría…

—No me des excusas, Garret, no las quiero. Consigue a alguien que te mantenga alimentado aquí o si no, ella no vuelve a tu lado. Avísame cuando termines de resolver todo.

***

Garret entró a la casa con el ceño fruncido y la rabia que lo consumía por dentro.

¿Cómo pudo ser tan descuidado?

Observó a Felicity y a Loretta alejarse en la playa con los lobos custodiándolas a sus espaldas.

Felicity creía que los dos lobos que permanecían en casa desde que Loretta les visitó la primera vez, se debía a que Loretta los dejaba estar en donde más quisieran, le contó a Felicity que tenía cuatro lobos en casa, todos salvajes y bien adiestrados, así que les daba libertad.

Le hizo creer que cuando se cansaran de estar allí, se irían a otro lado o volverían con ella, como debía ser porque los lobos respondían únicamente a sus órdenes.

Así ocurría con las brujas y sus custodios.

Garret se obligó a concentrarse. ¿Cuándo fue la última vez que se alimentó de alguna de las chicas de la compañía?

No recordaba el día exacto.

Le dio a entender a Loretta que no se alimentaba desde que no iba a la ciudad.

Y no, era desde antes. No le pareció necesario hacerlo con más frecuencia de la que ya lo hacía, se sentía bien así.

Lo cierto era que algo estaba cambiando en él porque no era normal su comportamiento.

«Son tus sentimientos por ella, idiota», se reprochó, como si quisiera darse un bofetón a sí mismo para reaccionar.

¿Qué podía esperar? Era lógico que tuviera que empezar a alimentarse con más frecuencia o mejor dicho, casi a diario hasta…

«Para siempre», sentenció en su cabeza; mientras estuviera junto a ella sería para siempre que debía alimentarse a diario porque sus sentimientos hacia Felicity eran tan intensos y puros que desearía en extremo probarla al completo.

Una punzada en la parte baja del vientre lo hizo sentir nervios.

Esa sensación que dejó de sentir siglos atrás.

Excitación.

Se frotó el rostro con ambas manos tratando de calmarse; ¿cómo lograrlo con la imagen de ella allí en el jardín, el hilo de sangre en su mano, su aroma impregnado en toda la casa?

Suspiró y fue a la cocina, tenía la boca seca.

Quizá un vaso de agua lo calmaría.

La tensión empezaba a acumularse en su sistema y quería drenar de alguna manera, sonrió al pensar que sería una buena idea darle un par de puños a alguien.

No tenía a quien y habría quien le aconsejara que pusiera un saco de box en casa para golpearlo cuanto quisiera. Sospechaba que eso no iba a saciar su sed ni el deseo creciente que sentía por Felicity.

Dios.

¿Por dónde podía empezar a explicarle lo que sentía por ella?

¿Por dónde empezar a conquistarla?

Loretta se lo aconsejó. Él no se sentía capaz de hacerlo, le preocupaba el momento de intimar con ella, de acariciarla, de besarla.

La punzada anterior se convirtió en una prominente erección al pensar en esos detalles entre él y Felicity y se sorprendió tanto como minutos antes, cuando estuvo a punto de perder el control al ver sangre.

«No cualquier sangre, idiota», se reprochó de nuevo.

Tomó el móvil para llamar a Klaudia.

No le respondió.

Podía llamar por sus propios medios a la compañía, le atenderían de inmediato; pero quería explicarle la situación a Klaudia. Ella tomaría previsiones haciendo los arreglos para ayudarle sin problemas.

Lorcan quizá sabía en dónde se encontraba.

Telefoneó a su hermano.

—Garret, ¿qué tal? —Garret no supo qué responder a eso. Si decía «sediento», Lorcan lo apartaría de la vida de Felicity; si decía «bien», sabría que algo iba mal.

—Desesperado —pensó, diciéndolo en voz alta y dándose cuenta de que realmente se sentía así.

—¿Le ocurre algo a ella?

—A mí, Lorcan, a mí. ¿Te das cuenta que soy un peligro permanente para ella?

Lorcan dejó salir el aire.

—¿Qué ocurrió?

Garret le contó el episodio en el jardín.

—Fue horrible, nunca antes me sentí así, ni siquiera con Diana llegué a sentir dolores tan asquerosos en la mandíbula.

—Y lamento decirte que todo va a calmarse solo si bebes de ella.

—¡Maldición, Lorcan! Esto va a peor.

—¿Desde cuándo no consumes sangre?

—No lo sé, no lo recuerdo. Algunas semanas, no debe ser más que eso.

—Estoy de acuerdo con Loretta de que empieces a hacerlo con mayor frecuencia.

—Llamé a Klaudia para que me envíe a alguien aquí, que se quede cerca, le buscaré una casa —dejó escapar el aire antes de formular la siguiente pregunta—: ¿qué garantía tengo de que no necesitaré de ella en medio de la noche, Lorcan?

—No tienes garantía, deberás explicar en la compañía que la chica debe estar dispuesta a alimentarte cuantas veces sea necesario y a cualquier momento del día —Lorcan respiró con preocupación—; y tendrán que supervisarla con frecuencia para cerciorar de que todo vaya bien con ella y que su suministro hacia ti no sea considerado un riesgo para ella.

Hubo un silencio.

—Hay algo más, Garret. Puedo sentirlo. ¿Qué te ocurre?

Silencio.

—Se trata de…

Lorcan sonrió queriendo jugarle una broma para que se relajara porque intuía de qué podía tratarse mas no se atrevió a hacerlo.

—Es normal que despiertes de tu voto, Garret. Lo que no entiendo es por qué aun, después de estas semanas, sigues insistiendo en ser solo un buen amigo para ella.

—No sé cómo acercarme sin parecer un maldito depredador desesperado.

—No me quites los honores en la familia de ser el salvaje, dudo mucho que puedas parecer algo de lo que insinúas. ¿Has intentado siquiera besarla?

—No.

—Exacto. Entonces creo que sería buena idea que empieces por ahí. Felicity tiene sentimientos por ti, Garret; solo que, en su estado, no tiene nada claro; pero Heather me ha dicho que habla de una forma especial de ti.

Garret exhaló un suspiro haciéndole recordar a Lorcan que era una señal de los nervios que lo consumían en su interior. Así era su hermano: correcto, medido, sincero.

Muy parecido a Pál.

—¿Y si me alejo de ella con cualquier excusa? Ahora que esta con Loretta podría hacerlo y quizá...

—No lo hagas porque vas a empeorar tu condición.

Garret lo sabía, solo quería exponer la idea en voz alta a ver si alguien estaba en desacuerdo con que sería peor para él.

—Llamaré a Klaudia de nuevo.

—Me parece lo más sensato —respondió Lorcan un poco más tranquilo—. Siempre has sido el que mejor juicio ha tenido de todos. Sé que esta no será la vez en la que le falles a tu propio juicio.

—Yo no estoy tan seguro como tú.

—Deja el miedo y empieza a tomar medidas coherentes para que puedas seguir a su lado sin sentir que eres una amenaza constante para ella. No hemos hablado de la fiesta de las

máscaras, supongo que no irás.
—No lo sé, tal vez lo haga y la lleve a ella.
—¿Lo crees prudente?
—No, aunque Loretta dice que deberíamos probar la efectividad de sus métodos para esa fecha. Además, lo encuentro lógico teniendo en cuenta que estaremos todos con máscaras. No podrá reconocerte y no creo que Gabor tenga el atrevimiento de acercarse a la fiesta.
—Pál dio la orden a Miklos de advertir a las brujas de hacer encantamientos protectores para que el bastardo no pueda acceder al palacio.
—Loretta también cree conveniente que le hable de ustedes. Empecé mencionándole a Luk. Recuerda a Miklos y cree que es con quien sale Heather que, por cierto, está segura de que le oculta cosas al igual que yo —Garret resopló obstinado—. Te juro que es muy frustrante esta situación, Lorcan. Me altera verla tan debilitada, tan aterrada, tan perdida. A veces recuerda que me conoció en la oficina y no en Venecia como le hizo creer Miklos en su casa. Y sé que recuerda otras cosas de la fiesta, pero poco habla de ellas.
—Heather le dijo que trabajaba fija para un cliente de la compañía. Nunca le hemos mentido en eso, solo no le hemos dicho que se trataba de mí. ¿Crees que ha recordado algo más?
—No, me dijo una vez que parecías un fantasma del cual no recordaba nada.
Lorcan dejó salir el aire contenido.
—¿Cómo es que no hemos conversado de esto?
—Porque yo asumí la responsabilidad de devolverle a ella todo, lo bueno y lo malo y me comporto como un maldito adolescente celoso de contar estas cosas a otros. En especial a ti.
—Por dios, Garret; no vas a volver con lo de que ella tenía

emociones por mí.

—¿Y si las tiene cuando recupere la memoria?

—¿Ese es tu mayor temor de cuando ella recupere la memoria? —Lorcan sonaba exasperado porque sentía que su hermano, el centrado, estaba descarrilado tal como un adolescente. Le daba toda la razón en ese punto—. Sé muy bien que ese no es tu mayor temor y creo que deberíamos unir esfuerzos en hacer que ella recupere la memoria sin problemas. ¿Cuál es el plan de Loretta?

—Diana le dijo que creara un nexo.

Lorcan sintió la piel de la nuca erizársele al escuchar el nombre que tanto dolor le causaba a su hermano; dolor del cual él, era responsable.

Garret le explicó lo de la visión de Loretta con Diana.

—Sabemos que muchas cosas que ha recordado las olvida cuando despierta de alguna siesta o cuando despierta por las mañanas, ¿cierto? —Lorcan se sentía animado—. Estoy de acuerdo con Loretta con que empecemos a ampliar su radio de personas conocidas y veamos cómo reacciona en conjunto con los métodos de ella.

—Ni creas que te vas a presentar aquí.

—No lo haré, imbécil; irá Heather, unos días antes de partir a Venecia. Le diré que se quede con ustedes y que le hable de mí. Que le aclare que está saliendo conmigo y no con Miklos. Yo soy la raíz de su problema, quizá si le enseñamos que no represento un peligro para ella, podría mejorar y empezar a aclarar los malos recuerdos.

—Lo consultaré con Loretta más tarde y te avisaré. Por lo pronto necesito, una fuente de alimento y tengo que buscarla o Loretta no dejará que Felicity regrese a casa.

—Me parece lo más sensato.

—Te preguntaría de qué lado estás, pero yo también estoy

con Loretta.

Lorcan no pudo evitar soltar una pequeña carcajada esta vez.

—No creí que conseguirías su ayuda. Me sorprendí mucho cuando Heather me lo contó.

—Ni yo me lo creía. No te imaginas la impresión que me dio ver a la bruja en nuestro salón bailando *Just Dance* con Felicity.

Lorcan estalló en carcajadas.

—¿Sabía la bruja lo que era?

—No —Garret rio también divertido—. Y Felicity no le estaba haciendo las cosas más simples.

—Me lo imagino, es buena en ese juego. Alguna vez lo jugamos en casa y… —Lorcan aprovechó para bromear con su hermano—… mejor paro no sea que te sientas mortalmente celoso porque bailé con ella antes que tú.

—Idiota —soltó Garret y luego anunció con resignación—. Prometo llamarte para mantenerte al tanto.

—Me gustaría que lo hicieras porque tanto tú como ella son personas importantes en mi vida; y tú estuviste a mi lado cuando más lo necesité. Estaré para ti, ¿lo entiendes?

—Lo entiendo y lo acepto. Porque sé que voy a necesitarlo.

—Muy bien, basta de cháchara. Ve a pedir comida para que puedas ir por tu chica y darle un dulce beso de buenas noches.

—Todavía no es mi chica.

—Eres insoportable; no te arrepientas luego de no haberlo hecho. Adiós.

Garret volvió a sonreír negando con la cabeza.

Había olvidado lo bien que se sentía hablar con su hermano. Desde que estuvieron en el refugio de Lorcan, la última vez, aquella en la que lo encontró queriendo drenarse a sí mismo, establecieron una nueva conexión entre hermanos.

Una que no pudo ser antes por todas las cosas malas que vivieron con Diana.

Garret sentía que no podía perdonarlo en aquel momento, pero ese día se entendió de que lo hizo mucho antes y sin darse cuenta, quién sabía desde cuándo, el caso era que no quería admitir que lo hubiera perdonado.

Diana los separó, distanció; y Felicity los unía de nuevo creando lazos mucho más fuertes.

Lazos de confesiones que ninguno de los dos esperaba del otro.

«Nexos», pensó, clavando la vista al mar que estaba revuelto esa tarde. Tal como estaba su interior.

Respiró profundo y el olor adictivo de «su chica» como la llamó Lorcan, lo estaba desquiciando.

Tomó el teléfono. Llamó a Klaudia una vez más.

Al no recibir respuesta, tuvo la sensación de que quizá debía preocuparse ya que no era típico de Klaudia saltarse las llamadas al móvil, menos si era de la familia; sin embargo, la tensión en su miembro y la sequedad de la boca le hizo dejar a un lado la preocupación por ella para ocuparse de su necesidad básica del momento, luego se encargaría del resto.

Marcó el teléfono de la compañía y le aseguraron que en menos de dos horas, encontraría a la chica en el lugar que él mismo les indicó.

Luego, le escribió un mensaje a Loretta.

"No me dará tiempo de pasar por ella hoy. La casa estará vacía por si ella quiere volver. Siento mucho mi comportamiento de antes, esto es cada vez más intenso"

La respuesta no se hizo esperar.

"La convencí de quedarse en casa y le dije que te había avisado. Trabajaré con ella esta noche. Me alegra saber que te das cuenta de una maldita vez que no puedes controlar tu emociones respecto a ella, sea cual sea su estado"

Se tomaría esa noche para alimentarse bien y para decidir cómo le explicaría a Felicity todas las emociones que ella le hacía sentir.

***

Garret veía a Felicity alejarse, parecía como si una extraña fuerza la succionaba hacia el extremo contrario de donde él se encontraba, la separaba de él creándole una profunda tristeza y desesperación.

Quería retenerla y ella se mostraba decidida a dejarse absorber por la fuerza que la arrastraba hacia una vida en la que Garret no tenía cabida.

Lo sabía.

Siempre supo que cuando ella se enterara de su verdadera naturaleza, huiría de su lado.

¿Cómo iba a poder vivir sin ella?

¿Cómo se suponía que podría volver a reponerse de otra pérdida?

La llamó, claro que la llamó y le rogó que se quedara a su lado, pero no.

Ella solo lo vio con decepción en la mirada y se alejó.

Garret trataba de traspasar la pared invisible que los separaba y no lo conseguía, necesitaba llegar a ella antes de que fuera demasiado tarde.

No estaba a salvo, aunque ella no quisiera estar junto a él por su condición de vampiro, debía entender que ellos eran los únicos que podrían protegerla de Gabor.

La observó de nuevo, estaba cada vez más lejos. Más inalcanzable.

Una alarma sonaba en la lejanía, intentó ver a su alrededor porque hasta entonces, ni siquiera sabía en dónde se encontraban.

¿Un claro? ¿En el bosque?

¿La luz era el sol?

No entendía nada.
Se concentró en ella otra vez para notar que su rostro cambiaba.
La conocía, se dio cuenta enseguida que algo temía.
Aquello que parecía luz se volvió una profunda oscuridad y entre las sombras de los árboles, muy cerca de ella, lo vio.
A Gabor.
Rugió como un león enfurecido porque no podía llegar a ella antes que Gabor.
Su corazón bombeó tan fuerte que sintió la sangre recorrerle todo el torrente sanguíneo. Al tiempo que inspiró con fuerza y la olió.
Pánico. Terror.
—¡Garret! ¡Garret! ¡No me dejes!
Gritaba con desespero viendo como la sombra de Gabor se acercaba a ella y la fuerza que antes succionaba dejaba de hacerlo dejándola a merced del acechador.
Garret rugió de nuevo y sintió como si la mandíbula se le rompiera en dos. Las encías ardieron, dolieron con profundidad, al tirar los dientes de esta todo por la urgencia animal de desgarrar la carne del depredador que amenazaba a la mujer que amaba.
Así lo deseara con todas sus fuerzas, no conseguía avanzar hacia ella.
Aparecieron los lobos, empezaron a aullar con desespero.
Garret sintió un bloqueo absoluto en su organismo a causa de los nervios y la angustia.
Felicity empezó a gritar de forma desgarradora cuando vio a Gabor ir hacia ella.
Ella pensaría que era Lorcan.
Gritaba, aterrada. Quería correr pero estaba inmovilizada y entonces Gabor terminó de acercarse a ella.
No conseguía escuchar lo que le decía porque le hablaba muy cerca pero entendió todo cuando la vio asintiendo un poco más calmada para luego darse la vuelta y echarse a correr entre los árboles, acercándose con desespero a Garret con Gabor pisándole los talones.

Cuando ella estaba a punto de colisionar con ese muro invisible que lo contenía a él de salvarla, Gabor aceleró sus movimientos alcanzándola, tomándola del cabello y lanzándola al suelo.

Ella quiso correr, Gabor se lo impidió arrastrándola por los tobillos para luego subirse a horcajadas sobre la chica para dejarla inmovilizada y en cuanto la tomó del cuello, le desgarró la carne.

Ella gritó y suplicó por su vida. Garret volvió a rugir sin control.

***

Los lobos aullaban.

Garret aun gritaba como un energúmeno descubriéndose sentado en su cama.

Su cama. Su casa. No en el bosque.

Cerró la boca y se puso alerta porque algo no iba bien.

¿Qué demonios fue ese maldito sueño?

La piel se le erizó al pensar que hubiera sido uno de los momentos que Felicity vivió con Gabor.

Lo iba a matar.

Como se lo consiguiera antes que Pál juraba por la memoria de su familia y por la memoria de su amada Diana, que lo iba a matar.

Entonces prestó atención al ruido que no cesaba.

El móvil. Tanteó en la oscuridad.

Era una llamada de Loretta.

Los lobos aullaban más.

—Loretta —dijo en voz alta recordando que Felicity esa noche se quedó con la bruja y que algo debió ocurrir con ella para que la bruja le llamara a esas horas—. ¿Qué ocurre?

—Garret, es horrible… —Garret escuchó los gritos de Felicity al fondo.

Las pesadillas.

—Voy de inmediato.

Colgaron, se puso lo primero que encontró en el armario y salió de casa con prisa.

Le importaba un bledo si la policía lo encontraba y le multaban por el obvio exceso de velocidad. Necesitaba llegar a ella cuanto antes.

El corazón le palpitó como en el sueño del que recién despertara y las imágenes se hicieron tan claras que casi podía jurar que las vivió.

¿Estaría en el mismo sueño de ella?

El camino le pareció interminable a pesar de que no se encontraban tan alejados. El velocímetro de su coche estaba por llegar al extremo indebido.

Las ruedas chirriaron cuando detuvo el vehículo frente a la casa de la bruja.

Vio a los lobos llegar corriendo desde la playa.

—¡Loretta! —golpeó la puerta con fuerza la puerta. La chica le abrió con desespero.

Estaba pálida, blanca del miedo.

Lo entendía. Creía que las pesadillas eran de las simples, de las que un simple «Shhhhh» bastan, pero no.

Subió con rapidez las escaleras y se metió en la cama con Felicity que se retorcía de dolores imaginarios y balbuceaba piedad.

El olor acre del miedo que ella emanaba inundaba toda la estancia.

Como cada noche.

—Estoy aquí —le susurró en el oído como cada noche—. Te tengo, cariño, y no pienso ir a ningún lado.

Le dio un delicado y dulce beso en la mejilla. La abrazó por la espalda, encajándola a él de forma tan perfecta que parecían fundirse.

Ella aún se removía, él tenía la fuerza necesaria para contenerla y ayudarla.

Respiró profundo apretándola más a él. Entonces ella se encogió y sollozó como una niña aterrada.

—Protégeme.

—Siempre lo haré, amor mío. Siempre.

La bruja se sentó frente a ellos en un sillón que estaba junto a la ventana.

La vio a los ojos indicándole que todo estaría bien.

Loretta se abrazó las piernas al pecho, dejando escapar el aire.

La entendía, no era fácil presenciar ese momento. Esperaba que no ocurriera estando junto a ella, pensaba que la magia ayudaría a Felicity esa noche y no fue así.

Solo él era capaz de calmarla.

La sintió soltar una exhalación de alivio. Su cuerpo se relajó al completo entre sus brazos.

Todo había pasado.

Loretta se puso de pie, les tapó con la manta que estaba en el sillón.

Se acercó a él y le apretó el hombro.

—Nos vemos en la mañana —le susurró a él en el oído.

Garret solo asintió agradecido con ella y con todo lo que hacía por ayudarles.

El olor de Felicity mejoró, haciéndose dulce y embriagante de nuevo.

Estaba tranquila, el miedo despareció por el momento.

La noche volvería a estar en calma y él no volvería a dejarla sola nunca más.

***

Como cada mañana desde que estaba junto a Felicity, Garret se levantó con mucho sigilo de la cama en la que ella dormía antes de que despuntaran los primeros rayos del sol.

A medida que se acercaban al Equinoccio de otoño el clima iba haciéndose más fresco, los colores más brillantes y las tonalidades de la naturaleza empezaban a cambiar.

Garret observó a través de la ventana de la habitación como el cielo iba aclarándose con calma.

Felicity respiró profundo, se volvió a verla.

Sonrió con ternura al pensar en ella con amor porque sí, la amaba; solo que aún no podía decirlo en voz alta.

Llegaría el día en que todo acabaría, sus pesadillas quedarían en el pasado y ellos dos podrían escribir una historia juntos.

Ahora fue él quien dejó salir el aire, tratando de mantener intactas las esperanzas de que todo saliera tal cual lo pensaba.

La tapó mejor con las mantas. Luego fue al baño para asearse lo poco que podía estando en casa ajena.

La casa de la bruja era antigua. Sus años quedaban en evidencia entre la decoración en ciertos rincones y la forma tan terrorífica en la que la madera crujía bajo su peso cuando transitaba por la casa.

Un delicioso aroma lo sedujo hasta la cocina haciéndole encontrar a Loretta ocupada en lo que parecía ser una comida para un gran evento.

—¿Vas a tener invitados?

La bruja se sobresaltó y lo vio con nerviosismo.

—No, es que no he podido pegar un ojo en toda la noche después de lo que viví con ella. Garret, fue…

Sintió el miedo en la voz de ella, de pronto se sintió como si estuviera ante una hermana pequeña a la que debía abrazar y asegurarle que todo estaría bien.

Era una bruja a la que no le hacían gracia los vampiros aunque parecía que ese pensamiento cambió un poco desde que ayudaba a Felicity.

En un pasado cercano, la abrazó sin previo aviso y no ocurrió nada; sin embargo, la experiencia le enseñaba que lo mejor era no tentar al destino.

Así que se acercó a ella y le sonrió con ternura tomándole la mano con delicadeza y dándole un apretón amistoso.

—No pensé que estando contigo sucedería, gracias por avisarme.

Ella curvó sus labios un poco hacia arriba asintiendo con la cabeza.

—Le di un té relajante y no entiendo por qué no funcionó. Es lo que estoy tratando de pensar desde que salí de la habitación dejándote ahí.

Garret no tenía apetito, mas no se resistió a la tentación de probar una de las tortitas dulces que estaban piladas en un plato blanco.

Estaban buenas. Esponjosas, en el toque justo de dulzura.

—Pensaba que ustedes no comían —Garret la vio con diversión y ella se sintió avergonzada—. Es decir, sé que sí pueden comer comida normal y corriente, pero pensaba que lo hacían más por apariencias que por gusto o necesidad.

—Es así, solo que yo también estoy ansioso y aunque no tengo hambre, de la de verdad, me entrego a la tentación de probarlas. Están buenas. A Felicity le van a gustar.

Loretta se dio la vuelta y empezó a preparar más cosas.

—Creo que es buena idea que dejes de cocinar. Siéntate, sírvete un café o té o lo que tomes, y siéntate —repitió.

Garret comprendía su estado; si bien era de las brujas más poderosas que existían, la soledad y la falta de práctica en asuntos mágicos le hacían responder de esa forma.

Sobre todo cuando, de la nada, le aparece una responsabilidad tan grande como la que asumió al ayudar a Felicity.

—Nunca pensé que estaría viviendo en esta situación.

—Lo sé. Nunca me imaginé que fueras tan diferente a lo que le dejas ver al mundo.

Loretta finalmente se relajó, sirvió dos tazas de una infusión y le tendió una a él. Garret la aceptó con gusto. Y prestó atención al cambio que ocurrió entre ellos.

El ambiente se llenó de una mezcla de jazmín y canela que se le hizo fascinante; recordándole que lo sintió en otro momento, no en igual intensidad.

Era el aroma de ella. Ahora sí que podía declararlo oficial.

Se mantuvo inexpresivo porque no quería que ella volviera a cerrarse, quería que se sintiera en confianza plena con él.

Que confiaba en él, se lo dejó en claro en otras ocasiones aunque sospechaba que, en el fondo, desconfiaba de la especie en general.

Les temía y no la culpaba. Estaba claro que no todos los vampiros eran respetuosos y controlados.

—No es fácil ser yo en el mundo exterior estando rodeada de humanos —Garret se mantuvo en silencio—. Lo intenté, claro que lo intenté. Trabajé en una cafetería, ¿puedes creerlo? —bufó irónica—. La verdad es que me pareció divertido y agotador. Intenté ir a la universidad; en cuanto llegué al campus y empecé a sentir tantas cosas a mí alrededor, tantas cargas energéticas, tantas emociones, regresé a casa y prometí que solo saldría para lo necesario porque es aquí en donde me siento segura.

—Entiendo que no ha debido ser fácil. Sé todo lo que padecen los empáticos como tú y Lorcan —negó con la cabeza recordando el momento en el que estuvo con su hermano en el sótano del refugio y este le contó todo lo que vivió como verdugo y cómo fue que sobrevivió a las emociones de otros volviéndose una bestia asesina—. Mi pobre hermano sufrió mucho en la época en la que tuvo que ejercer como verdugo.

—Lo imagino. Ha debido ser espantoso tener esta condición especial y... —Loretta sacudió la cabeza—... no me lo puedo ni imaginar.

—Ayer sentiste el terror de ella.

Loretta asintió con la mirada perdida en sus recuerdos.

—Es muy curioso todo lo que pasó ayer —Garret recordó el momento que se encontró con su fuente de alimento en el apartamento reservado de la compañía en el que, de ahí en adelante, se encontraría con la chica cada noche para que ella le alimentara.

Fue un proceso normal y tan formal como siempre, aunque para él no fue igual que antes. Desde que sintió el aroma de la sangre de Felicity algo ocurrió en él que le hacía sentirse ansioso y con la necesidad de probarla a ella al entero. Sangre, cuerpo, todo. Quería unirse a ella. Y no hizo más que pensar en esa idea mientras la sangre de la otra chica saciaba parcialmente su apetito. Recordó que solo la sangre de la mujer amada y su psique podrían saciar al vampiro por completo.

Loretta lo observaba con curiosidad.

—Te alimentaste —Garret asintió.

—Llegué a casa cansado, tomé más sangre de la que debía y quedé sobrecargado al momento —vio la preocupación en el rostro de la bruja por la chica que le proporcionó alimento—. Está bien, Loretta, y tiene a alguien que la supervisa. Klaudia cuida muy bien al personal que nos asiste.

—¿Y si alguno de ustedes se excede? ¿Quién cuida de la fuente de alimento en ese momento?

Garret la vio y le sonrió de lado.

—Hay normas y solemos cumplirlas muy bien porque la

sociedad hace cumplir las leyes y lo sabes. Como te digo, siempre las chicas están supervisadas y asistidas. En caso de que algo se salga de control hay planes de contingencia para eso.

—Loretta asintió intentando procesar la información—. ¿Por qué nos temes tanto si eres de nuestro bando, llevas sangre de Veronika en ti y sabes que no seríamos capaces de lastimarte? Ella entrecerró los ojos y lo observó con duda.

—¿Serías incapaz? ¿Estás seguro? ¿Qué pasa con la urgencia que saltó a la vista cuando la sangre salió de ella? —señaló hacia donde estaba la habitación en la que descansaba aun Felicity. El sol ya bañaba con su luz tenue el mar. Los lobos corrían por el jardín con agilidad—. ¿No podría ocurrir lo mismo conmigo?

Garret la vio a los ojos.

—No puedo asegurarte que no, lo que sí puedo asegurarte que no es la misma necesidad. Es decir, yo la amo y la deseo a ella, Loretta, es lógico que necesite alimentarme de ella porque va con nuestra naturaleza. Es probable que me duelan las encías si huelo tu sangre mas no voy a verte como a un filete de carne suculento.

Ella resopló con diversión y se relajó.

—Así la viste a ella, sin exageración. Lo cierto es que estar cerca de los de tu especie, me produce nervios, pero también reconozco que desde que estoy pasando más tiempo junto a ti y junto a ella, algo en mí ha cambiado; y aun sintiendo un poco de temor, estoy dispuesta a tener otro tipo de vida que obviamente me hará tener más contacto con ustedes y con los humanos. Siempre me sentí insegura, aunque demuestre lo contrario. Temo que la gente sepa quién soy y me rechace o me lastimen queriendo aprovecharse de alguna manera —Garret asintió y bebió un poco de la infusión que sabía a rosas. Las emociones en él se arremolinaron y se oscurecieron. Las conocía porque hablaban de la tristeza que sintió por Diana… sus rosas.

Frunció el ceño.

—¿Hiciste esta infusión con las rosas de mi casa? —Ella asintió con duda—. ¿Fue lo que le diste a ella? —Loretta volvió a asentir.

—Con más cosas que son solo para ella —acotó.

Garret se frotó la cara con ambas manos.

—Anoche, por primera vez en todo este tiempo, estuve dentro de sus sueños; por ello no conseguí llegar antes aquí. Cuando desperté, todo a mí alrededor era un caos: Lobos que aullaban desesperados, tú llamándome aterrorizada y Felicity gritando con necesidad de que yo llegara a ella porque en el sueño no pude llegar.

—Oh Dios. ¿Y Gabor?

—Estaba con ella.

—Santo Dios. ¿Qué tiene que ver esto con tus flores?

—Las flores las sembré yo en una época en la que no soportaba estar sin Diana. Porque no pude salvarla, no estuve, no llegué a tiempo. Me consumía la rabia y la tristeza, las hice crecer en su honor en cada uno de los sitios en los que me refugié algunas temporadas cuando decaía pensando en ella y en lo que no pudimos tener. En cuánto la extrañaba cada día de mi existencia. Podrían haber sido mis emociones de entonces, las contaminantes del té que le diste.

Loretta se levantó y caminó por la cocina con nerviosismo pensando en todas esas casualidades que solo llevaban a un camino:

—Es posible tu teoría, Garret, pero creo que esto es un mensaje de Diana. Se nos agota el tiempo con Felicity y hay que hacer que ella se recupere cuanto antes porque si no, será demasiado tarde.

Capítulo 6

El primer día que Ronan le concedió acceso al alimento de Klaudia en su casa, lo hizo pensando que era su deber porque, a pesar de que Klaudia lo tomó por sorpresa en su lugar sagrado y ciertamente merecía lo que le hizo, se sentía responsable y quería que la chica sanara.

Además, ella era la única que le podía ayudar a llevar a cabo su plan.

Teniendo a Klaudia de su lado, podría ella informarle quién asesinó a toda su aldea para él ajustar cuentas con ese vampiro y luego poder vivir una vida tranquila.

Ya no quería sentir más odios ni resentimientos, solo quería paz y eso lo obtendría cuando viera rodar la cabeza del maldito que lo dejó solo en el mundo.

Pero el asunto con Klaudia se complicaba cada vez más porque lo que le pareció normal y educado por su parte el primer día; parte de su plan el segundo día; incomodidad, el tercer día, después de varios días en la misma situación, empezaban a nacer cosas en él que le preocupaban.

Algo empezaba a consumirlo por dentro cada vez que veía al alimento andante de Klaudia que era joven, fornido y muy bien parecido.

Le parecía ridículo pensar en celos en tan solo unos días de convivencia con una mujer terca, necia y…

Frunció el ceño negando con la cabeza.

Él tenía una misión, no podía apartar sus ojos de su meta.

¡Es que le hervía la sangre cuando pensaba en lo que podía estar pasando dentro de la habitación de ella!

Por eso, ese día decidió largarse y regresar en el tiempo en el que pensaba que el chico ya se había ido, no contaba con que tampoco encontraría a Klaudia.

Registró toda la casa, que no era muy grande y no la encontró ni siquiera en el jardín donde pasaba gran parte de la mañana.

Sus cosas seguían ahí, así que no le quedaba más remedio que esperar.

Preocupado, por supuesto, porque podría haberle pasado algo.

Se sentó en el sofá con una taza de té entre las manos, el ceño fruncido y el pensamiento en Klaudia.

Suspiró pensando que estaba peor de lo que creía.

Vio el reloj, era media tarde, no le pareció que estuviese tanto tiempo afuera.

Ahora se sintió culpable porque pensó en que, tal vez, Klaudia se hubiera preocupado por él.

Desde media mañana que llegara el saco de sangre andante él se marchó; era normal ¿no? que la mujer, o cualquiera, se preocupara por él.

Pudo haberlo llamado al móvil.

Revisó. No lo hizo.

Resopló de nuevo.

La puerta de casa se abrió y Klaudia entró sonriente cargando con algunas cestas de alimentos.

Corrió a ayudarla.

—¿No deberías estar acostada?

Klaudia lo vio con sorna.

—Ya estoy bien, Ronan, y quise tener un detalle contigo antes de marcharme.

A Ronan esa idea le sentó como una patada en el estómago.

¿A dónde diablos creía ella que se iría?

Ella lo vio de reojo dejando toda la compra en la encimera de la cocina.

—No creí que ibas a comportarte como un macho prehistórico.

Él maldijo por lo bajo recordando que ella podía oler sus cambios de ánimo.

—Nos soy un macho prehistórico, es solo que quiero que estés bien cuando te vayas de aquí.

—Lo estoy —lo vio a los ojos con total seguridad. Esa mujer era dura como el metal y pensó que sería un reto agradable derretirla, ver como la calentaba tanto que no pudiera resistirse a...

Ella lo observó con divertida curiosidad.

Y levantó las cejas después, abriendo sus hermosos ojos para dejarle saber que ella conocía sus pensamientos.

Él se sintió sonrojar como un adolescente tonto.

Klaudia abrió una botella de vino con tal naturalidad que era...

Ay no... esa mujer era deseable por cualquier lado que la viera.

—Ronan —lo vio a los ojos mientras vaciaba un poco de vino en una copa—, si no dejas de pensar en deseos vamos a tener que ponerle un remedio al asunto y no creo que sea buena idea que tú y yo terminemos, tu sabes… en la cama.

Era decidida, terca, dura, impenetrable; y por encima, directa.

No podía ser tan perfecta.

«No lo es», admitió su voz interior «es un monstruo».

Frunció el ceño y ella lo imitó.

¿También notó ese pensamiento?

«Tu olor es lo que nota, idiota, así que deja de pensar en tonterías».

—¿Qué es todo esto? —preguntó viendo los alimentos de las cestas.

—Voy a preparar comida y vamos a cenar a modo de despedida. Ya te dije que me regreso a mi hotel.

—¿No estás a gusto aquí? —Ronan no supo cuándo se formó esa pregunta en su cabeza y no pudo frenar las palabras en su boca a tiempo; fue totalmente inesperado; tanto, que la reacción de ella le hizo sentir espasmos en el estómago.

Klaudia solo lo veía muda.

¿Había conseguido dejarla sin palabras?

Y con una clara expresión de sorpresa en el rostro.

—Estás a gusto e igual te vas, ¿por qué? —¿era él el que hablaba? porque parecía un condenado poseso y el espíritu gobernante era el que decidía qué iba a decir.

—Porque estoy demasiado a gusto y no sé qué debo esperar de ti.

Auch. Es que iba directo al grano.

Tal como en la batalla, que arremetía con rapidez y sin clemencia.

Ronan sintió la excitación invadirlo al pensar en una mujer como ella en el campo batallando tal como lo hicieron unos días antes.

Ella respiró profundo y lo vio a los ojos.

—No es buena idea. Te lo prometo.

Él solo sonrió de lado y notó que ella se relajaba también.

Le extendió una de las copas, brindaron en silencio sin dejar de verse a los ojos.

La vampira bebió un sorbo.

—Sé que quieres saber muchas cosas —Klaudia no apartaba la vista de sus ojos y él le mantenía la mirada observando que la vampira, en el interior, no era tan dura como aparentaba—. Y creo que sería buena idea empezar a aclarar tus dudas.

¿Lo era?

Porque una parte de él sentía que si lo hacía, no le vería más y eso, no le gustaba nada.

—Podrías hablarme de ti.

Ella le sonrió en grande haciendo que Ronan sintiera cosas extrañas en el cuerpo.

—¿Qué te gustaría saber de mí?

Él entrecerró los ojos pensando que le gustaría saberlo todo.

«Cuidado, Ronan, es el monstruo al que quieres para acabar con él; ella es solo un medio para conseguirlo»

Maldita voz interior, empezaba a odiarla.

Tenía ganas de ignorarla solo por ese día; al siguiente, todo volvería a la normalidad.

Klaudia tomó las verduras que usaría en la preparación de la comida y empezó a pelar y lavar cada una de ellas.

—¿Vas a comer también?

Ella soltó una carcajada.

—Por supuesto. El hecho de que no muera de hambre no quiere decir que no me guste saborear la comida.

—Entonces, comes de todo.

Ella lo vio a los ojos divertida.

—He pasado por mucho y aunque no todo me gusta, sí, soy capaz de comer de todo.

—Los que vivimos muchos siglos hemos pasado por todo, la verdad es.

Klaudia bajó la mirada, fingió distraerse en la comida.

No se sentía cómoda hablando del pasado de él.

Ronan lo notó enseguida. Sintió gran curiosidad por preguntar directamente lo que quería saber desde que se vieron en Nueva York, se resistió a hacerlo porque, otra vez, pensó en que si lo hacía, no volvería a verla de nuevo y no era una opción en ese momento.

—¿En dónde naciste?

—Inglaterra —la mujer picaba con agilidad los vegetales. Recordó lo buena que fue manipulando la espada.

—Pensé que venías de otro lado de Europa.

Ella negó con la cabeza y colocó varios palos de zanahoria en un vaso de cristal al alcance de ambos.

Ronan tomó uno, la observó mientras ella comía el suyo.

—No, es decir, mi familia original, la creadora de toda nuestra especie, la Gran Condesa Sangrienta sí, es húngara. Mi padre es un bastardo de ella, resultado de los amoríos con un campesino; y bueno, cuando adquirió la maldición, mi padre también tuvo que cargar con ella. Mi hermana y yo nacimos en Inglaterra, al norte. Un lugar que extraño.

—¿No has regresado?

Ella negó con la cabeza.

—Ya no existe. Dejó de existir cuando nos mudamos a Estados Unidos.

Klaudia siguió contándole cosas que fascinaban a Ronan en cierto modo porque jamás habría imaginado que una mujer como ella fuera de las que añorara a la familia, los buenos tiempos y todas las cosas vividas con los que ya no estaban físicamente.

Eso no coincidía en nada a lo que él conocía de esa especie.

—Siempre sentí celos de mi hermana. La bruja, la que heredó los poderes de mamá, la que tenía una conexión con ella —Le dolía, podía verlo en su mirada—. Creo que nunca lo superé y no sé si seré capaz de hacerlo alguna vez, el hecho es que la extraño.

Ronan siguió preguntando por ella y su vida, así descubrió que después de un acto de rebeldía y celos en contra de su hermana decidió unirse a la brujas del sur de Estados Unidos que eran bastante oscuras y eran las que ahora le ayudaban en todo.

Le contó por qué decidió mejorar la forma de alimentación de ellos.

Le enseñó todos los métodos que inventó hasta llegar a ese que llevaba en el anular desde hacía unos días y que parecía un aro de matrimonio.

Era un mecanismo perfecto.

Toda esa información no hizo más que aumentar las ganas de seguir conversando con esa mujer que no solo era hermosa, decidida y perfecta en la batalla, no, también era bondadosa e inteligente. Pensaba en un bien para su especie.

Ronan recordó a aquellos vampiros a los que mató en el pasado buscando el culpable de la masacre de su aldea y se sintió mal porque nunca se había detenido a pensar que quizá ellos eran diferentes, como Klaudia; y no como el monstruo que los atacó a ellos.

Pensó, en ese momento en el que ella seguía contándole cosas, que tal vez él estaba actuando como ese monstruo que tanto odiaba porque iba matando a los de la especie de Klaudia sin compasión.

No le importaba saber si tenían familia, si alguien les iba a extrañar, o si tal vez hicieron mucho bien en vez de aterrar a comarcas enteras.

Solo se movía motivado por el rencor que arrastraba desde hacía siglos. ¿No lo convertía en un monstruo también? ¿Un asesino?

—Pero somos de cuidado —reaccionó ante la frase y Klaudia lo veía con seriedad mientras removía lo quiera que estuviese preparando—, llevamos una maldición que nos hace ser depredadores, asesinos, eso es una realidad de la que no podemos escapar. Por eso Pál formó la sociedad de los Guardianes de Sangre. Tenemos reglas que cumplir.

—Interesante, ¿Cómo cuáles?

Klaudia le contó las reglas de la famosa sociedad de la que él escuchó hablar hacía años.

Entonces Pál fue quien la creó.

Así conversaron un poco más sobre los vampiros en general. Ronan no pensó que aprendería tantas cosas nuevas de ellos en solo unas horas; cuando tenía tantos siglos convencido de que eran seres de mal que debían ser eliminados.

Klaudia sirvió la comida en los platos.

El olor de las hojas de albahaca que cubrían la salsa de tomate era muy seductor.

Ella lo observó con sorna; Ronan pensó en que su boca era más seductora que la salsa de la pasta y que estaba dispuesto…

Ella le sonrió.

—Te dije que eso que estás pensando no es buena idea.

—Mmm. Supongo que no.

Admitió él sin decir nada más porque estaba claro que sus deseos repentinos hacia ella tenían que parar.

No era lo que buscaba con ella.

Solo necesitaba saber quién fue el que mató a los suyos y

cada quien seguiría su camino.
　　La vio con intensidad, ella le mantuvo la mirada.
　　Exacto, no podía involucrarse con ella ni ahora, ni nunca.

Capítulo 7

Felicity observaba a Garret encargarle al camarero una botella de un *Pinot Noir* con un nombre francés tan largo que a ella podía tomarle mucho aprendérselo; y luego, aprender a pronunciarlo con tal naturalidad como la que empleaba Garret que hacía ver como si la botella que pedía que le trajeran fuese una vulgar botella de agua.

Se encontraban en Sag Harbor.

Desde hacía unos días que ella no estaba del todo bien.

Bueno, nunca lo estuvo desde que regresó con la memoria perdida.

Y aunque su memoria parecía mantener el mismo ritmo de olvidar y recordar cosas, ahora su estado de ánimo era el que no ayudaba aunque no podía decir con exactitud qué diablos pasaba con ella.

Además, sentía un cansancio tan profundo que empezaba a preocuparla. Mucho más que el asunto de la memoria.

Al principio lo tomó como algo hormonal. Pasaban los días, las hormonas se restauraban y ella seguía igual anímicamente o peor.

No lo sabía.

Pero lo dejaba ver, estaba claro, porque desde que estaba desanimada, Garret no paraba de hacer cosas para animarla.

Cosas que nunca antes hizo.

—¿Cómo es que tu familia llegó a Estados Unidos?

Garret se removió en su asiento tal como hacía cada vez que ella preguntaba sobre su familia.

—Larga historia.

—No tengo prisa, Garret —Felicity le sonrió con complicidad. De verdad ansiaba saber más de él. A veces se abría y le contaba historias que recordaba con tanta añoranza que se le mezclaba la tristeza con la felicidad en la mirada.

Alguna vez le contó que eran descendientes de la condesa Etelka Bárány de Ecsed. Que al pertenecer a una familia aristocrática, aun poseían propiedades en algunos países europeos.

Le contó que creció en una casa enorme, antigua, llena de servidumbre a la que él y sus hermanos le jugaban bromas pesadas. Siendo Luk, el más pequeño de sus hermanos, el autor intelectual de las bromas.

También le contó de la muerte de Luk.

Bueno, le dijo que murió en condiciones de las que prefería no hablar.

Y ella no le preguntó más; también tenía una hermana muerta y sabía lo que dolía aquello.

Garret no se abría a menudo a pesar de que ella le hacía preguntas básicas sobre su vida, su pasado y su familia.

¿Por qué no se abría al completo con ella?

No le quedaba duda de que se atraían aunque él aun no daba el paso de acercarse y tener un contacto físico más serio del que ya tenían.

Uno que indicara un compromiso de parte de ambos.

Que involucrara los sentimientos que ella sabía estaban allí y que ninguno de los dos expresaba oficialmente.

A veces quería ser ella en dar el paso, pero no sabía qué la detenía.

Quizá era su desajuste en la memoria que le hacía retroceder y volver a quedarse en donde estaba. Temía que, en el futuro, sus problemas de salud fuesen un impedimento para estar con él o peor aún que lo obligara a él a quedarse con ella para cuidarle.

Lo que hacía ahora.

Siempre le quería preguntar por qué le ayudaba tanto.

Era obvio que no le hacía falta que él se lo dijera, solo quería oírlo decir en voz alta.

El mesero trajo el vino que sirvió en dos copas elegantes del cristal más refinado que podían usar en esos elitescos restaurantes de Sag Harbor.

El día estaba hermoso con el sol radiante y la brisa marina fresca que le hacía contraste.

Disfrutaba de esos paseos con Garret a pesar de que al momento de salir de casa lo hiciera con desgano.

Su cuerpo pedía a gritos descanso; su cabeza, también.

Sus sentimientos lo querían a él. No habían pasado tanto tiempo de esa manera especial.

¿Qué pudo haber cambiado?

—Mi familia llegó a Estados Unidos en el *Mayflower*. Llegaron a Nueva Inglaterra.

—¿Pero cómo si estaban en Viena? —preguntó confusa, porque no sabía si era correcta la información que tenía en su cabeza. Ya no se fiaba de su memoria.

—Una parte de ellos. La otra, viajó a Inglaterra y, por alguna razón, acabaron subiéndose al *Mayflower*, atravesando el

Atlántico e instalándose al norte de Massachusetts durante muchos años —Garret bebió un poco de su vino—. Después de eso, viajaron al sur y allí estuvieron algunas décadas para luego retomar camino al norte e instalarse en Virginia. Más adelante empezamos a adoptar a Nueva York como casa oficial.

Felicity sonrió.

Y observó como él la imitaba complacido.

Garret era sencillo, un hombre que no levantaba miradas porque parecía común. A pesar de su porte y sus modales que parecían salir de la misma realeza.

El encanto de Garret provenía de sus palabras, de sus pensamientos; de la forma en la que le sonreía solo a ella y la forma en la que esos ojos felinos la observaban con tanta dedicación.

Solo con ella reía de esa forma tan dulce como hacía un minuto y Felicity sentía que era la imagen más hermosa cada vez que sus ojos la presenciaban.

—¿Qué más? —insistió, notando que él no dejó de sonreír. Volvió a removerse—. Cuéntame más de los Farkas.

—No hay gran cosa que contar, una vida aburrida llena de normas y etiquetas. Muchas clases e idiomas por aprender para poder estar a la altura de nuestros iguales y un título aristocrático que ya nadie recuerda. Mi antepasado, Etelka, no fue muy buena persona así que en algún punto de la historia de nuestra familia, dejamos de hablar de que éramos descendientes de ella y, por supuesto, la gente empezó a olvidar.

—¿Qué cosas tan malas pudo haber hecho?

—No lo sé —Garret le sonrió—. Y en la familia poco se habla de eso —la vio de nuevo con diversión—, pero si los libros de la historia local no hablan de ella, supongo que todo será un invento popular.

—¡Qué interesante! Y…

—¿Sabes la historia de Sag Harbor? —Garret la interrumpió de improviso y no era que no se lo esperaba. Siempre le hacía lo mismo. No presionó. Haría más preguntas en otra ocasión.

—No, ¿tú?

—Mi tío Pál siempre me la contaba de pequeño —Pál, parecía ser un hombre muy importante en la vida de Garret y sus hermanos—. Los primeros en llegar aquí fueron los ingleses. Habrá sido entre 1707 y 1730. Hay relatos que aseguran que le llamaron Sag Harbor en honor a un tubérculo cultivado por los Pequot que utilizaban como cultivo básico y de los primeros que los ingleses enviaran a sus tierras. Muchas cosas ocurrieron en estas tierras en la Guerra de Revolución Americana —Garret hizo una pausa, a Felicity le causó interés la forma en la que él se quedaba pensativo como si quisiera recordar cosas vividas y no relatos de los libros de historia—. Sag Harbor suplantó a otro puerto al este de East Hampton en donde empezó a funcionar la industria ballenera. En ese momento, el producto más valioso era el aceite de ballenas que se usaba para las lámparas. Pronto se convirtió en un puerto importante para la industria. En 1789 se convirtió en un puerto internacional y fue declarado por el Congreso como el primer puerto oficial de entrada a los Estados Unidos.

Bebieron de sus copas en un silencio que le sirvió a Felicity para imaginar, con gran esfuerzo porque su mente le hacía asquerosas jugarretas de olvidos, aquella época en un lugar tan encantador como ese en el que se encontraba ahora.

—Las calles siempre estaban llenas de marineros, artesanos, comerciantes —sonrió viendo a su alrededor—; se mezclaban muchas culturas aquí que trabajaban en la navegación y caza de ballenas. Colocaron la primera aduana en Long Island

—resopló—; qué tiempos aquellos.

Felicity sonrió viendo a Garret suspirar por una época que no había conocido y que, sin embargo, le llamaba tanto la atención.

Le gustaba descubrir cosas nuevas en él.

—Y el pueblo de Sag Harbor se encuentra dividido entre el East y el South Hampton. ¿Lo sabías?

Felicity negó con la cabeza sorprendida.

—La línea que divide es *Division Street*, es más conocida como *Town Line Road* y está al sur. Luego daremos un paseo por allí, aún hay edificios emblemáticos del siglo XIX en la calle principal —Felicity pensó en caminar de nuevo y se sintió desanimada—. ¿No te apetece?

—Estoy cansada, últimamente creo que hemos estado saliendo demasiado y no estoy descansando bien en las noches.

Guardó silencio porque no quería alarmar a Garret; parecía que él ya estaba alarmado. Su mirada, lo delató.

Era tan adorable cuando se preocupaba por ella de esa manera.

Suspiró y tomó un sorbo de la copa.

—Pensaba que Loretta, con sus métodos holísticos, me iban a ayudar. Pero no lo estoy consiguiendo, Garret. Algo está empeorando en mí y creo que debería visitar a un médico de nuevo.

—Haremos la cita mañana a primera hora.

—¿Crees que pueda volver a ser la mujer que era antes? La que conociste en… —¿por qué nunca podía recordar con exactitud en dónde le había conocido?

—En Nueva York, en realidad nos conocimos en mi oficina. Y luego nos vimos en Venecia. —Anhelaba tanto recordar esos momentos y saber qué sintió al ver a Garret, ¿siempre se habría sentido así de atraída por él? Garret la tomó de la mano y le besó el dorso. Era un gesto que hizo unas pocas veces y que, en cada una de ellas, sintió cosas tan diferentes. Como las de ese momento en las que sus pulsaciones se dispararon emocionadas por aquel contacto que a ella se le hacía íntimo. Sintió que sus mejillas ganaron color y desvió la mirada de la de él con nerviosismo. Parecía que Garret entendía lo que ocurría en su interior—. Volverás a ser la misma, te lo aseguro.

Mantuvo el contacto. La calidez de la mano de él, sus caricias sobre su piel, la forma en la que su mano, varonil y elegante, cubría la suya protegiéndola como si fuera un tesoro.

Él le sonrió con gran ternura en la mirada.

Ese hombre parecía entender cada uno de sus pensamientos.

¿Y si se lo mencionaba? ¿Si le decía lo que sentía con él y le preguntaba qué diablos sentía él por ella y por qué no hablaban al respecto?

La valentía se desvaneció tan pronto como llegó, como tantas otras veces y decidió dejarlo para otro momento.

—Tengo hambre —comentó divertida intentando disimular sus emociones, sus confusiones, sus conflictos internos debido a su salud mental—. A ver si con la comida me repongo y luego damos ese paseo para que me des una buena lección de historia.

La sonrisa de Garret iluminó más el día.

—Haremos todo lo que desees.

Capítulo 8

Cada día que pasaba, Felicity se sentía más debilitada. Garret le llevó al médico y nada físico aparecía que revelara su estado de cansancio total y su apatía ante todo.

Como era de esperar, el médico recetó una visita a un reconocido psiquiatra y tanto ella como Garret estuvieron de acuerdo en ir aunque la cita tardaría algunas semanas.

Felicity ya quería acabar con la raíz de su problema, quería saber si podía mejorar o si simplemente sucumbiría ante una enfermedad que descubrirían cuando ya no habría nada más que hacer por ella.

Estaba decidida a intentarlo todo y a la vez, no tenía ganas de nada.

Garret seguía a su lado, a cada momento; excepto cuando estaba junto a Loretta, porque parecía que le daba temor dejarla sola.

No lo podía culpar porque ella también le temía a esa soledad.

La ansiedad crecía, el miedo a la oscuridad cada vez era más insoportable y se sentía muy irritada en algunas ocasiones.

No lo había querido anunciar, pero también empezaba a olvidar cosas que antes recordaba del pasado lejano. E incluso, de algunos momentos en un pasado más reciente.

A veces le costaba pensar en cuál era la entrada a la casa de Loretta cuando se iba caminando por la playa. Nunca iba sola, por fortuna, y conseguía disimular muy bien sus dudas repentinas.

La relación entre ella y Loretta mejoraba cada día. Se hicieron buenas amigas y compartían mucho tiempo juntas.

Loretta le estuvo contando en algún momento que ya no recordaba muy bien, a qué se dedicaba exactamente, algo relacionado a la herboristería.

Tenía talento para ello, no lo ponía en duda porque preparaba deliciosas infusiones con las plantas que ella misma cultivaba en su invernadero.

Un lugar con un encanto especial.

Cada vez que Felicity estaba allí se sentía un poco más cerca de lo que la gente mencionaba como la paz interior; que ella, quien sabía desde hacía cuánto, no sentía.

No le hacía falta su memoria para darse cuenta de eso.

Loretta también le contó que casi no salía de casa. No recordaba el por qué.

¡Qué frustración!

Odiaba sentirse así de inútil con la cabeza.

Sintió una presión en el pecho que parecía ahogarla, respiró profundo.

Loretta aplastaba, en un mortero, algunas hierbas que usaría para enviar a algún lugar que le dijo y que ella…

Cerró el puño y sin darse cuenta, golpeó con fuerza la encimera de mármol del invernadero, capturando la atención de Loretta de inmediato.

La chica de hipnóticos ojos azules, le dejó ver una expresión de sorpresa que nunca antes le dedicó.

La presión seguía allí. En el pecho. Parecía que quería romperle la caja torácica.

—Muy bien, es hora de ir a la cocina a preparar algo delicioso para que compartamos un momento de chicas porque está claro que a ti, te pasa algo —Se limpió las manos en el delantal negro que tenía puesto y se acercó a ella con angustia—. ¿Qué ocurre?

Felicity no soportó más, se echó a llorar en el hombro de Loretta sin consuelo alguno.

Loretta la abrazó con fuerza, permitiéndole sentir el paso tranquilo de su respiración mientras ella sentía que se ahogaba con su propio llanto.

Así pasaron algunos minutos hasta que Loretta empezó a entonar una melodía de esas que solía cantar en cualquier momento cuando estaban juntas y deslizó sus manos por la espalada de Felicity haciendo que esta se relejara y empezara a calmarse.

No sabía cómo lo hacía, o tal vez sí lo sabía y lo olvidó, como de costumbre.

Loretta era como una de esas curanderas de la época medieval que con ayuda de la naturaleza sanaba todo.

Calmaba todo.

Así creyeron que podrían curar a su mente, pero no. Lo suyo parecía no tener remedio.

Lloró de nuevo. Loretta solo acariciaba con compasión su espalda y cantaba.

Al cabo de un rato, siguió cantando, separándose de ella para servir agua hirviendo en una taza a la que luego le incorporó un poco de las hierbas del mortero y algunos pétalos de rosas. De las mismas rosas blancas que tenía en la parte frontal de su casa.

Felicity empezó a encontrar la paz del invernadero en cuanto la taza caliente entró en contacto con sus temblorosas manos.

Loretta seguía cantando.

Felicity le dio un sorbo a la infusión y poco a poco fue recobrando la cordura.

La calma.

La paz de ese lugar.

Loretta le sonrió con cariño.

—No te muevas de aquí que voy a la cocina a buscar un bizcocho que preparé ayer en la tarde. Hace falta un poco de dulce.

Felicity solo asintió y cerró los ojos.

Siguió bebiendo su infusión que sabía a naturaleza. Un tanto intensa y penetrante, con un buen sabor. Un sabor de esos que levantaban el ánimo y calmaban las tristezas.

Escuchó a Loretta decir algo. No puso atención en las palabras, quería solo concentrarse en ella y en saber qué ocurría con su organismo.

¿Qué era lo que estaba mal?

¿Cómo podía mejorarlo?

Una brisa suave y delicada rozó su frente produciéndole escalofríos que si bien le asustaron un poco, le relajaron aún más.

Sintió a Loretta acercarse, apoyar el plato en la encimera, servir porciones en otros platos, rellenar su taza de infusión.

Quería abrir los ojos y no conseguía hacerlo, algo le indicaba que permaneciera más tiempo así.

Entonces Loretta empezó a cantar de nuevo. Una melodía diferente, no entendía jamás las letras de estas, pero la melodía de la que ahora entonaba era como una invitación a descubrir algo.

Hurgó en su mente, sintió que viajó muy profundo en el interior de su memoria y solo encontró recuerdos que ya conocía. Que le hacían sentirse segura.

Vagando por esos momentos, descubrió algo que no reconocía.

Fijó la vista hacia el final del pasillo imaginario en el que se encontraba y fue cuando la vio con claridad.

Una mujer.

No la conocía de nada; o al menos, no la recordaba.

La mujer le sonreía como si ya se hubieran conocido y le inspiraba gran confianza.

¿Quién era?

Fue hasta ella con prisa, sintiendo que Loretta marcaba más el ritmo de su cántico, como si le indicara que se diera prisa porque se le agotaba el tiempo.

Corrió y cuando estuvo frente a la mujer de cabello rojizo y ojos verdes, todo cambió alrededor de ellas.

Un bosque en completa oscuridad se presentó ante Felicity haciendo que sus miedos más profundos se desataran.

Vio la sombra del hombre; de la bestia que la perseguía, deslizarse entre los árboles.

—¿Qué es esto? —la voz le temblaba.

—Tienes que afrontarlo para que puedas seguir adelante. Afronta el pasado, tus peores miedos. —De pronto, apareció Garret detrás de la mujer—. Siempre podrás confiar en él.

Loretta dejó de cantar para empezar a hablar en una lengua extraña.

La taza de infusión se deslizó de sus manos estrellándose contra el suelo, con la suerte de que el líquido hirviendo no le cayó sobre la piel.

Abrió los ojos y encontró a Loretta viéndola con temor.

—¿Qué acaba de ocurrir?

***

Ese fue el último intento de Loretta por ayudar a Felicity. Por lo menos con infusiones.

El mensaje estaba muy claro y ella no quería seguir haciendo nada más que pudiera estarle perjudicando.

Su móvil vibraba en su bolsillo, de seguro era Garret que la llamaba otra vez para saber si todo iba bien.

Desde aquella noche en la que presenció el sueño de Felicity por primera vez, solía sentirla cuando algo no iba bien con ella. Sobre todo si no había ingerido alimento.

Se estaba alimentando a diario y, a veces, dos veces por día, cuando sentía que la energía de Felicity era tan baja que lo consumía a él también.

Loretta pasó de mantenerse a distancia de los vampiros, a querer saber más de ellos.

Estudiarlos, porque le parecía que las conexiones que establecían con sus parejas eran fascinantes.

Entendía que nunca estaría a salvo estando junto a esa especie, sin embargo, ya no les temía.

No a Garret o a Pál o a Lorcan. Ni siquiera a Miklos con quien habló recientemente para saber algunas cosas de la fiesta y estar preparados con Felicity.

Debían tenerlo todo controlado, nada podría salirse de lugar porque no era el sitio indicado para enfrentarla a ella con sus miedos.

Aunque temía que pasaría de igual manera y el aviso de esa extraña meditación que acababa de hacer Felicity se lo confirmaba.

Tuvo un contacto con Diana.

Estaba segura.

En otras ocasiones, estando en el invernadero, también ocurrió mas no llegaba a ver a nadie. Felicity despertaba sintiendo paz. No agitación y miedo como en ese momento.

Y sospechaba que no iba a olvidar nada de lo que vio, como ocurrió las veces anteriores después de entrar en esos trances.

Esta vez, todo era diferente y quizá marcaba el inicio del fin.

—¿Me vas a decir que es lo que acaba de ocurrir?

—No sé cómo explicártelo muy bien —las otras veces no le tocó explicar nada porque Felicity abría los ojos y parecía haberse saltado la parte en la que su mente le dejó vagar por sus recuerdos—. No te he contado todo de mí.

Los lobos se reunieron de inmediato con ellas al rededor del invernadero y tomó aquello como una señal de que siguiera adelante. Contándole su historia, ciñéndose lo más posible a la verdad.

Se sirvió un poco de agua y se puso de otra infusión que ya tenía preparada en un frasco de vidrio

Una mezcla de hierbas silvestres que solo usaba para ella.

Se lo enseñó a preparar su abuela. No lo consumía constantemente, solo en ocasiones como esa, cuando empezaba a ponerse muy nerviosa; se servía una taza para aclarar el pensamiento, decir cosas con coherencia y sobre todo, mantenerse calmada.

—Mis ancestros llegaron estas tierras hace muchos siglos atrás —Felicity la observaba con gran atención, siempre le parecía que esa mirada denotaba que no se olvidaría ni una de las palabras que diría, sin embargo, solía hacerlo—. Se instalaron en Massachusetts y muchos años después tuvieron que huir por la caza de las brujas. Viajaron al sur —Felicity frunció el ceño y le interrumpió:

—¿Me lo has contado antes? —cerró los ojos intentando recordar, mientras Loretta la observaba pensando que no, ella no le contó nada antes sobre eso; pero de seguro, Garret, sí. Sobre su familia. Que, básicamente, era la misma para ambos.

Felicity abrió los ojos con una gran carga de confusión en ellos, a tal punto, que hizo sentir muy mal a Loretta.

La bruja bebió más de su infusión y le pidió a todos sus ancestros que la iluminaran.

—No te lo he contado yo; de seguro, Garret —Felicity seguía observándola con duda, buscando en los archivos de su memoria algo que coincidiera con lo que la bruja decía—. Nuestras familias están emparentadas, Felicity. Es una historia larga y complicada que intentaré explicar.

Ahora la mujer frente a ella le veía con curiosidad y asombro.

—¿Por qué no lo mencionaron antes?

—Nunca hablamos de eso.

Felicity asintió.

—Continúa, por favor.

—Bien, digamos que Garret y yo somos parientes lejanos. Muy lejanos, de hecho. Nos remontamos a varios siglos atrás y...

—¿Eres de familia aristocrática también?

—En parte. Pero nunca he vivido entre riquezas materiales y reglas absurdas. He tenido que cuidarme de otras cosas —suspiró. ¿Cómo era que se le ocurrió hablar de eso? ¿Ahora cómo diablos iba a hacer para explicar de una forma razonable su verdadera esencia? Un lobo se removió inquieto y aulló al cielo en señal de que midiera sus palabras. Los entendía muy bien—. Algunas mujeres de mi familia nacen con un don especial que las lleva a ser diferentes.

—Entiendo, por ello es que manejas todas estas cosas de las hierbas y demás. Eran curanderas.

Loretta sonrió y deseó que ella recobrara toda la razón para poder hablar con completa sinceridad tal como lo haría con una amiga porque sentía que eran eso: amigas.

—Más o menos. Tenemos otras aptitudes que a veces nos hacen un tanto raritas al resto de la sociedad.

—Oh. ¿No me dirás que lees el tarot y esas cosas?

Loretta asintió divertida, sintiendo que Felicity se relajaba cada vez más y sucumbía al encanto de la curiosidad por lo desconocido. Le gustaba poder hablar de su vida mágica con alguien aunque no pudiera hacerlo abiertamente como le habría gustado.

—¡¿Cómo no me lo dijiste antes?!

—Bueno, no suelo decirle nada a nadie porque desde que hubo la caza de brujas, algunas de mis ancestros tuvieron que esconderse y huir lejos para no ser enviadas a la hoguera. Desde entonces, hicimos un juramento de no decirle nada a nadie sobre lo que somos y podemos hacer.

—Gracias por contármelo.

—Confió en ti tanto como lo haría en una hermana —le dio un apretón de mano.

—Me alegra que pienses igual que yo.

Aquella confesión derritió el corazón de Loretta a niveles inimaginables. Algo que podía parecer tan tonto y común como un verdadero amigo para cualquier ser humano en el mundo, para ella era la cosa más rara y extraordinaria del universo y se sentía tan agradecida por tenerlo que hasta pensó que se echaría a llorar de la emoción.

No era el momento.

Tragó grueso.

Le sonrío con gran cariño a Felicity a quien aún le debía la respuesta de lo que ocurrió con ella minutos antes.

—Puedo sentir cosas de las demás personas y sé que tu problema es serio —se entristeció de inmediato al ver como Felicity se apagaba—. Es por eso que busco hierbas para ayudarte, momentos que te ayuden a conseguir lo que llena ese hueco que hay en tus pensamientos y que te produce tanto temor. El invernadero es especial y esa infusión que te doy es para que sientas paz. Tranquilidad, seguridad. Y puedas recordar.

Felicity frunció el ceño, la pobre estaba tan confundida que no quería sobre cargarla de más información. A la vez, era necesario que lo hiciera.

—En este lugar puedes volar con tu mente a otros sitios… estados…

—Lo hice, lo recuerdo y no quiero olvidarlo.

Loretta se sorprendió ante la seguridad y calma con la que le habló su amiga.

—¿Qué viste?

Felicity le contó todo lo que vio hasta llegar a la mujer y el bosque.

En efecto, era Diana.

¿Debía comentárselo? Uno de los lobos ladró.

Sí, debía.

Respiró profundo.

No le diría todo porque no sabía cómo diablos explicárselo; además, consideraba que eso era algo que Garret le tenía que contar en el momento indicado, no le correspondía a ella

—Esa mujer es un espíritu aliado que quiere cuidar de ti.

Felicity la vio como si estuviera enloqueciendo.

Normal. Muy normal.

—¿Me estás jugando una broma? Puedo creer que tengas

dones especiales y que provengas de una familia de mujeres que hayan estado ligadas a la naturaleza; puedo entender que estés emparentada con Garret de alguna manera y que no lo hayan mencionado antes, pero de ahí a que hablemos de espíritus...

—El hombre del bosque, Felicity, no es una simple pesadilla. Tiene que ver con el tiempo en el que estuviste desaparecida. Ya te dije que puedo percibir cosas y otras me las dicen los espíritus y...

El lobo aulló con intensidad, al principio pensó que le recriminaba tanta honestidad; luego se dio cuenta de que no, que le alentaban a continuar.

—Creo que estoy en un cuento de hadas —rio con nerviosismo.

—Pareciera, lo sé. Pero no lo estás y tienes que hacer un esfuerzo por que todo lo que estamos hablando aquí hoy, quede grabado en tus recuerdos ya que los vas a necesitar más adelante. Necesitas hacerlo para sanar —Felicity rompió a llorar y esta vez, Loretta sintió que era emoción por pensar en sanar—. Tienes que confiar en nosotros, en Garret, Heather, Lorcan —Felicity abrió los ojos y la vio de nuevo aturdida, confusa. Loretta la sintió llenarse de un miedo que ni ella misma entendía de dónde salía.

Maldito Gabor, esperaba que se pudriera en el infierno.

Fue hasta ella y la abrazó.

—Shhhh, cálmate. ¿Te confunde el nombre de Lorcan?

Felicity asintió aun sollozando.

—Llama a Heather y dile que te cuente sobre él.

—¿Por qué Heather?

—Porque lo conoce muy bien y nadie mejor que ella o Garret podrían darte datos sobre Lorcan.

—Es uno de los hermanos de Garret, ¿cierto? ¿El que

aún no conozco? —La bruja asintió viéndola a los ojos—. Heather, ¿lo conoce? —sabía que aunque Felicity olvidaba cosas, no dejaba de sentir en su interior y todas sus emociones a veces le indicaban que sospechaba que ellos le ocultaban cosas de cuando estuvo desaparecida. Quizá ese era uno de los problemas de su memoria, no hablar con franqueza. Felicity intentaba ordenar sus pensamientos y le mantuvo la mirada—. ¿Por qué su nombre me da temor?

—Porque lo asocias al hombre de las pesadillas y tienes que descubrir tú por qué lo asocias a eso.

—¿Me hizo daño?

—Sería incapaz.

Felicity asintió, tratando de asimilar todo lo que Loretta decía y esta se sentía que estaba hablando más de lo que debía; no le importaba, quería salvarla y cuanto antes se enterara de todo, mejor.

—¿Garret sabe todo esto?

—No —en algún punto tenía que mentirle porque no quería meter a Garret en problemas.

—Debería...

—Si lo crees conveniente, podría ayudarte a contárselo.

—No quiero esconderle nada, después de todo lo que ha hecho por mí y lo que yo siento por él...

Loretta le sonrió con dulzura y la abrazó con gran sinceridad.

—No le escondas nada, sé lo que sientes por él porque lo veo en tus ojos cuando hablas de él o cuando lo ves —sonrió divertida—. Y Garret está igual de loco por ti solo que es un hombre muy chapado a la antigua y le cuesta acercase a las chicas de la forma indebida.

Felicity dejó escapar el aire.

—Loretta, no me he atrevido a expresarle mis sentimientos hacia él porque temo que no voy a mejorar jamás y sería injusto someterlo a la tortura de estar con una mujer que puede llegar a olvidarlo todo. Todo.

—Eso no va a pasar y… —La vio con complicidad, entendiendo finalmente lo que querían decir otras personas cuando mencionaban la complicidad entre amigas, el nexo que une a ciertas mujeres que no son de la misma familia. Los lobos empezaron a ladrar de alegría. Ella había establecido un nexo con Felicity y se sentía esperanzada de que, de ahí en adelante, todo empezaría a cambiar para ella, la vio a los ojos…—. Mejor no le digas nada. Tiene que ser él quien dé el paso aunque tarde más de lo que debe.

Felicity asintió, le sonrió con picardía por primera vez en tanto tiempo. Desde los primeros días que compartió con ella no le vio ese brillo especial en la mirada.

—Deberé seguir tu consejo, a pesar de que muero de ganas de confesarle todo lo que siento.

—Crea la ocasión —y ahí estaba ella dando consejos de amor cuando era una completa inexperta en el tema. De algo le debía haber valido los miles de libros leídos en la soledad de su hogar sobre parejas, amores, desamores, novelas que le hacían suspirar y llorar o reír de felicidad soñando con un amor para ella que quizá jamás llegaría o que la vida se lo quitaría de golpe gracias a la estúpida maldición que parecía acompañar a las brujas de su familia.

—Es buena idea —Felicity rio con nervios y emoción. Nunca la notó tan feliz—. Es temprano todavía. Podríamos ir a casa y contarle todo esto que ha ocurrido hoy y luego puedo crear la ocasión.

¿Por qué tenía el presentimiento de que Garret iba desfallecer en cuanto empezara a contarle todo lo que le dijo a Felicity?

—Bien, me parece bien —ahora la nerviosa era ella y los lobos lo percibieron lanzándose a jugar de forma frenética en el jardín—. Además, tengo que preguntarle si irá a la fiesta de las máscaras.

—¿Tú también irás?

—Eso creo. Es una antigua tradición de la familia y por fin no iré sola; si a ustedes no les importa que les acompañe.

—¿Yo voy a ir también?

—Claro, cariño, y Heather junto a Lorcan —Felicity se puso en alerta de nuevo—. Creo que esto tampoco deberías mencionárselo a Garret porque no le va a gustar saber que le arruiné la sorpresa; pensé que ya te lo había dicho. Lo siento —no tuvo que fingir vergüenza porque en ese caso, decía la verdad.

¿Por qué Garret aún no le mencionaba lo de la fiesta si quedaba poco y su amiga Heather estaría por llegar a Los Hamptons y…?

Ahhh, entendió que quizá su amiga vendría de sorpresa y hablarían de la fiesta luego.

—No le diré nada, somos amigas y vamos a empezar a guardar secretos.

Aunque le sonó un poco infantil aquella declaración, le encantó.

Le sonrió en grande a Felicity.

Recogieron todas las cosas del invernadero y las llevaron a la cocina.

Loretta estaba tranquila al sentir las emociones de su amiga en calma.

En poco, iba a sentir ansiedad porque la tarde empezaría a caer para dar paso a la noche y era un momento angustiante para Felicity. Era mejor darse prisa entonces y llegar a casa antes de que eso pasara.

Dejó todo en orden en la cocina y cuando ya emprendían el camino de regreso a la mansión de los Farkas, Felicity rompió el silencio.

—Gracias por ser tan honesta conmigo hoy, eres la primera persona que me habla con tanta sinceridad desde mi supuesta desaparición y reaparición. A veces siento que Heather y Garret me esconden cosas con respecto a eso —la observó mirar al mar y perderse en la lejanía, reconocía esos momentos, las lagunas le llegaban así, estaba intentando ordenar sus pensamientos y entender qué era lo que trataba de decirle, y a diferencia de otras veces, Loretta observó con alegría que sí, a pesar de que le tomaba tiempo, lo estaba consiguiendo—… me preguntaba si Garret y tú, teniendo algún parentesco, si él… tú sabes… ¿podría ser que él tenga algo especial como tú?

Loretta clavó sus ojos en los de ella con toda la seriedad que el caso necesitaba.

—Todo a su momento, Felicity. No voy a esconderte nada, pero tendrás que saber las cosas en su momento. Garret te hablará de él y de su vida, cuando así lo crea conveniente.

***

Garret respiró profundo y vio a Loretta con seriedad.

Esta le asintió con disimulo.

Respiró profundo una vez más, activando su poder de absorción de psique mientras clavaba su vista en Felicity que no paraba de hablar y que estaba muy agitada.

No sabía qué pensar de todo aquello y necesitaba tener una seria conversación con Loretta.

Desde que llegaron de casa de la bruja, Felicity lucía mejor de ánimo, lo que hacía que él se sintiera mejor también.

Estaba siendo testigo del deterioro de su memoria a una velocidad que no esperaban y las pesadillas eran mucho más intensas y aterradoras.

Nadie podía saberlo mejor que él que ahora las presenciaba.

No cambiaban, se mantenían igual a la primera que presenció. Parecía como si fuera un ciclo que se repetía una y otra y otra vez.

Llegó a entender que ese momento fue el más a aterrador para Felicity porque era el momento en el que el maldito de Gabor la echaba al bosque como un animalito indefenso para perseguirla y luego atacarla.

Por fortuna, despertaba antes de que le clavara los dientes. No era que no sabía lo que ocurrió o que no tenía idea de cómo ocurrió, lo que sí no necesitaba era verlo con sus propios ojos sin poder hacer nada para revertir el tiempo y devolverle a Felicity la tranquilidad a su vida.

En vez de mejorar, las cosas iban a peor y a él aquella situación lo estaba enloqueciendo.

Le consumía el alma saber que, nuevamente, podría perder a la mujer que ocupaba su corazón.

En el pasado, había sido sin previo aviso; ahora, tenía que presenciar cómo ella se desvanecía sin nada que él pudiera hacer.

Respiró profundo de nuevo y sintió unas ganas tremendas de hincarle los dientes a alguien o a algo.

Las encías se le contraían causándole un dolor tormentoso al tiempo que sentía que la mandíbula se le hinchaba como si le hubiesen dado un par de golpes.

Parecía que los cambios de humor de Felicity le afectaban cuando le absorbía la psique.

Necesitaba calmarse o no podría hablar con la bruja.

Sintió a Felicity bostezar y todo quedó en silencio.
Un ligero apretón de hombro lo sacó de su concentración.

—Garret, ya es suficiente, Felicity está dormida.

El vampiro parpadeó un par de veces intentando volver al momento en el que se encontraba su cuerpo, soportando el maldito dolor de la boca y suplicando que la bruja no se diera cuenta porque sería un problema para él.

Ella le sonrió con malicia.

—No puedes engañarme y lo sabes. ¿No has ido a alimentarte hoy?

Garret frunció el ceño y negó con la cabeza.

—Iba a salir cuando ustedes llegaron y... —se frotó los ojos y apretó los dientes a tal punto que pensó que se los rompería—. Necesitamos hablar.

—Primero aliméntate y luego hablamos.

—No pienso dejarla, no por las noches.

Loretta lo vio con compasión.

—Garret, tienes que estar bien para ella, por favor. Dile a tu fuente de alimento que venga para acá si no quieres dejar a Felicity conmigo.

—¿Aquí? ¡¿Estás loca?! ¿Y si despierta?

—Deja el drama que ella no va a despertar ahora. Y... —Loretta evadió la mirada porque quería preguntarle algo, mas no sabía cómo hacerlo—... y... —la vio con desespero haciendo que ella tomara valor y lanzara su pregunta—: ¿Me dejarías estar presente?

—¿En ese momento? —Garret estaba muy sorprendido. Felicity exhaló un suspiro que indicaba que estaba profunda.

—¿Vas a tener sexo con ella?

—¡¿Estás loca?! ¡No! ¡Claro que no! Si acaso me sé su nombre —se puso las manos en las caderas y resopló. La bruja lo desconcertaba muchas veces; la vio a los ojos, estaba nerviosa—. ¿Por qué quieres hacerlo?

Loretta volvió los ojos al cielo.

—Porque los estoy estudiando.

Garret no pudo aguantar las ganas de reír, soltó un par de carcajadas que retumbaron en la estancia.

Loretta cruzó los brazos en el pecho y lo observó indignada.

—¿Vas a escribir un libro sobre nuestro comportamiento? —Garret se acercó a Felicity y pasó ambos brazos por debajo de la chica que seguía sumergida en su sueño profundo, el que él sabía que era bueno, la cargó con delicadeza para llevarla a su habitación.

—Estoy escribiendo mi propio Grimorio con la versión que tengo de ustedes.

Garret se volvió a verla sonriéndole con dulzura.

Le sorprendió la acción de la chica; le parecía un acto noble de su parte intentar dejar por sentado que ellos, aun siendo los portadores de la maldición de la condesa sangrienta, no eran unos seres diabólicos como se creía.

—Y aunque me cause gracia no esperaba otra cosa de ti —le comentó a la bruja, que lo veía avergonzada—. Me alegra saber que tu percepción de mí y mi familia, ha cambiado.

—No sabes cuánto.

Garret recordó de lo que Felicity le habló y de todo lo que la bruja le contó a la chica.

—Me gustaría que lo conversáramos luego, la dejaré en su habitación y esperaremos a mi fuente de alimento en el estudio.

Loretta le sonrió, se frotó las manos con ansiedad.

—Te esperaré allí entonces.

—Muy bien —Garret se alejó de la bruja con el pensamiento de que no sabía qué pensar de todo lo que les estaba ocurriendo.

¿Cómo iba a resultar todo?

Aun viendo que Felicity se debilitaba cada día más, quería creer que todo iba a salir bien y que pronto, en menos tiempo de lo que él pensaba, estarían compartiendo una vida juntos.

Sí que lo quería.

Le sonrió a su chica, que tenía el rostro apoyado en su pecho mientras, con calma, la subía a su habitación.

Era una rutina para él y lo echaría de menos cuando ella ya estuviese bien porque no tendría necesidad de absorberle la psique y llevarla en brazos hasta la habitación.

Ella podría descansar y tener un sueño reparador de manera natural.

Y no estaba muy convencido de que ella quisiera que él, portador de la maldición, la llevara en brazos a ningún lado.

La apoyó con sutileza sobre la cama, la tapó con las cobijas dejándola cómoda y con lo que parecía una media sonrisa en los labios.

Él imitó su gesto y se agachó para darle un beso en la frente como cada noche.

Después de eso, habría ido a alimentarse, lo hizo durante algunos días pero la desmejora en la salud de ella, sumado a la intensidad de las pesadillas, hicieron que Garret asistiera a su visita de alimento diaria en cualquier momento disponible durante el día. Sobre todo si ella estaba con Loretta.

Se aseguró de que todo estuviera en orden en la habitación de su chica y luego sacó su móvil, desbloqueándolo con su huella digital.

Abrió la puerta de la habitación y se volvió a verla plácidamente dormida.

¡Cuánto la amaba!

¡Y cuánto la deseaba!

Dejó la puerta entre abierta y caminó por el corredor mientras tecleaba un mensaje.

"Buenas noches, Norma, por favor, dile al chofer que te lleve a esta dirección. No llames a la puerta al llegar, avísame por aquí"

A penas bajó las escaleras, recibió la respuesta.

"Está bien, señor, voy de salida"

Garret se guardó el móvil en el bolsillo del pantalón y entró al estudio.

Loretta estaba inspeccionando las estanterías de cristal en las que descansaban algunas reliquias de la familia.

—¿Son de verdad? —preguntó observando, agachada, armas de fuego antiguas y algunos sables que conservaban de diversas épocas.

—Sí, aunque no las hayamos usado nosotros —Garret tomó una y se la puso en las manos. Las armas estaban en perfecto estado, ninguna iba cargada—. Las que están aquí han sido, en su mayoría, usadas por las fuerzas de los estados del norte.

—¿Ninguno de ustedes participó en la guerra de Secesión?

—Ninguno que sepamos, es un poco peligroso porque nos exponemos a levantar sospechas.

—Entiendo —Loretta tomó nota mental para apuntarlo en su grimorio y siguió observando los artilugios que descansaban en esa habitación—. Es asombroso. ¿Y esto, qué es?

Garret se acercó y observó.

Ahhh sí, la garra.

—Cuando Klaudia empezó a buscar una forma de facilitarnos la existencia en cuanto al alimento, fue inventando y diseñando cosas que nos ayudaran a comer sin que la víctima muriera del dolor y de sepsia.

—Ohh, ¿eso hace la mordida de ustedes?

—¿Tu abuela no te explicó estas cosas?

—Seguramente hubo cosas que dejó en claro; ella hablaba más de nuestra función como descendientes de Veronika y, por supuesto, resaltaba mucho la parte maligna de ustedes o de las brujas del sur. Y hay más sobre los asuntos de la sociedad; ahora no lo recuerdo todo, lo leí hace muchos años —señaló la garra—: ¿Cómo funciona?

Garret la sacó, se la puso en el dedo anular de su mano derecha.

La punta de la base metálica a penas sobresalía de su dedo.

La acercó a los ojos de Loretta que inspeccionaron con cuidado.

—La punta está incrustada en la estructura y lo que hacíamos era acercar la mano a la zona que cortaríamos para rasgar con la punta de la garra. Al estar en el dedo que menos presión ejerce, la herida era poco profunda —hizo una mueca de disgusto—; sin embargo, era incómodo operar con ella y también peligroso por el tipo de metal y por la poca higiene. Era una herida, en fin, era mucho mejor que morder y desgarrar la carne; de igual manera no salvaba de una infección a la persona.

—Y Klaudia mejoró el proceso luego.

Garret le tendió la mano de nuevo, sin la garra y le enseñó el anillo que llevaba en el anular derecho.

Parecía un simple aro de matrimonio. No se lo había visto antes.

Hizo el intento de tomarle la mano, pero Garret la sorprendió antes tocando el aro en el interior con su pulgar de una forma tan rápida que Loretta no percibió cómo se accionaba el sistema del que saltó un diminuto punzón.

—¡Wow! —Se dejó agarrar la mano por la bruja mientras esta observaba con detenimiento el aparato—. ¡Fascinante!

¿Esto lo usarás ahora con la chica que te asista?

—Correcto —Garret movió el pulgar de nuevo y el punzón desapareció detrás de la compuerta que lo mantenía oculto.

—¿Le dolerá?

—Quizá un poco, están entrenadas para eso. Klaudia las prepara con sus brujas bajo hipnosis.

—Sí, eso de las brujas de Klaudia no es algo que me haga gracia.

Garret sonrió divertido.

—A ninguna bruja en este país le gustan las brujas del sur que usan vudú.

—Leyes de la naturaleza que hay que respetar, Garret.

—Lo sé —Garret caminó junto a Loretta con los brazos cruzados en su espalda. Con los oídos alerta en caso de que Felicity le necesitara y nervioso porque Loretta estaría con él observando el proceso. Nunca antes tuvo a alguien cerca en ese momento que no le estuviera sirviendo de alimento.

—¿Es cierto que la sangre más la psique, tomada al mismo tiempo, es lo que los sacia?

—En teoría —ella lo vio interesada y él continuó—: es lo que pasa usualmente, esta noche pasará eso. La realidad es que estaremos bien alimentados, saciados y felices, cuando nos alimentamos de sangre y psique mezclándolo con el sexo; solo cuándo es con la persona que amamos.

Loretta lo vio con sorpresa, no sabía esa parte.

Le dio gusto hacérselo saber.

—¡Oh, que romántico, Garret! —sonrió, porque no se imaginaba a la bruja siendo fan del romance y en ese momento le llegaron miles de preguntas para ella pero lo dejó para otra ocasión porque ella quería saber más y estaba dispuesto a saciar su curiosidad—. Es decir que ¿con Diana te ocurrió eso?

Garret asintió y recordó lo que debían hablar de Diana.

Tendría que esperar para hacer las preguntas porque un coche se acercaba a la propiedad, lo escuchaba.

Norma estaría llegando.

Su móvil vibró y lo sacó del bolsillo.

Respondió.

—Ya te abro. Por favor, que el chofer espere por ti. Será breve, como cada noche.

Loretta lo vio con una mezcla extraña de ansiedad y emoción y su aroma invadió toda la habitación en un instante.

Garret salió a la puerta principal y le abrió la puerta a Norma.

—Buenas noches, señor.

—Norma, adelante.

Le dio acceso a la vivienda y la chica, que ese día iba vestida como si fuera a una entrevista de trabajo, le sonrió y pasó.

Espero por él a que le guiara el camino.

Entraron en el estudio y Norma se sorprendió al ver a Loretta allí.

—Oh, señor, lo siento, no sabía que esta vez sería...

—Ella solo va a supervisar esta sesión —hizo las presentaciones debidas y las mujeres se saludaron como correspondía.

—¿En dónde quiere que me siente, señor?

—Donde prefieras, Norma.

Loretta los observaba con fascinación.

Garret estaba nervioso aunque intentaba comportarse de la manera más natural que podía.

—¿Cómo has estado? —el vampiro quiso mantener la rutina a la que tenía acostumbrada a la chica aun estando en presencia de Loretta.

—Bien. Esta temporada fuera de la ciudad me sienta de

maravilla.

—Lo entiendo —le sonrió con amabilidad y luego, tomó la mano de la chica—. Gracias por venir.

—Es mi trabajo, señor.

Garret vio a Loretta mientras accionaba de nuevo el sistema de su aro metálico en el anular y salía a la vista el punzón.

Le dio la vuelta a la mano de Norma y luego la vio a ella a los ojos.

—¿Lista?

La chica asintió con una sonrisa educada.

Garret clavó el punzón allí, en donde existían unas marcas enormes de un intento de suicidio. Nunca intentaba hablar de ellas con Norma, pero suponía, tal como otras chicas de la compañía, que Norma fue rescatada de la calle por Klaudia.

Las fosas nasales de Garret se expandieron al sentir el olor acre y metálico de la sangre de la chica.

La boca se le resecó y las encías dolieron.

En ese momento, todo se paralizó como solía ocurrir cada vez que se alimentaba y sintió todo lo que ocurría en su interior.

La oscuridad que se movía en él, que era parte de la maldición.

El ser de cuidado que podía llegar a ser.

Se acercó la muñeca de la chica a la boca y bebió.

Bebió al tiempo que se concentraba en ella y en su energía sintiéndola fluir por todo su organismo.

Ella dejaba escapar pequeñas exhalaciones debido a la debilidad de absorción de psique y a la succión que sentiría en su interior, lo que le hacía excitarse.

No ocurría lo mismo con Garret que parecía solo responder a la sensualidad de Felicity.

Su cuerpo la deseaba solo a ella.

A ninguna otra.

Chupó y cuando sintió que estaba satisfecho se separó, secándose la boca con un pañuelo impoluto que sacó del bolsillo y tapó con este la herida de la muñeca de ella.

—Para mañana estará cerrada, como todos los días.

La vio y le sonrió con agradecimiento. Ella lo veía con somnolencia.

Asintió de forma educada manteniendo la presión del pañuelo en la herida.

—Te llamaré mañana.

—Está bien, buenas noches —se despidió de los presentes y salió con Garret detrás de ella vigilando que llegara bien al coche.

Regresó al estudio cuando el coche ya se alejaba de la casa.

Loretta lo veía asombrada.

—Fue alucinante verlo. Gracias.

—Ahora es posible que sea alucinante; en otra época, era aterrador. Se removía la parte diabólica; además, yo, que lo he hecho de ambas maneras durante mucho tiempo, puedo asegurarte que nuestra naturaleza necesita la salvajada de la mordida porque es parte de nuestro morbo de monstruos malditos —Loretta asintió—. Cuando mordemos, es cuando sentimos que estamos cazando en realidad y nuestra naturaleza nos exige cazar. Solo que la hemos domado para poder convivir en paz junto a los humanos.

—¿Es verdad que la sangre de las vírgenes les sabe mal?

—Tal como podría saberte a ti algo muy muy amargo.

—¿Y la de las brujas?

—Como la de Norma —Garret sonrió—. Si me das sangre animal, me harás tener una buena borrachera.

Loretta soltó una carcajada.

—¿En serio?

Garret asintió.

—¿Cómo fue que Diana aceptó lo que eres?

—Decía que había visto mi corazón, no mi naturaleza —resopló recordando la época en la que conoció a Diana—; y menos mal, debo decir, porque me gustaba calentar la cama de varias señoritas de la aldea a las que les hacía proposiciones poco indecorosas y algunas cedían más de la cuenta dejando en evidencia que algo no iba bien con ellas. Hasta que me topé con Diana y no pude, sencillamente no pude tener ojos ni ganas de estar con alguien más —resopló de nuevo y luego clavó la vista en la bruja—. Pensé que sería así para el resto de la eternidad pero apareció Felicity y… —y ahí estaba la emoción, la excitación por ella, las ganas de devorarla; de buena manera, claro estaba.

Loretta sonrió con complicidad.

—Para de sentir esas cosas que yo también las siento y digamos que mi sangre es bastante amarga así que…

No pudo disimular ante tal confesión y quiso preguntar más porque le parecía inverosímil que una chica tan guapa e inteligente como Loretta Brown no hubiese tenido un contacto sexual con alguien en toda su vida.

—Bueno, lo positivo de vivir en esta época es que puedes dejar de tener sangre amarga cuando tú quieras y nadie va a juzgarte por ello —le dedicó una sonrisa compasiva cuando vio su mirada llena de vergüenza repentina.

Así era Loretta y ahora entendía esa mezcla entre mujer fuerte e inocente.

Poseía la magia de la naturaleza, la que le daba la fuerza, sin embargo, le faltaba vivir y tener experiencias de la que todo el mundo necesitaba en la vida.

Bruja o no.

—Empiezo a tenerlo en cuenta, gracias por el consejo.

—Estaré siempre que me necesites, ¿está claro? —Ella asintió—. Y te prometo que hablaremos más de mi especie y de todo lo que quieras preguntarme; antes, explícame, por favor, ¿cómo es que le dijiste todo lo que le dijiste a ella y cómo es que ella pudo tener un contacto con Diana?

***

Loretta se sentó en el sillón de su salón cuando regresó de la casa de Garret.

Intentaba procesar todo lo vivido esa noche.

Sabía de los artilugios que usaban para alimentarse.

Una cosa era verlos dibujados en un papel y tener un vago conocimiento de cómo funcionan y otra muy diferente era tenerlos frente a ella, además, junto a alguien que sabía muy bien cómo usarlo.

Estaba siendo una noche de esas que eran extrañas, pero que tanto le gustaban porque la sacaban de su monotonía y de lo que ella conocía.

Le hacían ampliar sus conocimientos.

Sin duda.

Desde que decidiera empezar a estudiar a los Farkas y a todos los que eran como ellos, encontró cosas fascinantes que, de seguro, su abuela y su madre le enseñaron y que ella, cansada de lecciones y magia, las había olvidado.

Se podía decir que para Loretta todo lo que le rodeaba lo daba por sentado. Sentía que lo conocía de sobra, pero no.

En cuanto empezó a entablar un verdadero contacto con Garret, uno más cercano, se dio cuenta de que estaba muy lejos de saberlo todo.

No les conocía de nada.

Quizá podía conocer la naturaleza demoniaca que los dominaba.

Quizá por lo que estaba apuntado en los libros de su abuela, por los tratados de las brujas con esa especie para formar la Sociedad de los Guardianes de Sangre.

Se daba cuenta de que cualquier cosa que pudiera estar apuntada en el grimorio de su abuela o en otros libros de antepasados de su familia, eran conocimientos muy, muy, básicos.

Nadie dejó escritos sobre las emociones de los vampiros, las sensaciones, los poderes extra sensoriales que tenían.

El respeto que tenían hacia sus fuentes de alimento.

La forma en la que aprendieron a controlar cada una de esas bestias que Sejmet dejó en ellos junto con la maldición.

Nadie escribió en los registros que eran seres que sentían, vivían y sufrían tanto como las brujas o como los humanos.

Y por eso ella estaba documentando toda su experiencia junto a los Farkas. Quería explicarle a las generaciones que siguieran apareciendo en su línea, que tanto los Farkas como otros descendientes de la Condesa y portadores de la maldición, eran personas decentes.

Garret no pudo evitar sentirse preocupado cuando ella le contó todo sobre la aparición de Diana en la meditación de Felicity.

¿Cómo es que apareció allí Diana?

Era un enigma para todos.

Muchas cosas le escondía el destino incluso a ella misma.

Así que no pudo explicarle más de lo que ella creía que iba a ocurrir. La conclusión que saltaba a la vista para todos.

Estaba claro que Garret ya tenía que dejarse de protocolos y miedos y dar el paso para fortalecer el nexo que ya había nacido entre Felicity y él.

Fue lo que le aconsejó esa noche antes de marcharse a

casa.

Era lo que llevaba aconsejándole desde que todo aquello empezara. En cierto modo, sí, existía más acercamiento entre ellos, mas no el que se necesitaba.

Acordaron que Loretta se mantendrían alejada de ellos algunos días. Les daría más privacidad para que Garret pudiera crear los momentos adecuados y expresarle sus sentimientos a Felicity.

En tanto, Loretta se sumergiría en su investigación y sus apuntes en su propio grimorio.

Tenía esa idea loca de invitar a Lorcan y Heather a su casa cuando estuvieran de visita en la casa de los Farkas.

No faltaba mucho para que llegaran.

Solo se presentaría Heather en casa de los Farkas y ella estaba pensando, seriamente, en pedirle a Lorcan que se quedara allí, en su propia casa, porque quería conversar de forma extendida con él.

Sabía que no podría estar varios días sin Heather por el consumo de alimento; además, la condición especial de Lorcan, el más agresivo de los Farkas por todas las cosas que pasó cuando ejerció su papel como verdugo, necesitaba la comunión completa de mente, cuerpo y espíritu con su mujer.

Psique, sangre y sexo.

Esa condición especial en él lo hacía más atractivo para sus recientes estudios.

Quería saberlo todo él aun sospechando que la mitad de las cosas que iba a escuchar no le iban a gustar.

Todo sería por el bien de la sociedad y por crear una relación más cómoda de ahí en adelante entre nuevas descendientes de Veronika y los Farkas.

Estarían unidos en la eternidad, así que alguien debía dar otros puntos de vista.

Luego contactaría con Pál. Sabía que estaba en Europa y estaba pensando en viajar a donde él se encontraba para...

Un ruido en el exterior la sacó de sus pensamientos.

Estuvo tan concentrada pensando en todos los acontecimientos que no supo en qué momento se levantó del sillón del salón y se fue al invernadero para atender a las plantas que necesitaban atención según la hora de la noche y el calendario lunar.

Un perro, en el exterior, ladró agitado y sintió la energía protectora de los lobos esparcirse en toda la zona.

Apareció casi toda la manada de pronto.

Podía sentirlos en lugares estratégicos, ocultos entre las sombras; al acecho, esperando la más mínima señal para atacar.

El Alpha, un macho grande, más grande de lo que podía ser normal, de color gris oscuro aulló, indicando que nadie movía un pelo hasta que él lo ordenara y se plantó frente a la puerta de la casa de Loretta.

—¿Qué diablos ocurre? —el macho Alpha casi nunca se dejaba ver porque la verdad, asustaba.

Se asomó por la ventana y no vio nada, pero sí escuchó de nuevo los ladridos y después de unos segundos lo vio. Una ráfaga dorada pasar enloquecida frente a su ventana.

¿Un perro? ¿Qué diablos hacía un perro dentro de su propiedad y cómo rayos accedió?

Ella salió y el lobo gruñó.

Loretta lo vio de reojo dejándole saber que, por muy Alpha que fuera, la que tenía la última palabra era ella.

Sentía la vibración de alerta de los demás animales en su pecho.

El perro dorado, un labrador, corría excitado y enloquecido por todo el jardín.

Era un cachorro, se le veía en la cara; las orejas colgando desordenadas, el rabo moviéndose descontrolado y la lengua colgando de lado mientras corría de un lado a otro.

Su actitud dejaba muy en claro que no pasaba del año y que los lobos no le atacaron porque sabían que lo único que quería ese animalito adorable era: jugar.

El perro olfateaba el ambiente, sentía a los demás y corría como si quisiera decirles a todos que salieran a jugar con él.

Loretta no pudo evitar soltar una carcajada viendo a su alrededor como los demás animales lo observaban con una madurez asquerosa.

De esa madurez que hace ver a los otros como infantiles y ridículos.

—Son unos amargados.

El perro le escuchó y corrió hacia ella con toda la intención de abalanzarse en cuanto la tuviera en frente.

Lo hizo y ella se dejó lamer, olfatear y convencer de revolcarse en el jardín con el cachorro mientras el Alpha la veía con obstinación manteniendo el estado de alerta.

—Serás amargado. ¿No te das cuenta de que es un pobre animalito? —el cachorro buscaba su atención mientras ella veía al Alpha y este bostezaba—. ¿Estás perdido, amiguito? —le acarició las orejas y entonces, el labrador estiró la cola levantado luego las orejas.

La voz de un hombre se hizo sentir detrás de unos arbustos altos que protegían la casa.

Quien lo veía desde afuera solo percibía arbustos y bosque al otro lado de estos.

En realidad, era un encantamiento que tenía la casa para ser vista solo por unos pocos privilegiados.

El cachorro ladró y el humano, al otro lado de los arbustos, respondió al ladrido.

—¡¿En dónde te metiste Kale?! —silbó—. ¡No te veo amiguito, ven aquí!

Varios ladridos más resonaron alejados de la casa.

Los lobos.

Le estaban despistando.

—Eso no se hace —vio al Alpha a los ojos y este ni se inmutó—. Ese chico está buscando a esta bola de pelos.

La voz del chico se alejó y el cachorro soltó un lamento.

Loretta lo vio con compasión.

Debía dejarlo ir porque los lobos tenían razón.

La casa estaba protegida; si salía de ahí con el perro, el humano entendería que algo raro ocurría porque que podría hacer una chica sola en el medio de un bosque a esas horas de la noche.

El cachorro la lamió repetidas veces y ella tuvo que admitir que su dueño pasaría la noche en vela porque hasta la mañana siguiente, no podría dejarlo ir.

Mientras el cachorro buscaba la forma de revolcarse con ella en el césped, ella maniobraba para poder ver la placa en forma de hueso que llevaba en el cuello.

En efecto, Kale era su nombre.

Entonces, el Alpha olfateó el ambiente y luego la vio a los ojos asintiendo.

Todo volvía a la normalidad.

Le dio la espalda para internarse de nuevo en las sombras en donde siempre estaba vigilando.

La energía protectora se mantuvo, pero no tan fuerte como la de hacía un momento y ella se relajó.

—Seremos compañeros de casa por hoy —el perro ladró de felicidad batiendo la cola—. Vamos adentro que hace frío. Buscaremos agua y comida para darte. Mañana por la mañana, buscaremos a tu dueño.

Capítulo 8

Klaudia se acurrucó en la cama cuando los susurros empezaron a llamarle.
Llevaba muchos días sin sentirlos, pensaba que todo había pasado y no, ahí estaban presentándose de nuevo, llamándole con voces fantasmagóricas.

Además, llevaba dos días sin dormir bien debido a los extraños sueños que estuvo teniendo.

Se veía a sí misma, en el medio del bosque, accediendo a una cueva de la que no conseguía salir nunca más.

Buscando la salida con desespero, escuchaba voces como las de los susurros y la de una mujer que claramente la llamaba por su nombre como si le estuviera pidiendo ayuda.

En ambas noches despertó sobresaltada sintiendo que se ahogaba y que le producía una sensación extraña ese lugar.

No lo pensó antes de esa madrugada, en la que después de despertar y de intentar evadir los susurros, se dio cuenta de que todo el asunto podía deberse a la forma en la que Ronan y ella estaban evadiendo el tema de Luk.

Su subconsciente no veía salida en la cueva porque ella no sabía cómo afrontar esa verdad con Ronan.

A pesar de que estuvo a punto de matarla en el claro de la colina y de que la hirió fuertemente, Ronan bajó sus defensas hacia ella, dándole un voto de confianza.

Abriéndole las puertas de su casa para que sanara completamente. No podía quejarse de las atenciones del hombre hacia ella. No le faltó nada y le estaba inmensamente agradecida porque no habría sido agradable quedarse varios días en el bosque, herida; escondida de la gente y de los animales salvajes.

Pocas cosas conversaron los primeros cuatro días de estancia en su casa.

Él se ocupaba de que a ella no le hiciera falta nada, mas no parecía estar muy emocionado por entablar una conversación con ella; aún más cuando Paul, un irlandés empleado de la compañía, venía a alimentarla.

No culpaba a Ronan de su incomodidad. Odiaba a los vampiros, y con toda razón; vivió de primera mano las masacres de Luk.

No debía ser nada fácil para él. Por ello, cuando se recuperó de energía y su herida de la pierna estuvo mucho mejor, aunque no cerrada del todo porque fue profunda, decidió que era el momento de hacer algo por el hombre al que le estaba agradecida.

Además, sabía que toda esa inestabilidad en su sistema se debía a las voces fantasmagóricas que la atormentaban; y a que, Ronan, directamente, la desestabilizaba.

Klaudia poco sabía de emociones dulces y del amor, sin embargo, se daba cuenta de que lo que ese hombre le hacía sentir nada más con verla, era especial.

Deseaba conocerlo más, saber si su intuición estaba en lo correcto cuando le indicaba que él también se sentía atraído por ella.

Percibió mucho de él la noche en la que le hizo la cena y ella intentó marcharse.

Él no se lo permitió, le pidió que se quedara más tiempo con él; siendo tan dulce cuando lo hizo que Klaudia no pudo resistirse.

Desde esa noche Ronan no era el mismo que conoció en Nueva York.

Le atraía aún más este nuevo Ronan.

Tuvieron un primer acercamiento que le llevó a pensar que acabarían enredados bajo las sábanas, pero ambos se comportaron a la altura, como adultos racionales dejando a un lado el tenso hilo del deseo que existía ellos para concentrarse en otras cosas.

La verdad es que no sabía qué era peor.

Porque de un hilo tenso pasaron a una situación que no se entendía por ningún lado.

Ambos estaban metidos hasta el cuello en el mismo saco; ambos sentían lo mismo, era recíproco el deseo y hasta ese sentimiento que no la dejaba en paz últimamente y que parecía hacerla inmensamente feliz; él también lo sentía.

La casa entera olía a sus emociones. Klaudia se adaptó a ellas pronto, reconociendo cada estado de ánimo de Ronan con una facilidad que estaba sorprendida.

Le encantaba cuando sentía celos de verla alimentarse de Paul.

Al principio, cuando llegó herida y necesitó de Paul para sanar, mantuvo todo el proceso en la privacidad de la habitación. No había sexo. Solo alimentación y absorción de Psique.

Después, tampoco sintió necesidad de tener sexo con Paul porque sencillamente no era a él a quien deseaba y desde ese momento, empezó a dejar la puerta de la habitación abierta indicándole a Ronan que no tenía nada por lo que morirse de los celos aunque a ella le divirtiera tanto.

Ahora se alimentaba en el salón, frente a Ronan, porque le importaba lo que este sentía y pensaba de ella.

Notó que ese pequeño cambió significó mucho para Ronan; desde entonces, estaba más tranquilo y trataba mucho mejor a Paul compartiendo con él noticias deportivas que Klaudia no soportaba.

Dejó escapar el aire.

Faltaba poco para el amanecer, tendría que ir con él a luchar al claro de la colina.

Se convirtió en una rutina maravillosa que iba a extrañar cuando se marchara.

En poco sería la fiesta de las máscaras y, como cada año, ella estaría allí; aprovechando esa excusa para poner distancia entre ella y Ronan aunque eso le angustiara más que nada en el mundo.

No había querido hablar con Pál en todo este tiempo.

Se daría cuenta de su cambio y no quería entrar en detalles con él en ese momento de su vida en el que estaba pasando por varias emociones que desconocía, pero que le hacían sentir bien.

Nunca pensó que podría llegar a sentirse así por alguien.

No era propio de ella hablar de estabilidad y menos, de amor.

Dejó escapar el aire de nuevo.

Siguió pensando para callar los susurros que le convirtieron en una temerosa de la noche.

Debía aclarar las cosas con el detective y luego retomar su

vida como la conocía.

No podía seguir alargando más ese asunto.

Tendría que pensar un modo de tocar el tema ya que él no daba el primer paso.

Lo intentaría para que su vida volviera a ser la que siempre conoció; sospechaba que esa conversación le pondría fin a esa horrible pesadilla y aclararía de una vez la situación entre ellos.

Sí.

Sería honesta con él, le diría de Luk y así todo volvería a la normalidad.

***

Ronan se sirvió la segunda taza de café esperando por Klaudia.

Vio la hora y le extrañó que aún no bajara.

Era responsable y puntual; habían tomado la rutina de ir al claro a entrenar movimientos de batalla.

Le hacía sentirse libre estar allí con ella.

Negó con la cabeza. La verdad era que le hacía sentirse libre el simple hecho de estar con ella.

Cuidó sus pensamientos tanto como pudo; tal como estuvo haciendo en esos días junto a Klaudia porque no quería dañar todo lo que lograron establecer entre ellos.

¿Cómo se podía sentir tan a gusto junto a ella?

No llegó a imaginarse nunca que sería posible eso junto a uno de esa especie.

Pero es que Klaudia lo conquistó desde que la vio en su oficina en Nueva York. Era algo que no podía negar. No quiso verlo entonces y ya no podía seguir engañándose a sí mismo.

Con su melena, sus ojos; su porte elegante, su carácter.

Todo lo que veía en ella le gustaba, incluso cuando lo tomó por sorpresa en el claro de la colina convertida en el depredador que era, respondiendo tan bien a los golpes que él le daba.

Estaba perfectamente entrenada y aguantaba mucho mejor que cualquier contrincante con el que hubiese luchado antes que ella.

Y no, no la dejó irse a ningún lado porque adoraba la forma en la que le hablaba de mantenerse alejados para no sucumbir al deseo.

Para no acabar enredados en las sábanas a pesar de todas las miradas indiscretas y las palabras entre líneas que eran un juego entre ellos.

Luchaba cada día contra la tentación de comerle los labios sin contemplación y aprovechar de comérsela entera; eso era lo que le apetecía, saborear cada rincón de esa mujer.

Suspiró.

«¿Y qué hay del monstruo?», pensó su voz interna que parecía tener una rebelión por el repentino sentimiento que nació entre él y la vampira.

Negó con la cabeza. El monstruo tendría que pagar igual.

Nada podía hacer al respecto.

Presentía que aquella información acabaría por distanciar a Klaudia, por ello seguía dándole largas al asunto.

Ninguno de los dos lo mencionaba, lo que le indicaba que estaba en la misma posición de él con respecto a sus emociones.

¿Y si le hablaba con la verdad y le decía que debía vengar a su familia pero que también la quería a ella?

¿La quería?

¿Eso era?

Sonrió; un ruido lo sacó de sus pensamientos dándose cuenta de que había pasado más de media hora y aun Klaudia

no bajaba.
Otro golpe.
Venía de la habitación de ella.
Subió a ver qué ocurría.
Toco con los nudillos.
—Klaudia.
—No, no, no, quiero salir ¡Quiero salir! —estaba teniendo una pesadilla y Ronan no dudó en entrar para despertarla.

El móvil de ella y un adorno de metal de la mesilla de noche estaban en el suelo; de seguro fue lo que Ronan escuchó estando abajo; se acercó a ella, que tenía el ceño fruncido y balbuceaba cosas incomprensibles.

—Klaudia —murmuró, colocándole la mano en un brazo, accionando el mal en la vampira que abrió los ojos de inmediato como un gato salvaje listo para atacar.

Tomó a Ronan desprevenido, haciéndole una llave que no vio venir, dejándolo debajo de ella; intentando zafarse de un agarre que sabía acabaría muy mal.

No era hombre de sentir miedos repentinos, pero las imágenes de la masacre que guardaba en la cabeza llegaron, reviviendo sus peores temores. Impidiéndole defenderse de manera apropiada.

Ronan sintió el agarre de ella manteniéndole la cabeza hacia un lado y después de escucharla sisear como una maldita y asquerosa serpiente, Klaudia abrió la boca y enterró los dientes en el cuello de Ronan que gritó aterrado; lleno de dolor por el ataque.

Se removió; ella cerró más el agarre, consiguiendo enterrar un poco más los dientes.

Fue un idiota en fiarse de ella y del sentimiento que nació entre ambos.

Todo llegaría hasta ahí por creer que uno de ellos podía

ser diferente.

Empezó a sentir la sangre salir de él.

Klaudia succionó un poco de sangre antes de parar en seco y saltar al lado opuesto de la cama, mirando con horror lo que había hecho.

Ronan reaccionó con prisa, aterrado, alejándose de ella cuanto pudo dentro de la misma habitación; sabiendo que si corría, activaría a la depredadora de nuevo. Lo presenció aquella noche en su aldea y entendía que no era buena idea.

Se agarró el cuello notando que la herida no era tan profunda.

Ella seguía viéndolo con expresión de pánico y la mirada bañada de vergüenza.

Él no podía verla de otra manera que no fuese como lo que era: un maldito monstruo asesino.

Ella negó con la cabeza mientras contenía las ganas de llorar.

—Lo siento —susurró y salió corriendo de la habitación.

Ronan esperaba que fuera lo suficientemente inteligente como para correr muy lejos de él. Ahora tenía muy claro que la buscaría, le obligaría a darle el nombre del responsable de la masacre a su aldea y luego…

Luego la mataría a ella también.

Y se arrancaría el corazón de ser necesario si seguía empeñado en tener emociones por esa asquerosa criatura.

Capítulo 10

Felicity estaba disfrutando de la tarde en el jardín de la propiedad de los Farkas, con el ruido del mar de fondo que le servía de calmante para el ánimo que llevaba ese día.

¿De qué otra manera podía sentirse?

Una vez más, sentía que estaba quedándose sin nada.

Que cada día empeoraba; ya ni siquiera conseguía retener recuerdos de días pasados.

Hacía unos días estuvo con Loretta en el invernadero y sabía que hablaron de cosas importantes respecto a Loretta; algo referente a una fiesta; y otra cosa...

¿Un parentesco?

¿Con quién?

No conseguía recordar nada. Era como si las ideas o los recuerdos, los tuviera revueltos en un torbellino que se negaba a detenerse para ella poder saber con exactitud lo ocurrido y conversado en ese momento.

Sin embargo, se le hacía muy extraño que aun sin poder recordar cosas tan tontas como una conversación, conseguía recordar a la mujer que vio en ese extraño sueño que tuvo dentro del invernadero cuando parecía que el hombre de las sombras venía por ella.

La mujer se presentó y le dijo que confiara en Garret.

¿Cómo no hacerlo?

¿Cómo no confiar en un hombre que era capaz de cualquier cosa que ella necesitara o le pidiera con tal de hacerla sentir tranquila, segura y querida a pesar de que no se lo dijera con palabras

Confiaba en Garret tanto como confiaba en Heather.

O ahora en Loretta.

Garret se acercó a ella ofreciéndole una copa de vino tinto. Llevaba pegado a sí el aroma de las especies con las que estuvo cocinando hasta ese momento.

Empeñado en hacer algo especial para ella; una cena para comerla en el jardín porque la tarde estaba hermosa y la noche caería pronto así que el clima estaría perfecto para cenar a la luz de las velas en medio la naturaleza.

Felicity no se negó aunque lo que más deseaba en ese momento era quedarse en la cama y llorar.

Sonaba un poco dramático, pero es que se sentía desolada. No había nada que hiciera que pudiera arreglar su descompuesta memoria; así que su peor temor, se haría realidad.

—A veces creo que el hombre de las pesadillas, el que no consigo olvidar de ninguna manera, es una metáfora en relación a mi enfermedad —lo vio a los ojos, los de Garret se encendieron de rabia repentina tal como cada vez que mencionaba al hombre, las pesadillas o sus terrores por la falta de memoria—. ¿No crees que pueda ser eso?

Garret negó con la cabeza, el ceño fruncido y la mirada clavada en el mar.

¿Qué le escondía?

Porque era cierto que no tenía buena memoria, pero parecía que el condenado instinto lo tenía muy activo.

Respiró profundo y absorbió todos los olores que se mezclaban en el ambiente.

Los que Garret traía de la cocina, los del mar; respiró en el interior de la copa y el vino le dio un contraste sensual a los demás aromas del ambiente.

—Los médicos ya nos han dicho que no tienes ninguna enfermedad y estoy seguro de que es otra cosa. Ya lo recordarás.

—¿No ves que empeoro? —Garret no se contuvo y le dejó ver la mirada triste y apagada que odiaba detectar en esos ojos salvajes—. No estés triste, Garret, no es justo contigo. Debemos ser sinceros con respecto a mi enfermedad. Es obvio que algo tengo. Estoy cada vez peor, antes no recordaba cosas de cuando estuve desaparecida y poco más; ahora, estoy olvidando lo que hablo o hago en cuestión de días.

—Lo sé.

—Exacto, tú también lo notas y solo te pido que seas honesto conmigo porque a veces siento que no lo eres.

Él la vio con apremio a los ojos como queriendo disculparse por no poder hablar con la verdad.

Felicity prefirió obviar esa mirada porque le ardió en el pecho el saber que había algo allí que ella no sabía y que de ninguna manera se iba a enterar.

—Lo único que recuerdo con certeza de los últimos días, es esa mujer de ojos verdes, muy hermosa, que se presentó de la nada en ese extraño trance en el que quedé dentro del invernadero de Loretta.

Garret carraspeó la garganta y ella notó algo raro en él que no supo definir qué era.

—¿Recuerdas algo más de ese trance?

—Un bosque, un hombre que se movía en las sombras, ella y luego tú. —Él la vio con esperanza y se la transmitió haciendo que se encendiera una pequeña, muy pequeña, llama en su interior que auguraba algo bueno y no se atrevió a mencionarlo. No quería darse esperanzas a sí misma en voz alta porque sería como ratificar algo que parecía un engaño.

—¿Recuerdas algo más de ese día?

Felicity tomó un sorbo de la copa y luego levantó el hombro derecho. Buscaba en sus pensamientos.

—Loretta y yo hablamos de cosas... —hurgó más profundo en su cabeza—. No lo sé, es extraño —negó con la cabeza—. Puede ser que me haya hablado de su familia...

—Y la mía —Garret le interrumpió de inmediato tomándola por sorpresa—. Te habló de su familia y la mía.

—¿Qué me dijo?

—Que nuestras familias están emparentadas de alguna manera.

Felicity no se creía lo que escuchaba y sospechaba que la primera vez que lo escuchó tampoco se lo creyó.

Se mantuvo en silencio para dejarle a él continuar.

—Somos todos descendientes de la condesa Etelka que ya te comenté el otro día ¿lo recuerdas?

Para su sorpresa, sí, lo recordaba.

Asintió y Garret le sonrió con esa sonrisa que le derretía el corazón a pesar de que él no estaba enterado de ese detalle.

¿Debería comentárselo?

Entonces recordó algo más mientras Garret continuaba hablando y era que, ese día, en el invernadero, le contó a Loretta sobre sus sentimientos hacia Garret y esta le sugirió que le hablara de ellos… no, no, al principio le dijo eso y luego que no, que esperara hasta que él diera el primer paso.

Esperaría.

Entonces puso atención en él y en la elegancia que tenía para hablar.

Era correcto, educado, amable.

A veces le parecía que muy serio y de ahí que suponía que su pasado tenía una gran carga de mala energía; no lo juzgaba, no podría, su propio pasado estaba lleno de mierda.

Nadie estaba a salvo y a final de cuentas solo era eso, pasado.

¿Tendrían un futuro?

Le gustaba pensar mil veces que sí.

Y ahí estaba la esperanza manifestándose otra vez.

Garret le sonrió en grande y se acercó a ella dejando su rostro muy cerca.

—¿A dónde te fuiste?

Ella resopló divertida y avergonzada, sintiendo que sus mejillas se incendiaban.

—Lo siento. Lo siento, continúa.

Garret, por primera vez, la observó con deseo y ella sintió la vibración en su interior.

¡Dios, esa mirada, parecía que ardía!

Se sintió tentada a tocarlo, a tomarlo de la mano y se imaginó la misma mano recorriendo por…

Garret cerró los ojos y respiró profundo; tan profundo, que pensó que la dejaría sin aire.

Se erizó al ver su acción sin saber muy bien por qué.

Cuando el hombre abrió los ojos de nuevo, la mirada ardía más y podía jurar que se la comía entera con solo verla.

¡Dios santo! ¿Qué era aquella corriente que la recorría?

Un cosquilleo que en su vida había sentido.

Garret bebió un sorbo de su vino sin quitar su vista de ella; se relamió los labios en la acción más sexy que pudo haber visto en su vida y luego volvió a respirar profundo.

Se separó de ella, clavó su vista al frente, al mar que rugía y casi no se veía porque estaba siendo absorbido por la oscuridad de la noche.

Ella sintió calor, intenso y puro, en su entrepierna; y su corazón se aceleró al punto de hacerla sentir ridícula y avergonzada.

Esperaba no estar siendo evidente.

No lo soportaría.

¿Cómo fue en su época de dama de compañía? Casi no recordaba eso tampoco.

Y ahí llegó la estocada que le apagaba todas las emociones. Su memoria.

O la falta de ella.

Entonces sintió respirar de nuevo a Garret, pero con menos intensidad.

Y luego, dijo en un susurro:

—Te hablaba de la fiesta a la que vamos a ir todos —Ella le puso atención a sus palabras, debía comportarse como una mujer razonable—. Hace muchos años que mi familia empezó con esta tradición de la fiesta de las máscaras en Venecia y la hemos mantenido a lo largo del tiempo casi en su versión original. Es algo que llena de orgullo a la familia. Nos disfrazamos tal como en el carnaval de Venecia y en uno de los palacios que son propiedad de los Farkas, hacemos esta gran fiesta para celebrar el Equinoccio de Otoño —Ella lo vio con interés—. Me gustaría que, este año, me acompañaras.

—No tengo un disfraz —él le sonrió.

—Eso, lo tengo cubierto.

—¿Y si te hubiese dicho que no?

Garret la vio con seguridad. ¿Se sentía seguro de ella?

—Si hubieses dicho que no, hubiésemos guardado todo para el siguiente año, por si te apetece más adelante.

Le hizo un guiño que la dejó vibrando en el interior.

Pensaba en un futuro con ella; y ella, con la mente podrida como la tenía.

No quería hablar de eso en ese momento; se sentía demasiado bien y a gusto junto a Garret en ese juego seductor que tenían esa noche como para echarlo a perder con el asunto de su extraña enfermedad.

Apartó todos los malos pensamientos de su cabeza.

—¿Me gustará el disfraz?

—Creo que sí, si no, puedes cambiarlo. Hay tiempo todavía y te tengo otra sorpresa.

Uno de los lobos de Loretta apareció correteando por la playa.

Felicity observó a Garret de frente, ansiosa por saber.

—¿Qué será?

—Heather va a venir antes de la fiesta y pasará unos días aquí.

Felicity no pudo contener la emoción y sí, recordaba que algo le mencionó Loretta y que por ello, mantuvieron el secreto.

Le dedicó una sonrisa a él y Garret, en un impulso, la tomó de la mano y le besó el dorso.

—Me encanta verte sonreír.

Ella se ruborizó, no pudo evitarlo. Parecía que era la noche de los rubores.

Él le besó la mano de nuevo y luego la dejó sobre su regazo cubriéndola con la propia.

Siempre la protegía.

Le regaló una sonrisa y él la imitó.

Aquel momento era tan precioso que no quería…

No, no iba a olvidar algo así, de ninguna manera podría olvidar las emociones que experimentaba al contacto con él, con la mirada que le dedicara antes.

No.

Nada de olvidos.

Vio al lobo de nuevo.

Garret se acercó más a ella y se mantuvieron en silencio unos minutos.

—¿De dónde los saca Loretta? —preguntó señalando a los lobos.

—Es una historia larga que seguro te contará alguna vez, por lo menos ya sabes que es un poco rara y que…

—¡Es cierto! Me contó algo de eso —frunció el ceño al tiempo que Garret le acariciaba la mano con suavidad y ternura.

—¿Qué ocurre?

—Es raro, Garret. Aunque no quiero hablar de mi memoria en este momento, no ahora —clavó su vista en las manos de ambos entrelazadas y luego lo vio a los ojos. Él asintió una vez con sutileza y le dejó ver su mirada comprensiva—; no puedo obviar el hecho de que sí, he olvidado cosas y junto a ti las estoy recordando. Esto no me había pasado antes. Muchas veces me has hablado de cosas que yo no recuerdo de nada. ¿Qué es lo que está cambiando ahora?

Garret la volvió a ver con esperanza y un brillo tan intenso en la mirada que fue inevitable encender la llama al completo, la que antes apenas encendió y que dejó a un lado; ahora le fue imposible porque sentía que esa esperanza de él la embargaba a ella, avivaba la llama y, sin darse cuenta, en ese momento, las sombras de lo vivido en el pasado empezaron a manifestarse.

Empezaba a despertar.

—Dicen que el amor sana —la vio con tanta dulzura que le hizo rebosar de alegría el corazón—; y ya es hora de que empieces a sanar.

***

Garret estaba absorto observando a Felicity en el salón.

No sabía cómo es que llegaron a ese punto, pero finalmente la tenía entre sus brazos.

Después de que Loretta y ella estuvieran allí contándole lo que vivieron en el invernadero, la misma noche en la que Loretta quiso presenciar el proceso de alimentación con Norma, Felicity había decaído mucho.

No lo entendía.

La bruja poco le decía del tema más que ya se lanzara y diera el paso de hablarle de sus sentimientos.

Le costó, quiso crear los momentos ideales y ella se negaba a salir, a dar un paseo, a ver la TV, a hacer actividades que le permitieran iniciar alguna conversación lógica a través de la cual pudiera dirigir sus emociones a ella sin ser tan directo porque eso era lo que no quería.

Sentía en el ambiente los cambios de ánimo de ella y sabía lo nerviosa que se ponía cuando él intentaba acercarse o hablarles de algo referente a ellos.

Por eso mantenía, a veces, la distancia; entendía que ella se sentía incómoda aunque le respondía en las emociones, estaba seguro que ella le correspondía, sin embargo, el problema con su memoria le impedía avanzar porque temía que todo con ella empeorara y fuera luego una carga para él.

No hacía falta que nadie se lo dijera, estaba seguro de que ella pensaba en eso, y por lo mismo necesitaba crear un ambiente en el que todo fluyera solo.

No lo conseguía; hasta que, es día, en un último intento, la convenció de sentarse en el jardín a leer un poco durante la tarde mientras él cocinaba la cena que comerían en el mismo lugar.

Ella estuvo a punto de negarse, lo sintió en la pesadez y la acidez de su aroma; él no le dejó mucho tiempo para tomar acción.

La acorraló a hacer lo que él decía y no sabía muy bien cómo, lo consiguió.

Con la fortuna de que los rayos del sol y el ambiente del mar, mejoraron su estado de ánimo.

Cuando salió con las copas de vino, pretendía conversar de algo. No sabía de qué diablos, porque la verdad era que podía parecer muy seguro de sí mismo, pero en su interior, junto a ella y tan cerca de dar un paso tan importante para él como expresarle sus emociones y dejar que todo empezara a fluir con más intensidad entre ellos, era un paso muy, muy, importante después de un periodo en celibato que lo acompañó por siglos.

La conversación entre ellos empezó a fluir como cada día, y de pronto, sin darse cuenta, se encontró conversando de su familia de forma tan natural que no entendía cómo era que salían las palabras sin tener que meditar lo que diría para no cometer una imprudencia con ella.

En ese momento la sorprendió vagando en sus pensamientos, no en sus recuerdos, no.

Lo observaba y pensaba.

Quiso saber en qué.

Se moría de ganas de saberlo.

Y por ello la interrumpió.

De frente, con poca distancia porque esa boca rosada y carnosa lo invitaba de miles maneras a probarla.

Necesitaba que ella lo dijera pero no lo hizo y lo que ocurrió, lo dejó sin palabras.

Temió en grande porque algo se saliera de control.

Luchó en su interior percatándose cuenta de que su expresión fue más que notoria para ella.

La deseaba.

¡Maldición! ¡Sí que la deseaba!

Se imaginó tomándola, arrancándole el aliento con un beso que la marcara para siempre, que la hiciera vibrar en lo más profundo de su ser.

Sintió que ardía por dentro y que la veía con mirada encendida.

Entonces todo empeoró.

Sus fosas nasales recibieron el estímulo equivocado: su excitación; y ahí, frente a ella, sin aviso, su miembro quiso salir a explorarla a ella en su interior.

Oh dios. Todo el poder de contención que tuvo que tener lo sentía aun en la cabeza; que le retumbaba con cada mordida a causa de la tensión en las encías; debía ser lo mismo a cuando a alguien le arrancaban los dientes con una pinza.

Sentía la boca sensible y dolorida desde ese momento. La sed por la sangre de ella estaba apareciendo y aun preocupado, se recompuso pronto para calmarse y dejar absorber todos los deliciosos olores que salían de ella, de sus emociones y percepciones.

Encontró un poco de cordura en algún lado. No sabía en dónde y tampoco puso mucho empeño en averiguar. Se conformaba con haberlo conseguido antes de que algo se saliera de control.

Así continuaron con la conversación y la velada; que debía decir que fue más que maravillosa.

Ella misma notaba que, a pesar de sus preocupaciones por

su pérdida constante de memoria, algo cambió en el instante en el que las manos de ambos entraron en contacto.

¿Qué era?

No se lo pudo expresar con exactitud pero pensó en Loretta, en Diana y en el nexo que tenía que crear con Felicity.

Sintió entonces que sí, lo estaba creando y algo en su interior le aseguró que su chica iba a salir de todo ese siniestro lugar en el que su mente la tenía hundida.

Tendrían un futuro. O eso esperaba porque una cosa era que ella recobrara la memoria y otra diferente que lo aceptara tal cual era.

Felicity se removió de su lado sonriendo. Hablaba quien sabía de qué porque él estaba sumergido en sus pensamientos.

Tanto, que perdió la noción de la realidad.

—¿Qué me dices? Podríamos ir de paseo mañana a la playa y luego planificar a dónde llevaremos a Heather cuando nos visite. Es curioso que no he olvidado nuestros paseos y sé que hay algunos lugares de Sag Harbor que le van a encantar.

La observó en silencio, tan cerca, tan cálida.

Era perfecta. Adorable, soñadora.

Ella le sonrió con tanta dulzura, viéndolo a los ojos con esa magia que era propia de ella y que solo surtía efecto en él.

No pudo resistir más y acunó su rostro entre sus manos.

Ella dejó ver nervios y los latidos de ese maravilloso corazón que poseía empezaron a acelerarse marcando un rápido compás que despertó los instintos más íntimos de Garret.

Debía mantener el control, es que ella…

Le vio la boca, los ojos; la boca de nuevo y allí, sin ella darse cuenta, dejó escapar una exhalación que sonó a un gemido ahogado encendiendo a Garret por completo.

Sin aviso, sin permiso, la besó.

La acercó a él y le estampó un beso que no era lo que había

pensado que haría, pero parecía que el ritmo natural de las cosas en ese día no se parecía en nada, en nada, a lo que él pudo haber planificado que le gustaría que fueran los primeros besos o las primeras caricias entre ellos.

Ella respondió a su beso con pasión, con premura, haciendo que él la presionara contra su cuerpo y pudiera sentir la anatomía del mismo a pesar de que la ropa le servía de barrera.

Dios, cuánto la deseaba y la amaba.

El beso era delicioso, jugoso, cálido, travieso.

Lo estuvo deseando tanto que no podía razonar lo que le hacía sentir en ese momento.

Le siguió besando todo lo que pudo, en tanto ella se aferraba a su cuello y él cambiaba sus manos de sitio para abrazarla y acariciar con una mano su espalda, dejando la otra libre para que se enredara en la melena castaña que tenía su chica.

Era suya, aunque aún no la tenía al completo.

Pero lo haría, sí que lo haría.

Garret no se dio cuenta cuándo empezó el proceso, en algún momento fue consciente de que algo opacaba al beso.

Eran sus encías haciéndole sentir un dolor agudo; también sintió la garganta seca, dolorosamente seca, ansiaba sangre.

Mucha sangre.

Quiso parar todo y ella se lo impidió, empeorando toda la situación; haciéndole empezar a preocuparse porque sentía que la oscuridad lo consumía

Fue inevitable recordar su vida con Diana porque algo parecido le ocurrió antes de consumir la sangre de la bruja y calmar su sed.

Aunque esto era mil veces peor que lo que sintió con Diana.

Tenía que ser diferente. Cada amor lo era, aunque no esperaba que fuera tan incontrolable.

Ella se subió a horcajadas sobre él y Garret ahogó un gruñido en su garganta.

No podía continuar.

No.

Le dio la vuelta en un segundo dejándola acostada sobre el sofá y se separó de ella.

Estaba tan nublado por la oscuridad de la maldición, la sed de sangre y los olores de ella, que su lado irresponsable empezó a actuar sin él ser consciente.

Solo se percató de lo que hacía cuando vio a Felicity fruncir el ceño muy confundida y llevarse una mano al pecho.

Tenía que parar, y sí, paró, pero para entonces, ella ya había perdido el conocimiento.

Le absorbió la psique y algo despertó en ella porque su mirada lo inquietó de gran manera.

¡Ahhhhhh!

Se tomó la cabeza entre las dos manos haciendo presión al tiempo que cerraba los ojos con fuerza.

El maldito dolor de las encías lo iba a enloquecer.

Necesitaba ir con Norma de inmediato porque no estaba seguro de lo que le haría a Felicity, lo que le ponía los nervios de punta.

La tomó en brazos intentando omitir las pulsaciones de ella que aún estaban aceleradas y la embriaguez de sus aromas.

Su miembro palpitó, él aceleró el paso.

La dejó con cuidado en la cama. Tal como estaba, corrió escaleras abajo, se subió al coche y se marchó tan lejos de ahí como pudiera porque sería la única manera de que ella estuviera realmente a salvo.

Vio por el espejo retrovisor cuando los lobos se instalaron frente a la propiedad. La cuidarían y él no tardaría.

Le absorbió demasiada psique sin quererlo, estaría profunda hasta entrada la mañana del siguiente día.

Llegaría a tiempo para cuidarla de las pesadillas.

Se sentía angustiado y agitado.

Esa noche despertó algo en él que tenía siglos sin sentir.

El verdadero poder de la maldición.

Quería pelea, sangre, dominar, cazar.

Negó con la cabeza mientras apretaba el acelerador para llegar cuanto antes a Norma porque sentía que estallaría en cualquier momento y era peligroso en ese estado.

Como una maldita bomba de tiempo.

Eso era.

Nunca se sintió igual.

Nunca.

Ni en la época en la que dejaba fluir a la maldición sin problemas.

¿Qué carajo le pasaba? Él no era esa clase de hombres impulsivos y ansiosos.

No se dio cuenta del recorrido hecho hasta casa de Norma. Solo se enteró de haber llegado cuando esta lo vio atravesar la puerta sin aviso. Estaba sorprendida porque él no actuaba de esa manera.

La chica iba a preguntarle algo, pero él se sintió sisear como una serpiente, le tomó el brazo en tanto accionaba su anillo para clavarlo en la muñeca de la mujer que quedó muda al instante viéndolo con susto.

Él quería disculparse, no quería hacer lo que hacía o por lo menos no del modo que lo hacía mas no encontraba la forma de hacerlo, solo sentía la necesidad de avanzar y consumir de lo que necesitaba.

Lo hizo.

La sangre caliente y dulzona de ella le llenó la boca haciendo que su cuerpo se relajara.

Bebió durante un rato, volviendo al presente cuando ella se tuvo que apoyar de la encimera de la cocina para no desfallecer.

Entonces por fin pudo volver a ser el hombre coherente de siempre y se sintió más avergonzado que nunca antes en su vida.

¿Cómo llegó a eso?

Las emociones de los momentos anteriores junto a Felicity se arremolinaron en su interior avivando la oscuridad que dominó de inmediato.

No más.

Era peligroso y Norma no estaba en sus mejores condiciones.

La tomó con delicadeza acompañándola hasta la habitación. Le puso una gasa estéril en la muñeca ejerciendo presión y la vio a los ojos.

—Lo siento, no he debido…

—Está bien, señor, todos tenemos un mal día. Lo entiendo. Ahora, necesito descansar.

—Llámame si necesitas algo, ¿Entendido? Y, Norma, de verdad, yo… lo siento…

Se pasó las manos por el cabello, nervioso, agitado, desesperado por revertir su comportamiento; se limpió la boca con el dorso de la mano en caso de que tuviera algún resto de sangre que lo delatara al salir de ahí.

Todo era tan diferente esa noche que no sabía con qué podía encontrarse si se veía al espejo.

Sintió a Norma suspirar profundo antes de salir de la casa.

Se quedó más tranquilo sabiendo que ella entraría en un descanso profundo y al día siguiente, pasaría por allí para saber si todo iba bien con ella y pedirle disculpas una vez más.

Se comportó como un maldito salvaje con ella.

¿Qué diablos le pasaba?

Se subió al coche y condujo hasta la casa.

Necesitaba llegar a Felicity antes de que empezaran las pesadillas.

Demasiado descontrol en un día como para seguir sumando momentos de tensión.

Capítulo 11

Ronan cruzó el portal a la colina del antiguo reino como cada día.

Era el único lugar en el que sentía un poco de paz y sus pensamientos se calmaban haciéndole olvidar a Klaudia y lo mucho que se le enterró en el pecho la maldita mujer.

Desde que ella lo atacara en su casa, no encontraba la manera de deshacerse de ese estúpido sentimiento que le nació por ella aun cuando se decía que era un monstruo. Una mujer diabólica que solo quería alimentarse de él.

Se machacó con los recuerdos de la infancia, de la masacre; abriendo una herida que nunca llegó a cicatrizar, pero que, al menos, había dejado de arderle tal como empezaba a hacerlo ahora.

Le quemaba de nuevo en el pecho, ahí, junto al condenado sentimiento que tenía por ella.

No era posible que se enamorara de un demonio, de uno como los que mató a toda su aldea.

No, no era posible.

Estaba empezando a pensar que algo iba mal con él porque era de locos poner los ojos en alguien que puede llegar a ser un peligro constante para la propia vida.

Peor aún, cuando pensaba en que no solo puso sus ojos. Sus emociones estaban todas con ella y por eso, su vida estaba convertida en un caos.

No hacía más que refugiarse ahí en la colina hasta el anochecer, que era cuando se iba a casa y se ahogaba en las cervezas para intentar no darle la vuelta, una y otra vez, al extraño comportamiento de ella esa mañana en la que lo atacó tras despertar de golpe por la pesadilla que tenía.

Se llevó la mano al cuello, sintiendo las costras de la herida.

No fue grave ni profunda, tan superficial como una mordida entre rivales del *kindergarten* que quieren el mismo juguete; solo que, con los dientes del demonio, llegó a sacarle sangre.

Por más vueltas que le diera a ese asunto; a la cara de pánico de ella cuando reaccionó; sus ojos negros llenos de vergüenza absoluta; por mucho que ese sentimiento que sentía por ella le hiciera justificarla, no había nada qué justificar porque la reacción de Klaudia fue natural; era una asesina, un depredador que, como tantos otros, él debía eliminar para acabar con el problema de raíz.

Y para ello debía practicar mucho porque sabía que, cuando la volviera a ver, las palabras no existirían entre ellos.

Tampoco las cordialidades. Solo la batalla; y ella, era muy buena en ese campo.

Sacó la espada de la funda y flexionó los codos, llevando la hoja en un elegante y preciso movimiento hacia su lado izquierdo.

Cerró los ojos; flexionó las rodillas.

Respiró profundo y cuando abrió los ojos de nuevo, se percató de que no estaba solo.

Entrecerró los ojos sintiendo que un fuego se avivaba en su interior consumiéndolo todo.

¿Cómo se atrevió a pasar a ese espacio sagrado para él después de lo que le hizo?

Klaudia estaba sentada a lo lejos, en el borde del risco de la colina; el que era más perpendicular y que menos vegetación poseía.

La zona más peligrosa del risco.

Parecía absorta en sus pensamientos, observaba el horizonte.

Ronan necesitaba ser rápido porque si ella salía de su estado de concentración, se daría cuenta de su presencia de inmediato y no quería saber qué le podría hacer.

Si estaba allí, era para ocuparse de él.

Matarlo. Pero no iba a permitírselo.

Así que, con gran destreza, fue agazapado entre la hierba, que no era muy alta, hacia la zona en la que ella se encontraba.

La mujer, no se movía; aquello le hizo desconfiar porque sabía que ella tendría un plan preparado.

Fue acortando distancia entre ellos. Colocando un pie delante de otro; paso a paso, con sigilo, atento a cualquier movimiento de ella para que no lo tomara por sorpresa.

Su atención estaba directamente en la mujer así que, cuando la rama crujió bajo su propio peso, fue como si algo en él se activara de inmediato y corrió hacia donde estaba la vampira con la espada lista para enterrarla en el medio de la espalda y debilitarla. Luego de sacarle la información que quería, le arrancaría la cabeza.

No quería acabar con la diversión de inmediato.

Esperaba que ella se diera la vuelta en cualquier momento y le truncara su plan, teniendo que tomar nuevas y repentinas acciones de batalla para no dejarse vencer, pero no lo hizo.

«¿Por qué?».

Se formuló la pregunta tarde, cuando la hoja de la espada atravesaba el torso de Klaudia en todo el centro.

Sintió la carne deslizarse en la hoja afilada y cómo lastimó los huesos de la caja torácica de esta.

Un buen guerrero debía saber qué atravesó con su espada. Y él llegó a aprender ese arte muy bien.

La vampira se desinfló quejándose de dolor.

Ronan torció un poco la hoja, haciendo que ella lanzara un grito que le pareció desgarrador; llevándolo directamente a la noche de la masacre, a todos los gritos escalofriantes que escuchó ahí, en ese mismo lugar.

Respiraba con dificultad.

Ambos lo hacían.

Klaudia también podía sentir la respiración agitada de él, las ganas de acabar con ella y surgió algo más que la sorprendió. Un sentimiento que parecía culpa.

—¿Por qué estás aquí?

—Porque soy masoquista.

Klaudia pensó en todo el rencor que llevaba ese hombre por dentro.

Bufó.

Se quejó de nuevo cuando él torció un poco más la hoja de la espada.

En su vida le habían herido tanto como lo hacía él.

Bufó de nuevo en la soledad de sus pensamientos porque al hablar de heridas se dio cuenta de que las físicas eran las que menos dolían.

La herida más desgarradora la tenía en el corazón porque intentó hacerle daño a él.

Sí, parecía que sentía algo grande y fuerte por un hombre que ahora la odiaba y que nunca la podría ver con buenos ojos; para Ronan, ella siempre sería la portadora de la maldición, un ser demoníaco y peligroso.

Una asesina.

Como Luk.

—Es poco probable que pueda decirte lo que vine a decirte si sigues moviendo la espada; y vas a tener que dejarme aquí, en recuperación, por semanas, porque no voy a ser capaz de moverme.

—¿Qué te hace pensar que vas a poder salir de aquí?

Ronan lanzó la pregunta con tantas ganas de muerte, que le incomodó.

Sobre todo al verla a ella con la espada en el medio del pecho y sangrando a borbotones.

—¿Me vas a dejar en sequía aquí, Ronan?

—Quizá —él sonrió con malicia pensando que no era mala idea. Sería una tortura para ella y fue entonces cuando empezó a darse cuenta de que sus pensamientos se estaban saliendo de control.

Volvía de pronto su juicio, mezclado con las emociones que tenía por Klaudia y pensó en que se estaba comportando tal como el depredador que barrió con su aldea.

¿No era solo eso lo que él quería?

Por su parte, Klaudia respiró con lentitud entendiendo que Ronan se debatía entre lo que debía hacer porque era su deber y lo que deseaba hacer en realidad.

El eterno debatir de la parte humana de cualquier ser sobrenatural como ellos.

Sonrió irónica, levantando la cabeza sin darse la vuelta porque sabía que eso haría más daño en su interior ya que la hoja de la espada aun la traspasaba.

Solo giró la cabeza a un lado, no alcanzaba a verle el rostro; estaba casi convencida de que estaría con el ceño fruncido pensando qué hacer.

—Saca la espada de donde la tienes, Ronan, voy a contarte lo que pasó con los tuyos; luego, si quieres, me matas.

Ronan seguía en su lucha interior sobre el qué hacer.

Respiró profundo diciéndose a sí mismo que tenía un deber que cumplir y eso era lo que iba a hacer.

Defendería la memoria de los suyos como correspondía.

Sacó la hoja sin delicadeza, odiando por primera vez en su vida el sonido que esta produjo al retroceder en el interior del cuerpo de la mujer que le tenía el sistema revolucionado.

Ella se quejó de nuevo, lo suficiente para que no la creyera una mujer débil. Que no creía en nada que eso fuera así.

Klaudia estaba rota del dolor emocional, así que el dolor físico poco le importaba; y tendría que pasar mucho tiempo antes de que entrara en sequía. Esperaba que la conversación se acabara pronto y él la matara porque no iba a hacer nada por defenderse.

No iba lastimarlo de ninguna manera.

Se hizo un poco de presión con la mano. No quería analizar cuánta sangre salía ni cuánto daño interno tenía.

Si llegaba a salir de ahí con vida, caminando por su propia cuenta, no sería capaz de sobreponerse nunca al vacío que sentía en su interior cuando veía que Ronan la odiaba con todo su ser.

Respiró profundo de nuevo.

—Uno de mis primos fue el que acabó con tu aldea. Luk Farkas —Ronan la observaba con el ceño fruncido y una mirada teñida de miles de emociones—. La maldición lo consumió, saliéndose de control; acabó con todas las aldeas de los tuyos. Por eso nos sorprendimos cuando nos dimos cuenta de lo que eres en realidad. Más, con tu aspecto. No te pareces en nada a ellos porque tu sangre es mitad humana —Klaudia le

sonrió a medias. Una sonrisa que Ronan admitió era muy triste—. Luk era un buen chico, el más simpático de los Farkas. El más pequeño. Pero un día cambió, nadie sabe por qué y...
—Klaudia levantó los hombros, bajó la mirada.
—Y ya me sé el resto de la historia, gracias. ¿Por qué hablas de él en pasado? ¿Está en sequía?
Klaudia levantó la vista para interceptar los ojos de Ronan.
—Pál tuvo que hacer cumplir las leyes de la Sociedad y Lorcan se tuvo que hacer cargo de Luk.
Ronan no se esperaba esa respuesta.
Lo descompuso.
Klaudia no sabía si para bien o para mal.
—¿Lo mató?
Klaudia asintió, tapándose de nuevo su herida.
—Es la ley, Ronan; y debemos cumplirla —Klaudia seguía observándolo con esa mirada triste y él empezó a sentirse muy miserable—. Lorcan es el mayor, tuvo que tomar justicia en sus manos. Lo buscaron y lo hallaron aquí, después de la masacre; Lorcan no tuvo más alternativa.
—Siempre la hay.
Ella sonrió con gran ironía.
—¿Lo dices tú, que nos quieres matar a todos?
Ella tenía razón.
Fue cuando entendió que tantos años de rencor y de pensamientos de muerte, de obsesionarse con honrar a los suyos, no hicieron más que hacerlo muy infeliz; tanto, que nunca fue capaz de pensar en la felicidad como algo real y posible para él. Sentía que no merecía ser feliz de ninguna manera porque los suyos merecían venganza.

Y esa obsesión, para ironías de la vida y seguir siendo infeliz, lo llevó a poner los ojos en la mujer equivocada.

«¿Solo los ojos?», ahí estaba su yo racional hablando haciéndole sentiré más miserable que ningún hombre en la faz de la tierra.

Klaudia no quería alargar más ese asunto. Ya le había dicho lo primero que tenía en mente. Ahora iría por lo segundo.

—Ya sabes que tu venganza no podrás llevarla a cabo a menos de que quieras acabar conmigo y así sentirte un poco mejor —suspiró abatida. Ronan sintió esos raros espasmos en el estómago que solo ocurrían cuando estaba ante ella o pensaba en ella. Estaba pálida y tenía la ropa empapada de sangre. Cuando Klaudia clavó su mirada en él otra vez, sintió que debía ayudarla a sanar porque ella le importaba—. Lamento mucho haber roto la confianza que depositaste en mí permitiéndome sanar en tú casa, a pesar de lo mucho que odias a mi especie.

—No te odio.

Ella parpadeó un par de veces después del murmullo de él y sonrió de lado.

—No te culparía si lo estuviese haciendo, aunque me alegro de que no me odies, porque —la mirada de ella fue tan dulce que Ronan no supo cómo reaccionar—, estoy descubriendo que no podría odiarte nunca.

Ronan dejó caer la espada al suelo y sacó la daga.

—No vayas a dejarme en sequía, por favor —suplicó con temor porque Klaudia siempre preferiría la muerte que la sequía.

El olor de Ronan cambió drásticamente y Klaudia pudo percibir decisión, valentía y vergüenza.

Lo observó hacerse una pequeña herida en la muñeca que activó todos los sentidos del depredador que habitaba en Klaudia.

—Ronan, eso no es buena idea yo… —respiró profundo, sintió las aletas de la nariz expandirse y la boca se le resecó contrayendo las encías, haciendo que la mandíbula crujiera por la necesidad de sangre y la resistencia que su parte humana ponía.

Ronan la vio luchar contra su instinto, supo que estaba bien lo que hacía muy a pesar de que una parte de él, aun, en algún rincón de su ser, le decía que debía matarla.

Prefirió escuchar a su lado irracional o el que él creyó el irracional hasta ese momento.

Pensó en su madre y lo bondadosa que fue, ayudando siempre a quien lo necesitó incluso si esa persona le causó mal alguna vez; decía que todos merecían una segunda oportunidad y ese sentimiento, el amor de su madre hacia el mundo, le permitió ver que ya estaba bien de venganzas, que sentía algo por Klaudia y que ella merecía una segunda oportunidad.

Pudo comprender con claridad que esa era la forma correcta de honrar la memoria de los suyos.

Klaudia negaba con la cabeza a medida de que él se acercaba con la muñeca goteando la sangre.

La vio a los ojos.

—Voy a ponerle fin a esta batalla, Klaudia —no le temía. Aunque ella tenía la mirada llena de ganas de brincarle encima no podía decir que se parecía a la Klaudia que lo tomó por sorpresa en la habitación unos días antes. La que no sabía qué estaba haciendo.

¿Qué le habría pasado ese día, por qué actuaba tan diferente?

Con la mano limpia, le sacó el cabello que tenía en el rostro permitiendo que sus dedos pasearan por la piel suave y delicada de ella.

La vampira cerró los ojos angustiada.

—Ronan, no...

—Shhhhh —pronunció, mientras la aferraba del cuello y

acercaba la muñeca sangrante a su boca—. No tengo miedo; estoy seguro de no vas a lastimarme, tienes que sanar.

Klaudia no soportaba el dolor de los dientes y cuando Ronan acercó su muñeca a ella, no pudo resistirse más pasando a la acción de inmediato, aferrándose al brazo de él cuanto pudo mientras la sangre invadía todo el interior de su boca y su organismo.

Era intensa, llena de sabores; como el mejor de los vinos.

Sabía a bosque, a vida.

Chupó cuanto pudo, sin ser consciente de que también absorbía psique, Ronan empezó a sentirse cansado.

La experiencia estaba siendo alucinante.

Nunca se hubiera imaginado que estaría en esa posición, alimentando a uno de los seres que tanto había odiado en los siglos de existencia que tenía.

Cada succión de Klaudia, le producía un cosquilleo que lo invitaba a hacerla suya.

Estaba excitado, pero cansado; sin haber si quiera movido un dedo.

Sabía que era por la absorción de psique y deseó saber cómo sería estar con ella, penetrarla y que ella siguiera haciendo la magia que ahora producía en él.

Klaudia paró todo el consumo en cuanto lo sintió bostezar.

—Ya está bien, tengo lo suficiente para empezar a sanar y regresar al hotel.

Ronan apenas conseguía mantener los párpados abiertos.

—Estoy muy cansado y… ¿al hotel?... No —la atrajo hacia si—, ven a casa, conmigo.

Aquella propuesta hizo que Klaudia, en el interior, se derrumbara más.

Quería irse con él, claro que lo quería, pero desde que salió de su casa estaba mucho peor con las pesadillas y era un peligro constante para cualquier ser humano que tuviera cerca.

No podía, ni quería, ponerlo en riesgo a él.

—Lo siento, Ronan —le dio un beso dulce en los labios—; esto que has hecho por mí es mucho más de lo que habría imaginado que pasaría hoy entre nosotros. Siento algo intenso por ti y... —se vieron a los ojos un par de segundos—; no estoy bien, algo me pasa, algo que no he hablado con nadie y soy como una bomba de tiempo. No puedo estar a tu lado porque soy peligrosa para ti.

Le dio otro beso absorbiendo más psique de él, sintiendo como las lágrimas se escapaban de sus ojos.

¿Estaba llorando?

Ella nunca lloraba.

Ronan se sintió desvanecer e intentó protestar ante ella y su confesión. Entonces estaba en lo cierto, algo malo ocurría con ella y por eso intentó atacarlo el otro día y... tenía mucho sueño, hablarían de eso después.

La buscaría, empezarían de cero.

Klaudia lo ayudó a recostarse sobre la hierba.

Dormiría un buen rato, el suficiente para darle tiempo ella de refugiarse muy lejos de ahí y de desaparecer de la vida de ese hombre para siempre.

Le dio un último beso en los labios y se marchó.

Finalmente, cada quien volvería a retomar su vida aunque nada sería lo mismo para ellos después de ese día.

Capítulo 12

Felicity caminaba hacia la oscuridad como cada noche.

El corredor que transitaba antes de salir al bosque era largo. Tan largo, que empezaba a hacerle sentir ansiedad.

Siempre deseaba llegar cuanto antes a la puerta que, al otro lado, dejaba ver una tenue luz que alumbraba lo que quisiera que se encontrara allí.

Corría sin descanso, como si estuviese siendo perseguida por una jauría de lobos hambrientos.

O de demonios. Daba lo mismo.

El caso era, y ella lo sabía muy bien, que el túnel era el lugar más seguro de sus pesadillas.

El peligro acechaba afuera, en el bosque, al otro lado de la puerta.

Muchas veces quiso quedarse allí, en el corredor; mas una fuerza sobrenatural la empujaba siempre al exterior.

No sabía qué era porque no podía verlo, pero sí sentirlo.

Y una vez que alcanzaba la puerta, se abría paso el infierno en su vida.

Como las noches que estuvo a merced de la bestia.

Sabía que su mente lo revivía una y otra vez cada noche porque, mientras dormía, su subconsciente la ponía alerta haciéndole entender de qué recuerdos abominables la protegía durante el día, permitiéndole olvidar todo lo que estuviese relacionado con esa pesadilla.

Una pesadilla que sabía que era mucho más que un sueño.

Era algo vivido en el pasado y por eso su mente lo bloqueaba.

Por eso nada recordaba al despertar más que el terror que la absorbió en esos días que estuvo cautiva con la seguridad de que moriría allí, atacada por la bestia.

Cazada como un ciervo.

Una vez estaba en el bosque, podía sentir y recordar como su cuerpo se tensaba y se ponía alerta dispuesta a huir en cuanto tuviera la oportunidad.

Hacía frío para congelarse, le dolían un infierno los pies porque el hielo le hería la piel y le hacía terribles heridas que siempre acababan retrasando su huida.

La bestia siempre la alcanzaba y la doblegaba.

Se alimentaba de ella.

Le enseñaba lo que era el verdadero dolor y terror cuando le clavaba los dientes en el cuello.

Cada noche desde entonces, Felicity volvía a sentir los dientes que le desgarraban la piel una y otra vez.

La herida del cuello se abría de nuevo cada día.

Se dio cuenta de algo que repetía en sueños tanto como lo hizo mientras estuvo presa de la bestia, en esos escasos momentos de consciencia que tenía a solas en su habitación, planeaba escapar.

Decidía qué camino tomar al salir del corredor oscuro.

Per cualquier intento era inútil. La bestia la olía y la perseguía, se movía como una temible serpiente entre las sombras y luego, tomaba la forma de un hombre con el rostro deformado por la maldad.

La retenía y entonces era cuando ella intentaba defenderse, pero la bestia tenía una fuerza suprema y le susurraba cosas en el oído que la hacían ceder a sus caprichos; así, luego la veía a los ojos de la forma más aterradora, haciéndole sentir que se desvanecía, que perdía la consciencia.

Esa noche percibió algo que la hizo agitarse aún más.

Esa misma mirada y esa misma sensación de desmayo la sintió recientemente mientras estuvo consciente.

¿La bestia la tenía de nuevo y ella no era capaz de reconocerlo?

Se ahogaba. Más que en las otras noches, que en otras pesadillas.

Se ahogaba y sentía que el aire se le acababa.

No podía caer presa de ese ser diabólico de nuevo.

No.

Tenía que salvarse.

Tenía que recordar cuando despertara.

Necesitaba hacerlo.

Y de pronto, apareció la mujer que vio en la meditación del invernadero y sintió que alguien la abrazaba de manera protectora y segura.

Lo sintió a él, a Garret desvaneciendo con su presencia toda la oscuridad, haciendo reinar la luz y la tranquilidad.

Entonces, como cada noche, su mente le indicó que ya podía descansar.

***

Cuando Garret llegó a casa y vio la revolución de lobos y aullidos que se formó afuera de la propiedad, temió por lo peor.

Parecía que esa noche no acabaría jamás.

En su vida deseó tanto pasar al siguiente día.

Dejó el coche aparcado como pudo y bajó de este corriendo, entrando de manera precipitada a la casa, dejando la puerta abierta tras él.

Los gritos de Felicity eran aterradores.

Peor, mucho peor que otras noches.

¿Qué ocurría ese día?

¿Es que acaso alguien consiguió la manera de matar vampiros con un condenado infarto?

Al entrar en la habitación, Felicity se batía en la cama como si estuviese posesa, presa del pánico, del terror que le hacía sentir lo que quiera que tuviera encima de ella en el sueño y aquello no era bueno para el estado de ánimo de Garret de ese día porque lo único que se le cruzó entonces por la cabeza fue matar, matar, matar.

Rezaba para que el desgraciado de Gabor no se le cruzara en el camino porque si lo hacía, aceptaría todos los castigos que Pál quisiera ponerle a él por haberse saltado la orden de que nadie podía tocar a Gabor porque era asunto de Pál.

Le daba igual.

Solo él sabía lo que ocurría cada noche con Felicity.

Solo él presenciaba esos momentos en los que ella intentaba librarse, desesperada, de lo que parecía ser una muerte inminente.

Sabía que estuvo a punto de morir y cada vez que pensaba en eso creía que se moría con ella.

Esa noche ella intentaba hablar entre sueños, pero no conseguía entender lo que decía.

Retorcía el cuello y extendía los brazos intentando apartar a la bestia que la atacaba.

Se metió con rapidez en la cama y la abrazó, como cada noche, colocándose detrás de ella, encajándola a su cuerpo para inmovilizarla y protegerla por completo.

Lo odiaba, odiaba a Gabor como nunca odió a nadie antes en su vida y le deseaba una muerte dura y cruel porque eso que le hizo a Felicity no tenía nombre.

La abrazó más fuerte y ella le apretó una mano.

Garret sonrió a medias sabiendo que todo empezaría a menguar y que pronto ella entraría en el descanso profundo.

Los sueños buenos.

¿Soñaría con él?

Con esa noche en particular de caricias y besos que...

Mejor dejaba de pensar en eso porque no quería despertar su oscuridad otra vez ahora que parecía apaciguada por la sangre de Norma.

Dios…

Estaba exhausto, no se dio cuenta de eso hasta que sintió a Felicity exhalar el aire y relajar el cuerpo entero.

Ella ya descansaba.

Él se sintió pesado, tanto, que perdió la batalla en contra de la pesadez de los párpados y no supo cuándo ocurrió, solo supo que ella, la mujer que amaba lo observaba concentrada cuando abrió los ojos de nuevo.

Confundido y agobiado por el sueño, se dio cuenta de que ya no era de noche.

El sol alumbraba lo suficiente como para saber que serían más de las 9 a.m.

Y ella, la cosa más dulce que vio en años, lo observaba avergonzada.

Parecía que él no era el único confundido, ella estaba sacando conclusiones que no eran.

Era lógico. Garret, en cada noche se acostaba con ella cuando ocurría la pesadilla, una vez que todo pasaba, se levantaba y se iba en silencio a su habitación.

La noche anterior él la besó de una manera que podía dar material para sacar muchas, muchísimas conclusiones y ella, de seguro, poco recordaba a causa de su problema de memoria.

—Buenos días —saludó en un susurro a una Felicity que parecía analizar cada una de sus líneas de expresión—. ¿Cómo dormiste?

—Bien, creo —ella suspiró y él le tomó la mano como hizo la noche anterior, la besó y ella sonrió con cariño al contacto de los labios de él en su piel—. No recuerdo haberte invitado a dormir aquí anoche… —lo vio con sorpresa—, de hecho tu y yo… —abrió los ojos más avergonzada aun y después se incorporó en la cama, llevándose una mano a los labios y dándose cuenta de que llevaba puesta toda la indumentaria del día anterior—. ¿Me besaste?

Preguntó con gran sorpresa.

—¡Oh, sí que lo hice! —respondió Garret divertido y asombrado a la vez porque ella parecía estar en otro nivel de consciencia esa mañana.

—¿Y me desmayé mientras me estabas besando?

Garret se incorporó frente a ella con las piernas cruzadas. Aquello lo estaba asustando.

Le absorbió tanta psique que sí, prácticamente se desmayó y le molestó que su cerebro recordara justo eso.

¿No podía recordar algo más del resto de la noche?

—No fue un desmayo, creo que bebiste mucho vino y te quedaste dormida.

No supo qué más decirle.

Ella lo vio asombrada y avergonzada a niveles superiores.

Él se sintió como un imbécil por engañarla de esa manera. Pero no podía hacer más por los momentos.

¿Qué diablos iba a hacer?

¿Decirle que su parte sombría quería desconectarla para sacarle la sangre?

No.

No le iba a decir eso.

No en ese momento.

Ella estalló en carcajadas nerviosas, no era para menos.

Cualquier mujer se habría sentido terriblemente avergonzada de saber que le ocurrió eso.

Garret se cruzó de brazos riendo con ella y deleitándose con esas carcajadas que le daban una energía increíble para afrontar cualquier cosa que viniera.

Le encantaba verla reír de esa manera.

—Dios santo, Garret, qué vergüenza, por favor. No puede

ser que haya hecho algo así después del beso que… —lo vio apenada de nuevo, se sonrojó.

No. No. No.

Malo, muy malo para el diabólico Garret que sonreía en las sombras con malicia pensando en el beso de la noche anterior.

¡Maldición! Ahí estaban los aromas de ella de nuevo y…

No.

Él no iba a permitir que la oscuridad lo invadiera una vez más.

No.

—No hay nada de qué avergonzarse, estabas cansada y emocionada por mi beso —le sonrió con complicidad—, es normal que no te pudieras resistir a tanto.

—Y a ti, ¿te emocionó besarme?

Garret no pudo evitar ensanchar su sonrisa para dejarle ver lo feliz que se sentía por eso.

Le tomó ambas manos; amaba el olor de su piel, besarle el dorso de las manos.

Lo hizo repetidas veces.

Luego, le dio un dulce y pausado beso en los labios intentando apartar de su cabeza la sensación que obtuvo al traspasarlos la noche anterior.

—No puedo encontrar las palabras exactas para describir el sabor de tu beso —la besó de nuevo, ella sonrió traviesa.

—¿Y por qué te quedaste conmigo?

Él no mencionó nada de las pesadillas.

No lo hizo antes.

No empezaría en ese momento.

—No lo sé, solo sé que quería quedarme a tu lado. No lo haré de nuevo si no quieres…

Felicity le estampó un beso en los labios y lo abrazó.

—Quédate conmigo, Garret, todas las veces que quieras.

No se podía creer aquellas palabras.

Su corazón por poco estalla de emoción.

¿Cómo era que todo se estaba dando de pronto tan rápido entre ellos?

La apretó contra si con fuerza y ella imitó el gesto.

Inspiró de su cuello el aroma de su piel que se mezclaba con el olor del champú para el cabello; y sí, sí, sentía el pulsar de la vena del cuello, el palpitar de su corazón que bombeaba la sangre a todo su organismo, se le resecó la boca haciendo que la mandíbula amenazara de nuevo, pero se negó a ceder a la oscuridad.

Tenía que controlarla hasta que ella descubriera lo que era en realidad; y lo más importante, lo aceptara.

Respiró de nuevo, apretando aún más el abrazo.

Por los momentos, viviría el ahora.

No importaría nada más que vivir el ahora a su lado y esperar a que todo saliera como su corazón lo anhelaba.

***

Felicity y Garret caminaban por la orilla de la playa tomados de la mano.

El día no estaba en condiciones como para hacer una romántica caminata al atardecer, pero estuvieron todo el día planificando cosas para la llegada de Heather; y Garret, deseaba que Felicity se desconectara, se relajara y pudiera vivir un momento romántico junto a él.

Quería regalarle recuerdos que empezara a almacenar en su memoria y a usarlos tal como le quedaran grabados.

Estaba sorprendido por la forma en la que todo se empezó a desarrollar después del beso que se dieron.

Felicity estaba teniendo cambios, que ella misma notaba y que fueron promotores de que ese día fuese diferente para ambos.

Estuvo animada, ansiosa, por la misma emoción de poder controlar sus recuerdos, de saber que podía encontrarlos en donde los dejó.

Tenían una lista entera de las cosas que harían estando Heather allí con ellos, consideraban que la mitad de la lista se quedaría para hacer en otra ocasión porque no tendrían tiempo suficiente para todo.

Heather y Lorcan debían estar llegando a casa de Loretta en cualquier momento.

La bruja así lo pidió porque quería hablar con Heather y con Lorcan sobre su relación amorosa; la vida pasada de Lorcan, las emociones de Heather al enterarse de lo que verdaderamente es el amor de su vida y un largo etcétera de cosas que tenía la bruja por aclarar con respecto a uno de los vampiros más temidos dentro de la familia.

El verdugo.

La verdad era que el espíritu de investigación de Loretta era auténtico y a Garret le gustaba que ella pusiera tanto interés en los de su especie.

Al fin y al cabo, venían todos del mismo lugar aunque con diferentes misiones y más valía que se ayudaran entre todos, conociéndose bien.

Sin temerse.

Garret observó a Felicity.

Las nubes no podían estar más grises esa tarde y se empezaba a levantar un viento intenso que auguraba tormenta.

Conocía la zona.

Sabía lo que deparaba la entristecida postal que tenía ante sus ojos.

—Tengo algunos días que no veo a Loretta, ¿la visitamos? Estamos cerca.

Los lobos corrieron cerca de ellos pasándoles con gran ventaja, parando en seco en la distancia, tomando posiciones que Garret sabía muy bien lo que querían decir.

No podían ir a casa de Loretta.

No era conveniente para nadie que Felicity pudiera encontrarse allí con Lorcan.

—No. Vamos a dejarla tranquila. ¿Te contó lo del perro? —estuvo intercambiando mensajes con la bruja más temprano y le contó sobre el cachorro de labrador que misteriosamente cruzó las barreras de protección de su casa.

Felicity asintió sonriendo.

—Creo que los atrae —señaló en dirección a los lobos.

—Es posible. Quizá tiene alma para los animalitos. Es buena chica.

—Lo sé, se ha convertido en una persona especial en mi vida. Me ha enseñado muchas cosas —Felicity le soltó la mano para arrebujarse dentro de su abrigo—. Me dijo que estaría ocupada buscando el dueño en estos días, por eso no la hemos visto por casa.

—Lo encontrará, seguro —Garret le pasó el brazo encima del hombro y la apretó a sí—. Vamos a casa, que te congelas.

—Podríamos encender la chimenea y ver una película. Me vendría bien un sándwich sencillo, no tengo ganas de comer nada más hoy.

—Y patatas fritas, supongo.

—Por supuesto. Con una Coca-Cola.

Ambos rieron porque era la forma en la que Felicity solía comerse los sándwiches.

Caminaron en silencio, tomados de la mano en algunas ocasiones o dejando que Felicity se abrazara a sí misma para evadir el frío que se le colaba a través de los huecos de su abrigo de punto mientras que él se deleitaba con esa brisa fría y calmaba sus pensamientos sobre el futuro y las cosas que tendrían que superar juntos.

O no.

Resopló porque aquello era una angustia constante.

Los lobos los seguían a paso lento, muy por detrás. Estaban vigilantes como si algo fuese a ocurrir, pero Garret sabía que no debía temer a nada porque no se trataba de una amenaza para ellos, era solo la reacción de los animales salvajes al mal tiempo que azotaría a la zona.

Apenas entraron en casa las gotas empezaron a caer con fuerza sobre la tierra.

Fueron aumentando la intensidad de la caída a medida que el tiempo avanzaba llegando a convertirse en poco tiempo en un gran temporal que volvió el cielo gris plomo y agitó el agua del mar dándole un aire embravecido.

Los relámpagos no tardaron en llegar y los truenos empezaron a destacar por encima de cualquier ruido que hubiera en casa.

Incluso hubo algunos que consiguieron hacer temblar a la mansión entera.

Después de varias horas, los bordes de la piscina desaparecieron bajo el agua.

Nada de qué preocuparse. El servicio meteorológico pronosticó lluvias toda la noche y sería solo eso; en la mañana habría mucho pantano por secarse, nada grave.

Mantuvieron los planes tal cual los trazaron: un sándwich sencillo con un montón de patatas fritas de bolsa y dos cocacolas bien frías.

Después, Felicity se antojó de chocolate y pausaron la película de nuevo para ir a la cocina a buscar el dulce y llevarlo al salón.

Garret sabía que ella estaba en ese periodo previo a su ciclo menstrual.

Había memorizado sus cambios de ánimo, el aroma de sus emociones por esos días. Cómo su cuerpo se preparaba para un proceso tan natural.

Podía parecer peligroso estando uno de ellos cerca pero no lo era; aunque claro que olían la sangre.

Y cualquier sangre representaba una tentación para ellos. Eran animales salvajes, depredadores a pesar de que tenían los modales más impecables del mundo.

Su naturaleza entendía que no era un proceso que tenía el derecho de desestabilizarlos. Por lo menos no a él o a la mayoría de ellos.

Algo instintivo que nunca le causaba preocupación cuando se encontraba cerca de una hembra en su ciclo.

Felicity tomó un trozo del chocolate y lo llevó a su boca recostándose de nuevo sobre el pecho de él y asegurándose de que ambos quedaban bien cubiertos con las mantas.

El cielo seguía estando alumbrado por los flashes cada cierto tiempo, las voces de los actores quedaba ahogada con los truenos haciendo que ella también se sobresaltara y Garret sintiera la necesidad de apretarla más a él, lo que era todo un inconveniente.

Es decir, podía estar muy consciente de su ciclo menstrual incluso podía sentirse atraído por sus aromas que despertaban sus deseos carnales; sin embargo, nada podía ser comparado con la sensación de tenerla a ella tan cerca bajo las mantas.

Apareció la ansiedad.

Una ansiedad que empezó a cumplir muy bien con sus funciones de agudizar su sentido auditivo haciendo que sintiera el pulso de Felicity como un maldito tambor y la corriente de sangre que fluía en sus venas, lo que accionó de inmediato el dolor en las encías y la resequedad en la boca.

Observó el reloj.

Era tarde para llamar a Norma y decirle que iría para allá.

Además, tendría que poner a dormir a Felicity porque no podía salir de ahí con semejante temporal y…

Ella se removió, abrazándolo, pasando una pierna por encima de la suya haciéndole notar el pequeño y tímido movimiento de caderas al quedar su muslo atrapado en la entrepierna de ella.

Tragó grueso y sintió la palpitación de su miembro.

El dolor en las encías.

La mano de ella sobre su pecho que de forma precavida empezó a acariciarle.

Sabía lo que estaba ocurriendo.

Ella le estaba enviando señales que él no era capaz de omitir y menos de rechazar.

Salivó imaginándose cómo sería la entrega entre ellos.

Ay dios.

Su miembro se endureció al instante con ese pensamiento y pensó en que si las leyendas fueran ciertas y los vampiros tuvieran aterradores colmillos, ese sería el momento perfecto en el que saldrían porque parecía que una nueva dentadura quería salir de su boca destrozando la existente.

Un gemido ronco se le escapó, ella lo tomó como una respuesta a su excitación que ya empezaba a invadir las fosas nasales de Garret.

Y sí, era una respuesta, mas no al deseo de ella.

Era una respuesta al deseo de él por sangre y sexo.

No llegaría a Norma a tiempo.

Dios. ¿Cómo diablos iba a…?

Felicity se frotó más en su muslo y eso fue suficiente para

apagar todos los pensamientos de Garret dejándole solo disponible para vivir el momento.

No entendió qué ocurrió en él, mas no era el momento para ponerse a averiguarlo. La parte racional la dejó fuera de casa lidiando con el temporal que se desataba y sabía que aquello no estaba bien del todo porque podía ser muy peligroso para ella, sin embargo, no pudo hacer nada más que asumir lo que ocurría y confiar en que todo saldría bien.

Entonces se dio cuenta de que allí la tenía finalmente, debajo de él, besándola de manera que ella entendiera lo que le hacía sentir en su interior, dejando que sus manos tocaran todo a su paso.

Quería generar caricias sutiles, no se había imaginado ese momento tan impulsivo, pero dados los acontecimientos de los últimos dos días que no esperaba, decidió también actuar según como se lo pidiera el cuerpo mientras no la lastimara a ella, y en ese momento, los gemidos de ella y el olor de su excitación en el ambiente no hablaban de lastimar a nadie.

Así que, adelante.

Sucumbiría a sus deseos y ya después podría acariciarla con detenimiento, disfrutarla al máximo.

La desvistió en un respiro. Le urgía lamer su pecho y hundirse en su interior.

Esa mujer consiguió cambiar tantas cosas en él, le hizo descubrir muchas más que desconocía, tal como esa ansiedad por poseerla.

Ella gimió y él dejó escapar un sonido que sonó a uno de los gruñidos de los lobos dándole un aire salvaje que le excitó aún más a ella.

Garret respiró profundo, embriagándose de los aromas que ella desprendía.

Grabándolos en su memoria.

Era perfecta, cálida, suave.

Dulce.

Por un momento, se vieron a los ojos y ella le mostró sus sentimientos haciendo que su pecho se llenara de alegría; aunque no fue la protagonista por mucho tiempo porque su excitación necesitaba ser atendida.

Se desvistió. Y las manos de ella recorrieron su cuerpo, fue una delicia.

Sobre todo cuando se detuvieron en su virilidad moviéndose con tanta fluidez y experiencia.

No le dejó seguir adelante porque tenía siglos sin sentirse así, sin exponerse ante una mujer y necesitaba hundirse en ella.

La vio a los ojos y la besó con intensidad al tiempo que su virilidad frotaba la calidez del centro de ella.

Garret sintió una serie de descargas en su interior que nunca antes sintió ni con Diana ni con ninguna otra chica con la que estuvo.

Ella se acomodó mejor ayudándole a entrar, abriéndose al completo mientras él se deslizaba con sensualidad en su interior.

¡Ah! Que delicia. ¿Cómo se podía ser tan cálida?

Sintió la calidez convertirse en ardor. Un ardor que le gustaba y que lo excitó mucho más.

Dios, ¿qué era aquello?

¿Cómo se podía sentir tanto?

Las encías seguían siendo un martirio, y la sequedad de la boca, sumado a la visión de la vena de ella hacían muy bien su trabajo porque Garret sabía que seguían estando allí, pero conseguía ignorarlas gracias a las sensaciones tan perfectas que percibía en la parte baja de su vientre.

Ella se contraía; se contoneaba pidiendo embestidas más

fuertes.

Los pezones se le alargaron y endurecieron de tal manera que Garret se los llevó a la boca sin dejar de moverse dentro de ella.

Sus gemidos eran música para sus oídos.

Una melodía que lo guiaba en ese momento tan sublime entre ellos.

De pronto, se dejó llevar por las ganas de marcarla, hacerla suya; y las embestidas fueron en aumento tomándola con seguridad y fuerza, entrando y saliendo de su interior; elevándola al mayor de los placeres.

Ella arqueó la espalda y convulsionó clavando la vista en él indicándole que era el momento en el que podía dejarse llevar; lo cual hizo sin darse cuenta de que, en el proceso, absorbía psique de ella.

Estaba tan concentrado en la sangre, en no lastimarla, en no representar un peligro para ella que no recordó que la absorción de psique en ese momento era inevitable y que tenía muchos años fuera de práctica para poder controlarlo todo.

Estalló de deseo cuando la psique de ella empezó a recorrer su cuerpo llenándolo de energía.

Encontró la forma de parar cuando vio el miedo en el rostro de su chica.

Cuando percibió en su mirada algo que le hizo temer, que le hizo reconocer lo que ocurría.

Y toda la magia se rompió

Dejando tan solo un momento de angustia mientras ella yacía dormida profundamente sobre el sofá del salón.

Su excitación se esfumó en segundos y temió por hacer algo peor porque sentía que no sabía cómo parar.

Algo en él seguía absorbiendo psique de ella muy, muy, lento y tenía que parar.

¡Con un demonio! ¡Eso no debía pasar!

La subió con prisa a su habitación asegurándose de ponerla a resguardo, evitando sentir más olores, más pulsos retumbando en sus oídos, más resequedad en su boca y el hilo conductor invisible que absorbía la psique seguía activo.

Se metió las manos en la cabeza, salió con apuro de la habitación de ella deseando poder llegar pronto a donde Norma.

Se vistió con lo primero que consiguió.

Su móvil sonó y lo respondió sin pensar.

Estaba nervioso.

—¿Si?

—Ya estamos en casa de Loretta… ¿Está todo bien?

—No, Lorcan, no. Nada está bien. ¿Cómo diablos paro la absorción de psique? ¡No lo consigo! Nunca antes me había ocurrido y…

Escuchó a su hermano dejar escapar el aire al otro lado.

—¿La estás poniendo en peligro?

—No lo creo, es lento y siento que absorbo poco… como un hilo…

—Delgado y continuo.

—Exacto.

—Me ocurre con Heather algunas veces. Tómalo con calma. Llama a tu fuente de alimento y mantenla a la mano para que puedas alimentarte de ella. Al alimentarte, vas a absorber psique de ella y…

—Con Diana nunca me sentí así, Lorcan.

—Y me alegro, porque no estaría bien que estuvieras haciendo comparaciones. —Tenía razón su hermano. Ya debía dejar de comparar las relaciones con Felicity y Diana porque no tenían punto de comparación—. Llama a la chica y avísale que iré por ella. El sótano falso de la propiedad sigue tan bien cuidado como siempre y estoy seguro de que ella podría dormir allí mientras estén en la casa.

—¿¡Estás loco!? No me atrevo a tener a Norma aquí.

—Garret, será mejor eso a que tengas salir en noches como esta sin saber si vas a regresar a tiempo o si Felicity despierta y no te encuentra… ¿tienes pensado qué decirle? —«No, la verdad no» no pensó antes en eso y ahora que su hermano lo mencionaba…—: Exacto, te has arriesgado demasiado en todo este tiempo. No le des más vueltas. Le daré instrucciones a la supervisora de que entre a la propiedad por el acceso oculto y de ahí acceda al sótano para atender a Norma. A ella le diré que entre y salga por allí —A Garret no le gustaba aquello pero la intensidad de la lluvia y el trueno retumbante le dieron la razón a su hermano—. Además, sería bueno que la vayas preparando para el viaje. Ella tiene que viajar con ustedes a Venecia.

—Klaudia podría conseguirme a alguien allá.

—Klaudia… —Lorcan dejó salir la preocupación—. Klaudia está ocupada en otros asuntos. Ya hablaremos. Ahora me preocupa Felicity. Cuelga y envíame la dirección de Norma. Avísale que estoy en camino.

Garret no tuvo más opciones que cumplir a la petición de su hermano y con rapidez porque sus oídos se aguzaron al sentir a Felicity removerse agitada entre las sábanas.

Felicity empezaba a activar sus pesadillas mucho más temprano que de costumbre.

***

La propiedad de los Farkas, en Los Hamptons, estaba hecha a medida; para una familia de vampiros que no quería exponerse a los humanos. Así que, como otras tantas propiedades de la familia, la mansión tenía accesos ocultos a ojos curiosos. Unos ocultos por el poder de las brujas aliadas, y otros por diseños arquitectónicos bien trabajados que hacían ciertas entradas y salidas de la casa, imperceptibles a cualquiera que no perteneciera a la familia.

Lorcan accedió al sótano falso por uno de esos accesos.

Iba con Norma sentada en el asiento a su lado. Solo intercambiaron saludos formales en cuanto recogió a la chica y luego se sumergieron cada uno en sus propios pensamientos.

Para Norma era una noche más de trabajo. Una temporada, mejor dicho. Porque el servicio de ella hacia Garret era por más de una noche.

Y en tanto él evaluaba el ánimo de la mujer a través de su poder empático, pensaba en lo preocupadas que se quedaron Heather y Loretta en casa de esta última.

Habían recién llegado a casa de la bruja ese día y empezaban a conversar de cosas profundas cuando Garret le llamó con urgencia.

Dejó escapar el aire negando con la cabeza, apretando el volante con ambas manos mientras la puerta del garaje del falso sótano se abría con lentitud y una serie de chirridos que anunciaba la necesidad de mantenimiento.

No le extrañaba eso tampoco, era normal, porque poco visitaban la casa y menos aún usaban el falso sótano.

Esperaba que se encontrara limpio. Sabía que la casa estaba cuidada por personal de limpieza de una compañía fiable aunque no sabía si accedían allí en cada visita.

De esa parte de las propiedades de ocasión que tenían se encargaba la empresa de inmuebles que manejaban entre todos así que desconocía los detalles.

Descendió por el túnel y después de doblar a la izquierda, dejó el coche aparcado sin importarle en dónde o cómo lo dejaba y apagó el motor.

Las luces automáticas se encendieron permitiéndole ver un espacio que conocía, pero que tenía años sin visitar.

El sótano de la propiedad era tan grande como el terreno que tenía encima de este y estaba dividido en varios sectores. El que estaba debajo de la casa, era usado como un sótano bodega de vinos para la familia.

Se podía decir que era de uso común. De este se accedía a una habitación con varios corredores que llevaban a diferentes partes aún bajo tierra.

Un cuarto de seguridad para cosas importantes de la familia, que nunca usaban porque les gustaba exhibir lo que tenían y las cosas más importantes que debían ser resguardadas estaban en otros sitios que solo Pál conocía. Se mantenía la tradición en las construcciones cuando se trataba de una propiedad para los Farkas.

También estaban las habitaciones de control eléctrico; otra en la que se guardaban herramientas y maquinaria necesaria para mantener la casa en buen estado.

Dos habitaciones más que no se usaban para nada y que podían ser fácilmente apartamentos tipo estudio y, por último, un nivel por debajo de todo lo anterior, estaba el lugar en el que Lorcan ahora se encontraba con Norma y que solo algunos privilegiados conocían.

Encendió la luz y le gustó ver que todo estuviera en condiciones para la chica.

Había un poco de polvo, lo normal para un lugar tan solitario; nada que él mismo con ayuda de la Norma no pudiera solucionar.

Se disculpó con ella por hacerle cumplir tareas de limpieza, pero no les quedaba más alternativa y Norma, como era de esperar, se mostraba comprensiva y solidaria.

Le envió un mensaje de texto a su hermano para indicarle que ya estaban en el sitio y fue hasta la bodega de la propiedad para llevarle algunos refrigerios a Norma que ya se estaba instalada por completo.

El espacio era sencillo y contaba con todas las comodidades. Norma podría entrar y salir de ahí las veces que quisiera.

El chofer de la compañía estaría a su disposición y era una de esas pocas personas que podían conocer el acceso externo a esa área de la propiedad.

—La cocina está acoplada con lo básico. Si necesitas algo más, no dudes en decirle a Garret que te lo suministre —Lorcan empezó a darle directrices a la chica para que se sintiera más a gusto—. No sé cuánto tiempo vayas a vivir aquí. Espero que no mucho, de todas maneras, ya sabes que puedes pedir descansos en cualquier momento en que lo necesites y enviarán a alguien más para alimentar a mi hermano.

—Lo sé, señor, es usted muy amable conmigo.

Lorcan le sonrió a medias, agradecía que Klaudia hubiese tenido la visión de negocio con esas chicas para ellos a pesar de que, a veces, sentía gran lástima por ese grupo de personas que estaban con ellos para alimentarlos.

En su mayoría, les alegraba vivir como vivían, servirles a ellos y les agradecían a Klaudia haberles dado un propósito en la vida infernal que llevaron antes de estar ahí.

—Garret no tardará en bajar —anunció, ella asintió mientras servía agua en un vaso.

—Le puedo servir algo si gusta.

—Estoy bien, Norma, gracias.

—Esperaré en la habitación al señor Garret.

—Muy bien, no olvides notificar el cambio de sitio a tu supervisora.

—Ya le he enviado un correo.

Lorcan miró su reloj de muñeca.

Ya pasaba de media noche.

Lorcan iba a responderle cuando Garret entró agitado en el recinto.

Tenía la respiración entrecortada y el pulso acelerado. Lorcan sintió en el pecho la angustia que experimentaba su hermano en ese momento sintiéndose mal por él.

Estuvo en su lugar hacía un tiempo y por nada del mundo quería volver a experimentar esa sensación de ahogo que da el ser un depredador teniendo cerca a la mujer que amas y que deseas.

—No te vayas —Lo vio con súplica. Lorcan no pudo negarse aunque le incomodaba quedarse en ese lugar porque no quería sentir nada del proceso de alimentación de su hermano. Era algo que consideraba privado.

Respiró profundo y pensó en Heather, en esa imagen de Heather sonriente que lo serenaba y lo llevaba a un estado de paz que solo podía sentir estando a su lado.

Heather fue su sanación, era su amor y no podía sentirse más feliz de la oportunidad que la vida le diera de sanar todos sus pecados infernales, todas las cosas abominables que le hizo a gente inocente y además, le obsequió el amor de Heather.

Era un hombre afortunado, sentía que había cambiado mucho desde que estaba con ella.

Más allá del dominio a la bestia, de la saciedad que produce estar con la mujer que es dueña del corazón de uno de su especie, era un hombre diferente.

Se sentía diferente.

Y le gustaba su nueva versión.

Su oído se agudizó al tiempo que sus fosas nasales se expandieron justo en el momento en el que escuchó el punzón del anillo de Garret abrir la piel de Norma haciendo brotar la sangre.

Inhaló con profundidad, sin sentirse desesperado por tener un poco de esa ración que Garret estaba administrándose.

Le gustó saberse con tanto dominio de sí mismo.

En realidad, no era dominio, era que no lo necesitaba y entonces se relajó aún más y esperando con paciencia a que su hermano terminara su sesión de alimentación.

En su cabeza llegaron imágenes de Felicity sonriendo y no pudo evitar sentirse preocupado por ella, por su hermano y todo el proceso que ahora vivían.

Recordó a Pál cuando le aconsejó a él contarle a Heather toda la verdad de su naturaleza, de su parte maldita, de la bestia y de todas las cosas horribles que tuvo que hacer en el pasado para salvar a su familia.

Garret necesitaba hacer lo mismo con Felicity, pero ella no estaba en condiciones aun de enterarse de algo tan grande.

Escuchó a su hermano ayudando a Norma a acostarse en la cama para reponer energías y dormir, era tarde.

Garret salió de la habitación y le hizo señas de que salieran de ahí.

Dejaron todo a oscuras cerrando la puerta con cuidado.

—Vamos a la bodega de casa, dejé allí algunas cervezas así puedo estar cerca en caso de que ella me necesite.

Lorcan asintió. Siguió a su hermano en silencio por los corredores internos que llevaban a la mansión.

Llegaron hasta la bodega, Garret sacó del refrigerador que estaba allí un par de cervezas, le entregó una a su hermano y lo vio a los ojos.

Lorcan le mantuvo la mirada mientras destapaba la botella y después le daba un sorbo.

Estaba buena, aunque no le apetecía en ese momento mas

no le diría nada a Garret, él lo necesitaba en ese momento y si eso implicaba que se tomara una o diez cervezas aun sin querer hacerlo, por su hermano, lo haría.

—Pál enviará a Norma en un vuelo privado a Venecia. Irá con nosotros. Tú irás con Felicity, Heather y Loretta en otro vuelo.

Garret asintió. Lorcan se sentó en una de las banquetas viejas que estaban allí.

«La bodega necesita unas reformas», pensó, mientras observaba a su alrededor intentando evadir las emociones de su hermano, como si aquello fuera posible.

—¿Cómo está ella?

—Ahora bien. Una vez que corté la llamada contigo solo me dio tiempo de llamar a Norma y avisarle que tú estarías buscándola en poco tiempo. Felicity tuvo hoy el peor de los episodios que he presenciado, Lorcan.

La voz de su hermano se quebró y se dio cuenta de que su mirada destellaba frustración por no poder hacer nada más.

No pudo evitar recordar que él fue el causante de las desgracias amorosas de Garret siempre.

Primero con Diana y ahora con Felicity.

Su hermano tenía derecho a ser feliz, no era justo tanto sufrimiento.

—¿Y si soy un peligro para ella?

—Lo eres, no debes olvidarlo hasta que ella sepa la verdad y tome decisiones por cuenta propia; aun así, seguirás siendo un peligro constante —Garret lo vio aterrado, pensó en el mismo terror que él sintió con Heather, se corrigió, que aun sentía algunas veces—. Siempre seremos un peligro para ellas, Garret, eso es algo que no podremos remediar. Sin embargo, te aseguro que el riesgo disminuye muchísimo cuando se normaliza todo en la pareja. Cuando la verdad salta y las decisiones se toman. Cuando ella accede a unirse a ti, cuando la sientes correr en tus venas ¿No te ocurrió eso con Diana?

Garret asintió frunciendo el ceño.

—Entonces ya sabes a lo que me refiero.

—Esto es más intenso que con Diana, Lorcan. Siento que sigo conectado a ella y le sigo absorbiendo psique. Es un consumo ínfimo, pero está ahí y no sé cómo cortarlo.

—Entonces deberás ser más cuidadoso, más fuerte. Encontrarás la forma de desconectarte de ese hilo. Me gustaría darte una receta mágica, no la hay —sonrió de lado—; bueno, sí, la hay aunque no la puedes usar aun con ella.

Garret dejó escapar el aire.

—Necesito que todo esto acabe. No me he sentido tan estresado en siglos.

—Te entiendo muy bien y no porque esté sintiendo tus emociones —Lorcan bufó—. Heather creó el caos más adorable que pudo haber creado alguien en mi vida. Así son las mujeres en las que decidimos poner los ojos, hermano.

Ambos rieron. Lorcan agradeció que su chiste relajara a su hermano, lo necesitaba.

Abrieron otra cerveza, Garret se sentó en otra silla desvencijada que encontró.

—¿Por qué la bodega está en estas condiciones?

—No lo sé —respondió Garret observando a su alrededor con desanimo—, la verdad es que no me había dado cuenta de lo mal que estaba. Poco hemos bajado aquí. Intento tener todo arriba a la mano; y los vinos que tenemos aquí abajo son de Pál en su mayoría, a pesar de que insiste en que los usemos, sabes que no me gusta tocar nada que puede pertenecer a Pál o Klaudia.

—Siempre has sido el más respetuoso de los cuatro.

Sonrieron.

—Es que con Miklos ya tenemos suficiente desmadre y excesos de confianza.

—La verdad es que sí —Lorcan asintió sonriendo y pensando en lo poco que le importaba a Miklos la propiedad ajena. Tenía modales, como no, y fue criado como todos ellos, pero a la hora de querer obtener algo, hacía todo lo que tenía a su alcance para obtenerlo fuese legal o no.

Garret frunció el ceño y lo vio con curiosidad.

—¿Qué ocurre con Klaudia? —Lorcan no quería hablar de ese tema en ese momento tan delicado para su hermano mas era mejor contarle así ya estaba enterado.

—Parece que se fue a buscar al detective del caso de Felicity y acabó molida a golpes por él —sintió el cambio brusco en el interior de Garret. Rabia, preocupación—. Cálmate —le ordenó porque sabía que actuaba dominado por sus propias emociones, acababa de alimentarse y seguía conectado a ese hilo delgadísimo que le suministraba psique de Felicity y estaba seguro de que también absorbió psique de Norma, así que tenía un exceso de energía que podía liberar fácilmente con una buena batalla. Lo habría invitado a batallar arriba en el jardín mas no era buena idea con Felicity allí.

—¿Qué le hizo el imbécil ese?

—Lo que quiera que le haya hecho se lo tenía merecido porque ella se dejó llevar por sus impulsos y lo atacó en zona sagrada para él.

Sintió las emociones de Garret arremolinarse y hacerle entrar en confesión.

—Entonces lo que Pál suponía, ¿es verdad?

Lorcan asintió con tristeza en la mirada.

—El detective es un descendiente de la aldea en Irlanda que llevó a Luk a la muerte.

—Pero…

Lorcan levantó la mano y negó con la cabeza.

—Alguna vez Klaudia lo contará, supongo, ahora no hubo manera de sacarle nada más y no ha querido hablar con Pál, no me dijo el por qué. Mucho me temo que Klaudia siente cosas por el detective que se portó como un caballero con ella ayudándole a sanar en su propia casa.

—Esto suena a cuento de ficción.

Lorcan soltó una carcajada.

—Heather no para de decir lo mismo desde que estamos juntos. Hablé con Klaudia hace dos días y no la escuché bien. Algo pasó entre ellos, me aseguró que la veremos en la fiesta de las máscaras y no dijo más.

—Es Klaudia, no va a decir nada más.

—Exacto. Dirá lo que nos atañe a todos, qué dijo el hombre cuando se enteró de que Luk ya no está para cumplir su venganza y avisará en caso de que el resto de la familia esté en peligro. Que por la forma en la que me hablaba, te aseguro que él ya sabe todo y ahora nos perdona la vida gracias a ella.

Ambos se quedaron en silencio y levantaron la mirada hacia el techo.

Felicity se agitaba en la cama.

—Ve con ella, yo me iré de nuevo por el acceso oculto.

Garret asintió y una vez estuvieron de pie abrazó a su hermano palmeándole la espalda.

—Gracias.

—Nada que agradecer, solo quiero ayudarte a ser feliz. Llámame mañana, no creo que pueda estar todo el día bajo los interrogatorios de la bruja.

Ambos sonrieron.

—Es una gran chica, ya te darás cuenta. Te llamaré.

Lorcan vio a su hermano perderse escaleras arriba, abrir la puerta de la cocina y cerrarla tras de sí.

Se levantó, respiró profundo.

Pensó en Diana y por primera vez en todo ese tiempo que pasó desde que él fuese el verdugo de ella y de que Garret siempre lo culpara de su muerte, por primera vez, la imagen de ella cambió en su mente.

No era la misma Diana que conoció en la Inquisición.

No.

Era una hermosa mujer la que se proyectaba en su cabeza, con unos rizos rojizos preciosos que le caían desordenados en los hombros.

Una mujer que Lorcan sintió en paz.

Se detuvo a medio camino porque sintió en su propio pecho lo que la mujer de la imagen sentía.

Se conectó con ella.

«No más culpas, por favor, yo estoy bien y él será mucho más feliz de lo que fue conmigo».

La mujer abrió los ojos y Lorcan sintió su pecho estallar de emociones encontradas.

Se le hizo un nudo en la garganta.

Diana lo perdonaba.

Diana lo liberaba de la culpa más grande que llevaba encima. Y Diana le aseguraba que Garret sí podría ser feliz.

La alegría lo dominó al completo. Aceleró el paso para llegar cuanto antes al coche y largarse de allí para contarles a Heather y Loretta lo que acababa de vivir.

No se lo podía creer.

—Todo va salir bien —canturreó en el coche en cuanto empezó a subir por la rampa que llevaba al exterior.

Bajó la ventanilla y el viento le dejó saber que la felicidad de Garret llegaría, pero tardaría. En la lejanía, se podían escuchar los gritos de terror de Felicity sumergida, una vez más esa noche, en su propia pesadilla.

Capítulo 13

Loretta escuchaba con atención la historia que Lorcan le contaba sobre lo ocurrido la noche anterior.
—Norma estará bien allí, no le faltará nada.
—Puede llamarme en caso de que necesite...
—No, va contra las políticas de la empresa que se solicite ayuda externa. La compañía siempre cubre todo.
—¿Cómo dejaste a Garret?
Lorcan levantó los hombros.
—No muy bien, pero es normal. Yo me sentí igual antes de que Heather supiera de mi naturaleza.
Loretta ya había escuchado la versión de Heather y agradeció que esta decidiera marcharse pronto a casa de los Farkas para estar con Felicity.
Un poco, porque le angustiaba saber que su amiga necesitaba de ella o de Heather y ninguna de las dos estaba con ella; y otro poco, porque quería estar a solas con Lorcan, sabía que ciertas cosas le serían más fáciles de hablar si no tenía a Heather cerca.

Se sentaron a la mesa del porche trasero para disfrutar de una mañana soleada.

Los lobos más jóvenes de la manada jugaban entre ellos ignorando a Kale, que los perseguía de un lado al otro tratando de sentirse integrado en algún momento.

Loretta sabía que sería inútil porque los lobos de esa manada eran todos muy exigentes y no aceptarían a Kale ni como vecino.

Lorcan sonrió viendo a los animales.

—Es un cachorro.

—Lo es. Debería estar buscando a su dueño porque en unos días no estaremos y no puedo dejarlo aquí con ellos —señaló a los lobos—, no me fío que sean buenos anfitriones.

—Haces bien, puedo ayudarte si quieres. Nos dividimos las zonas.

—No, nada de eso. Te invité a mi casa para que conversemos de ti, no para que busquemos al dueño de Kale. Además, no tengo problemas en quedármelo un par de días más. Es adorable.

Lorcan la vio con curiosidad.

—¿Por qué quieres saber de mí?

—Porque hay cosas que no sé. Eres el Farkas más temido, no quiero sonar grosera…

—Habla con libertad, Loretta, no pretendo que hables de otra manera y nada de lo que digas va a ofenderme.

—Cuéntame tu historia.

Lorcan se frotó las manos en el pantalón observándola con nerviosismo.

—No es una buena historia.

—Pero tiene un final feliz —agregó ella—, y si es así, quiere decir que los ancestros consideran que eres una buena alma a pesar de tu maldición.

Lorcan sintió el nudo en la garganta de nuevo, como la noche anterior, cuando vio a Diana en su cabeza.

—Sabes que ayer, al salir de la casa, me pasó algo que nunca antes me había ocurrido... —se quedó observando el mar a lo lejos por unos segundo como si estuviera buscando la forma de soltar las palabras con coherencia para que Loretta no lo llamara loco—... ¿es posible que pueda ver a los muertos en mi cabeza?

Ella le sonrió y resopló.

—Y no solo en tu cabeza, si te quedas en mi casa, es posible que te los encuentres hasta haciendo uso del baño —Ambos soltaron una carcajada—. ¿A quién viste? —Loretta sentía las emociones de Lorcan. Y sabía que Lorcan experimentaba las de ella.

—A Diana.

Las emociones en Loretta se alteraron un poco. Se dio cuenta de que Lorcan también lo notó.

—¿Por qué te emociona que yo haya visto a Diana?

—Soy un reflejo de tus emociones, Lorcan. Soy empática como tú y cuando estemos uno frente al otro vamos a reflejar las emociones.

—¿Cómo es que no sabíamos que eres como yo?

—No tienes por qué saberlo. Las brujas nos guardamos unos cuantos secretos y digamos que yo no los tenía como personas de confianza antes de que Garret viniera a pedirme ayuda con Felicity.

Lorcan respiró profundo absorbiendo los olores que sintió en la casa desde que entró y que no los tomó en cuenta pero que, en ese momento, se hicieron notar por encima de todo.

Se sorprendió al notar el aroma de ella. La vio con duda porque nunca antes pudo notarlo y...

—Ahora confío —le respondió Loretta segura de su sentimiento.

—Gracias por hacerlo.

Ella asintió manteniéndole la mirada.

—¿Qué quería Diana contigo y por qué te sorprende su aparición en tus pensamientos?

—Bueno, nunca antes experimenté un contacto así —suspiró con tristeza—, cada vez que pensaba en Diana lo hacía con ella en condiciones que no están bien bajo ningún punto de vista. ¿Te sabes mi historia con ella y Garret? —Loretta ladeó la cabeza y le dejó saber a través de las emociones que no se lo sabía todo—. Dudo que vaya a contarte muchas más cosas de las que ya te sabes, Loretta, no es una historia agradable…

—Soy una chica grande y capaz de aguantar un relato cruel, Lorcan. Quiero registrar en mi grimorio al verdadero Lorcan Farkas, para ello necesito que me cuentes tu versión de todo.

Lorcan dejó escapar el aire con gran nerviosismo de nuevo; después de una pausa, empezó a contarle cómo ocurrieron las cosas con Diana.

Se negaba a dar detalles de las torturas, aquello no era necesario para nadie; y aunque Loretta se lo suplicara, no lo haría.

La chica le indicó que estaba de acuerdo porque ella podía sentir todo el horror de las víctimas que aun Lorcan sentía con solo recordar. Ya con eso tenía una gran carga que soportar y podía documentar todo luego en su grimorio.

—Y siempre que pensaba en Diana y en la culpa que tengo en todo lo que les ocurrió a ellos, no hacía más que torturarme con las imágenes de una mujer que padeció mucho dolor estando a mi merced.

Loretta pudo imaginar no solo a Diana, sino a todas las brujas que fueron masacradas en aquella época.

—No eras tú, Lorcan, también buscabas la manera de sobrevivir a tu desgracia. No puedo imaginarme el horror de vivir las emociones de las personas a las que tú no querías lastimar y que tuviste que hacerlo para salvar a los tuyos. Fue un sacrificio que pagaste muy caro.

Lorcan sintió el escozor de nuevo en la garganta.

—Ayer fue tan diferente, Loretta —la bruja puso atención—, se presentó en mi cabeza esta mujer de rizos rojos, con una belleza salvaje como los bosques. Me sonreía. Me veía con paz y me dijo que dejara de culparme.

Loretta sintió la paz que Lorcan transmitía en ese momento.

—Entonces hazle caso.

Él sonrió de vuelta.

—Desde ayer no encuentro las imágenes de ella en mi cabeza que me causaron —negó con la cabeza rectificando sus palabras—, que nos causaron tanto dolor a Garret y a mí.

—No las busques más porque no quieren que te castigues más.

—Me dijo que él también iba a ser feliz —resopló abatido—, pero lo dudo tanto. Apenas salía de ahí confiado en las palabras de ella, cuando bajé la ventanilla del coche, en la lejanía, escuché gritar a Felicity de una forma que me puso los pelos de punta.

Loretta sintió un golpe en el pecho por la angustia de saber que los sueños de Felicity empeoraban.

—La primera noche que lo viví junto a ella fue espantoso y Garret me dijo que estaban empeorando. Garret siente o sabe o ve lo que ella sueña de un tiempo para acá, ¿lo sabías?

Lorcan frunció el ceño y negó con la cabeza.

—Sobre todo cuando no se alimenta con frecuencia. Se ha encontrado en los sueños con ella. No me imagino la angustia y la impotencia de ver lo que el malnacido de tu primo le hace.

Observó cómo se oscureció la mirada de Lorcan; en su interior, lo que quería era sacarle la cabeza a alguien. Pelea, pelea, y más pelea era lo que ansiaba.

Respiró profundo para controlar las emociones de ambos.

Lorcan parpadeó volviendo a la realidad.

—Lo siento, no quería importunarte con mis emociones de furia.

—No te culpo y me gustaría ser yo la que le arranque la cabeza al maldito. Creo que fue Pál quien se reclamó ese derecho.

Lorcan asintió.

Se mantuvieron en silencio unos segundos.

—¿Cómo es tu vida aquí?

Loretta se sorprendió con la pregunta no esperaba esa curiosidad por parte del vampiro.

—Solitaria.

Kale corría con la lengua afuera de un lado al otro del jardín intentando llamar la atención de los lobos que se había separado cada uno a su rincón para descansar.

El cachorro se dio cuenta de que nadie jugaría con él y finalmente se dio por vencido echándose en medio del jardín para revolcarse en el césped.

Lorcan la observaba con interés.

—¿Qué hizo que cambiaras tu percepción con respecto a nosotros?

—La soledad en la que me rodeo. Ustedes me llevaron a Felicity y ella…

—Ella cambia vidas —acotó Lorcan y luego le contó cómo la conoció, lo especial que se volvió para él—. Deseo tanto que vuelva a ser la que conocí.

Loretta sonrió a medias. Con pesar.

—Quiero pensar que vamos a conseguirlo.

—Yo también, nada me gustaría más que poder saber que ella ya está bien y que mi hermano va a ser feliz después de tantos siglos —Lorcan dejó escapar el aire como si quisiera que su deseo llegara alto para ser escuchado pronto—. ¿Te gustaría ir a dar un paseo por la playa? —preguntó animado y Loretta pensó en que era buena idea así podrían seguir conversando sobre la vida él.

Decidieron llevar con ellos a Kale para ver si tenían suerte de encontrarse al dueño en el camino, después de todo, el perro y su dueño se acercaron a la propiedad porque estaban dando un paseo por la playa o eso suponía Loretta.

Lorcan caminaba con las manos en los bolsillos y Loretta disfrutaba de la brisa alborotándole el pelo.

De pronto, se vieron sumergidos en una conversación en la que Lorcan se abrió por completo con Loretta. Su historia era sincera y desgarradora, la forma en la que se sobrepuso a todos los traumas que vivió siendo verdugo, las noches sin dormir, las pesadillas, los conflictos internos que tuvo entre hacer lo que era correcto y preservar a su familia. Liberarlos a ellos de ese mal que él estaba sufriendo.

¡Cuántas cosas, vivió el pobre; y todas muy malas!

—Estuve un tiempo intentando controlar a la bestia y no pude, no lo hice. Un día, Pál tuvo que ayudarme porque... —Loretta sintió el arrepentimiento, la vergüenza y la culpa rondar al rededor del vampiro—... hice algo muy malo.

—No te culpo.

Lorcan bufó con una irónica sonrisa.

—Porque no sabes lo malo que fue, tu naturaleza rechazaría un acto así.

—Seguiría sin culparte más allá de mi naturaleza, Lorcan. Viviste muchas cosas que te perturbaron. ¿Cómo superaste todo?

—Pál. Me ayudó en todo momento, hasta que me pude controlar por completo o que encontramos la forma de mantener a la bestia en control, no me dejó solo —Loretta quería saber más así que Lorcan se extendió en la explicación de su proceso de buscar chicas y llevarlas a un lugar seguro, su refugio en el bosque el cual le dijo que ya no visitaba más, porque estando con Heather nada necesitaba de su antigua vida.

También le preguntó por otras chicas y entonces le contó de su historia con Mary Sue. Parecía ser una buena mujer por las cosas que le contó de ella.

¿Cómo se sentiría estar enamorado?

Porque encontrarse rodeada de gente que caía presa del amor le daba ganas de experimentar el sentimiento.

Lorcan guardó silencio viéndola curioso.

—¿Por qué no te rodeas de más gente?

—Porque mi vida no es fácil, Lorcan. No muerdo ni chupo sangre, pero no te gustaría estar cerca de mi cuando me enfurezco de verdad. Los temporales que formo no son divertidos y dependiendo de mi grado de molestia, pueden ser bien aterradores.

Lorcan soltó una carcajada.

—No te imagino haciendo esas cosas.

—Pues hazlo para que no te sorprenda.

—Nada de amigos, entonces.

—Nop.

—¿Novios?

Loretta sonrió con timidez y negó con la cabeza.

Novios, si no tenía amigos de dónde iba a sacar novios.

—Tengo una sangre muy amarga para ti si eso responde tu respuesta.

Lorcan la vio sorprendido y ella sintió la compasión del vampiro hacia ella.

No le molestó, ella también empezaba a sentir lástima por sí misma después de ver el apoyo, la comprensión, el amor, la complicidad, el deseo que puede nacer entre dos personas.

O después de conocer lo mágica que puede ser una verdadera amiga en tu vida.

—Puedo quedarme esta noche si quieres y llevarte a algunos lugares en los que podría presentarte a chicos.

—¿Qué eres, un adolescente? —Loretta lo vio divertida.

—No, aunque la vida es mejor cuando estamos acompañados. Te lo prometo. Yo tampoco creía que fuera así hasta que vi a Heather.

Loretta lo veía con atención total.

—¿Qué se siente?

—Cada quien lo siente diferente. Para mí, Heather es mi complemento. Para que la vida funcione como la conozco ahora necesito tenerla a mi lado, de lo contrario, volvería a la oscuridad de donde me sacó. Ella es mi luz.

—No sabía que podías llegar a ser tan romántico.

—Yo tampoco —respondió y ambos rieron divertidos—. Deberías intentarlo, conocer a alguien, enamorarte, sufrir por amor y luego encontrar al indicado.

—Lo he estado pensando, en cambiar un poco mi vida.

Kale ladró mientras corría en dirección a un grupo de chicas que caminaban hacia Lorcan y Loretta.

Estaban lejos, por ello, Loretta sintió la necesidad de correr detrás del perro.

Al llegar, una de las chicas estaba hablándole al perro como si lo conociera.

—¡Se va a alegrar tanto cuando sepa que estás bien!

Loretta le sonrió a la chica con educación y terminó de acercarse a ella. Lorcan la seguía.

—¿Sabes quién es su dueño?

—Seguro —la chica le sonrió—, es vecino de mi abuela. Casualmente lo vi el día que lo perdió, era tarde y yo salía de casa de mi abuela cuando coincidimos. ¿En dónde lo conseguiste?

—En la playa, estaba dando un paseo.

El perro ladró como si estuviese llamándola mentirosa, que lo era, mas no podía contarle a la chica la verdad de los hechos.

—¿Tendrás un número para llamarle?

—No, puedo darte la dirección de casa, no creo que le importe que te la dé si es por esta causa.

—Yo tampoco creo —comentó Lorcan mientras acariciaba al perro.

Loretta tomó nota de la dirección del dueño de Kale y luego le agradeció a la chica los datos.

Se despidieron continuando cada grupo su camino.

—Vaya suerte que tuvimos de encontrarnos a esta chica —comentó Loretta.

Lorcan bufó divertido.

—Yo no lo llamaría suerte, yo lo llamaría coincidencia —Loretta lo observó confundida—. Piénsalo, quieres tener contacto con gente y de pronto, el animalito se salta las barreras de visión de tu casa haciendo que busques la forma de encontrar a su dueño.

Loretta no pudo evitar soltar una carcajada.

—Creo que es hora de que empieces a ver más películas de acción y no de amor porque ya se te está subiendo a la cabeza tanto romance.

Lorcan le dedicó una mirada suspicaz.

—Que conste que no fui yo el que habló de romance, yo solo dije que te están dando la oportunidad de conocer gente de tu entorno. Una persona te lleva a otra y así llegas a la indicada.

Bueno, viéndolo así, Lorcan tenía razón admitió Loretta en su interior.

Kale ladró un par de veces indicando que estaba de acuerdo con Lorcan.

Loretta dejó escapar el aire, hablar de relaciones con humanos que no fuera Felicity o ahora Heather la ponían muy nerviosa.

Lorcan sonrió de lado y le pasó, con cuidado y respeto, un brazo sobre los hombros dándole un apretón amistoso que la reconfortó.

—En otra época te hubiera mandado a arrancar la mano por los lobos.

Lorcan la apretó divertido a su costado.

—Los tiempos cambian, Loretta, y debemos cambiar con ellos.

—Eso parece —tomó aire ansiosa—, eso parece.

***

—Entonces, ¿vas a contarme cómo van las cosas con tu memoria?

Felicity vio a Heather con confusión en la mirada aunque suponía que estaba mejorando porque retenía mejor algunas cosas en los últimos días.

—Estoy mejorando. Creo que los remedios de Loretta funcionan.

Heather le sonrió con complicidad.

—Los remedios de Loretta o los de Garret; ni creas que no me di cuenta de que están muy acaramelados.

Felicity sintió sus mejillas encenderse.

—Es tan especial conmigo, Heather.

—¿Qué sientes por él?

Felicity meditó su respuesta porque le parecía que sentía amor pero también le parecía que era muy pronto como para lanzar un veredicto tan importante.

Heather le sonrió de nuevo y bebió un sorbo de su café, llevaban toda la mañana conversando.

—¿Es descabellado si digo: amor?

Heather negó con la cabeza.

—No, no lo es. Llevas mucho tiempo a su lado y es especial para ti, porque…

—Yo lo soy para él, lo sé —vio a su amiga con vergüenza—. Me lo ha dicho.

—Entonces, ¿por qué no te veo completamente feliz? Parece que tu memoria mejora y tienes a tu lado a un hombre que daría lo que fuera para hacerte feliz.

—¿Y si no mejoro, Heather? —Dejó salir el aire que le oprimía el pecho—, y si esto es solo una falsa esperanza y luego empeoro, ¿te parece justo que Garret tenga que estar conmigo aun yo estando muy mal de la cabeza?

—Sabes que jamás me parecería justo algo así; en este caso, soy muy positiva y sé que todo terminará bien, además, debemos dejar que él también decida qué quiere hacer en cualquiera de los casos que se presenten.

Felicity recordó la conversación que tuvo con Loretta en la que esta le dijo que Heather estaba con Lorcan.

—¿Por qué nunca me has hablado de Lorcan?

Notó la reacción de susto en su amiga; aunque esta intentó disimularlo muy bien, la conocía.

Notó que decir aquel nombre en voz alta, le seguía produciendo la misma angustia.

Respiró profundo. Recordando también que Lorcan estaba asociado al hombre de sus pesadillas.

¿Por qué?

—Quería esperar el momento apropiado —mencionó Heather con un hilo de voz.

—¿Este es el momento apropiado?

—Quizá —su amiga bajó la mirada a la taza que tenía entre las manos—. No puedo decírtelo todo porque...

Felicity empezaba a hartarse de ese juego de todos con ella.

—¿Por qué no, Heather? ¿Por qué Lorcan me da tanto miedo? ¿Por qué no me cuentas de tu vida con él? —sintió que su voz subía de tono y su amiga la observó con preocupación.

La tomó de las manos y le habló desde su corazón.

—Felicity, no hay nada que desee más en el mundo que contarte toda mi aventura con Lorcan, es lo mejor que me ha pasado en la vida. Lo amo con locura y sé que él me corresponde de la misma manera, pero no puedo contártelo todo porque hay cosas que tu mente...

Felicity no pudo soportar eso y dejó que el nudo en la garganta se intensificara.

—¿Qué me pasó cuando estuve perdida y por qué él tiene que ver en eso?

Heather la vio asustada.

—No, Lorcan no tiene que ver con tu secuestro.

—¿Por qué yo creo que sí? —exigió de nuevo Felicity estaba cansada de que nadie le hablara con la verdad.

Heather se desinfló en el sillón en el que se encontraba sentada.

—No puedo hablarte de eso, cariño. No puedo —Felicity iba a hablar, Heather no se lo permitió—. Escucha, un día no volviste a casa y todos acusamos a Lorcan injustamente porque él fue el último que te vio ese día que desapareciste.

—¿Por qué nadie me comentó eso antes?

Heather resopló de nuevo y Felicity se dio cuenta de que había hablado más de la cuenta. ¿Qué secreto le estaban ocultando?

—Eres mi amiga, Heather, y creo que me merezco más apoyo de tu parte.

Heather la observó molesta.

—Porque soy tu amiga y porque te adoro, es que no te digo nada. Tu mente, hasta que no se aclare, no va a entender lo que en realidad pasó.

—¡¿Y qué diablos fue lo que pasó?! Porque lo único que hago es revivir una y otra vez una maldita pesadilla en la que una bestia me persigue.

Felicity no aguantó más y empezó a llorar desconsolada.

—No aguanto este vacío de memoria, Heather, no puedo; y necesito que ustedes me ayuden si saben cuál fue la verdad. Dímela, por favor, te lo suplico, dímela.

Heather se sentó a su lado y la acunó consolándola tal como si fuera su hermana.

La sintió llorar a ella también pero no quería reparar ahora en nadie. Solo le importaba lo que ella estaba sintiendo. La impotencia de que todos sabían algo que ella no y que tal vez ese algo le ayudaría a resolver su problema con la memoria.

Así estuvieron un rato.

Cuando Felicity consiguió calmarse un poco, le contó todo lo que estuvo experimentando junto a Loretta. El sueño del invernadero, la presencia de Garret en las pesadillas.

—Nunca consigue ayudarme, él siempre me arrastra y me lleva —bufó entre sollozos—, me alegraría de recordar eso también porque es otra cosa que nunca conseguía retener en mi cabeza al despertar y ahora, hablando contigo, me doy cuenta de que tengo muchas partes de mis pesadillas allí, vivas en la memoria.

Heather le tomó el rostro entre las manos.

—¿Y ves al hombre?

Felicity negó con la cabeza.

—Lo vas a recordar y vas a aclararlo todo —Heather bajó la mirada para verse con nerviosismo las manos. Un síntoma que Felicity reconocía muy bien. Su amiga se sentía mal por no poder ser franca con ella.

—Si Lorcan no me hizo nada ¿por qué aun no lo conozco?, es hermano de Garret pudo venir contigo y...

Heather le tomó las manos con fuerza y la vio a los ojos con seriedad.

Recordó el momento en el que se tomaron de la misma forma con los papeles invertidos en aquel entonces, era ella quien sujetaba las manos de Heather que lloraba histérica porque no tenían dinero para pagarle al camello y las iban a matar si no pagaban la deuda.

Le sonrió de lado con compasión y amor.

—Confía en nosotros, Felicity, todo va a salir bien. Vas a conocer a Lorcan, pero en Venecia. Después de ese viaje, te prometo que te voy a contar todo si Garret no lo hace antes —cerró los ojos y respiró profundo—, todo —repitió levantando los párpados, clavando su vista de nuevo en la de ella—; por muy dura que sea te la voy a decir porque estás en tu derecho, tienes razón, lo único que hemos hecho hasta ahora es ocultarlo porque creemos que eso va a ayudarte a mejorar y a entender todo lo que ocurrió con más facilidad. Tu mente, al no estar clara, le va a costar procesar algunas cosas que para una mente lúcida ya es difícil de procesar —Le dio un apretón de manos y le sonrió con súplica—. ¿Puedes confiar un poco más en nosotros?

—¿Tengo otra alternativa?

Heather resopló más tranquila y le limpió el rostro con una

servilleta a su amiga.

—Que Garret no sepa de esta conversación. Está muy entusiasmado con el viaje y la fiesta y quiere hacerte pasar unos días divertidos, ve a lavarte la cara; vámonos de paseo —su expresión cambió a la que colocaba cuando quería dar la impresión de haber tenido una idea brillante—. Vámonos al salón de belleza y no hablemos de chicos hasta que podamos hacerlo con toda honestidad, ¿te parece? Es más, quiero que me hables de la tal Loretta y tu asombrosa amistad con ella. ¿Cuándo voy a conocerla? ¡Porque quiero saber quién me roba tu amor!

Felicity sonrió con desgano.

—Prométeme que en Venecia me vas a decir la verdad.

Heather la vio de nuevo a los ojos y sabía que le hablaba más en serio que nunca antes en su vida.

—Felicity, te prometo por la memoria de mi hermana que, después de la fiesta de las máscaras, si me lo pides, voy a decirte todo con la ayuda de Garret, Loretta y Lorcan. Todo. No vamos a guardarnos nada. Te lo prometo.

Se abrazaron, sellando aquella promesa que llenaba de ansiedad a Felicity y también de excitación porque sabía que quedaba muy poco para la fiesta.

Quedaba muy poco para saber, por fin, qué ocurrió con ella y así poder despejar toda su mente.

Capítulo 14

Loretta amaneció con pesadez aquel día.
Estuvo hablando con Lorcan hasta muy entrada la noche, él necesitaba que Felicity se durmiera profundamente para poder llevarse a Heather a un lugar más privado en el que pudieran saciar sus necesidades y el deseo de ambos.

Estuvo bebiendo más infusión tranquilizante de la normal y aquello no le sentó bien porque parecía un zombi esa mañana.

Lo necesitó mientras conversó con Lorcan que, a medida que más avanzaban las horas del día, él parecía sentirse más y más en confianza con ella contándole cosas que era muy probable que nadie más supiera y que ella, por supuesto, no le diría a nadie.

Ni siquiera lo apuntaría en su grimorio porque no era necesario apuntar detalles de experiencias tan personales y tan crudas para Lorcan.

Vio el grimorio en la mesa del invernadero esperándola para apuntar todo cuanto Heather y Lorcan le dijeron.

Se preparó un café, bien oscuro.

Necesitaba quitarse la pesadez de encima para poder hacer todos los pendientes de ese día, que eran unos cuantos.

Los más importantes eran resolver el asunto de Kale y visitar a Felicity que, el día anterior, le llamó dos veces para invitarla a pasar el día con ella y Heather; Loretta tuvo que mentirle en ambas oportunidades porque no podía perder la oportunidad de conversar con Lorcan como lo estaba haciendo.

No sabía si tendría una nueva oportunidad de hacerlo.

A pesar de que se abrió con ella y bromeó en algunos momentos, Lorcan era serio y reservado.

Un hombre que podía darle miedo a cualquiera porque tenía un semblante rudo.

Loretta hizo una mueca de disgusto en cuanto pensó en su físico como «rudo». Era muy varonil, mucho más que Garret, y tenía ese aspecto de hombre de poder que puede causar muchos problemas.

Sin duda, atrapaba miradas del sexo opuesto.

Sonrió bufando y luego le dio un sorbo a su café que le supo a gloria.

Los chicos Farkas eran toda una caja de sorpresas.

Muy rudos, seguros de sí mismos, capaces de dominar a todo el mundo y letales como la espada más afilada, sin embargo, cuando hablaban de sus mujeres ganaban una belleza que no se podía describir.

A Lorcan le nacía un brillo en los ojos cada vez que pensaba en Heather, que hacía derretir a Loretta deseando que alguien, alguna vez, tuviera una mirada como esa pero en su nombre.

Kale ladró un par de veces sacándola de su ensoñación.

—Ven, vamos a ponerte comida, hoy te iras a casa ¿eh? —

sacó un poco de comida para perros de la bolsa y la vertió en el plato que puso para el perro en esos días.

También llenó el plato del agua.

Uno de los lobos que estaba en el interior con ellos resopló, como si estuviese aburrido de ver lo servicial que era ella con el cachorro y Loretta solo rio por lo bajo negando con la cabeza.

Entró luego en el invernadero, hacía frío, el cielo ese día estaba cerrado con nubes que no auguraban una tormenta pero que tampoco dejarían pasar la luz del sol.

Amaba esos días. Eran los perfectos para quedarse en casa, con la chimenea encendida, leyendo.

Sola.

Como siempre, sola.

Soltó una irónica carcajada que llamó la atención de Kale obligándole a levantar la cabeza del plato pero al darse cuenta de que Loretta no dijo nada más, volvió a lo que realmente era importante para él en ese momento.

Por su parte, Loretta que no se percató de la acción del perro, atendió algunas plantas que el día anterior no recibieron atención por su parte y en tanto, pensaba en si esos días que tanto le gustaban serían mejor compartirlos con alguien.

Recordó a Lorcan dándole consejos de amor.

Era un buen hombre.

Después de haber conversado con él quería conversar con los demás.

Intentaría acercase a Miklos en Venecia.

O a Klaudia.

No.

La verdad era que Klaudia le daba un poco de temor. Mucho más que el que pudo haberle dado Lorcan.

Dejó las cosas del invernadero y se bebió con rapidez lo

que le quedaba en la taza para subir al cuarto de baño y darse una ducha rápida.

Se vistió cómoda, abrigada, se hizo una cola de caballo alta optando por solo llevar un poco de crema humectante esa mañana, con mucha manteca de cacao en los labios para que no se le resquebrajaran en la salida que iba a hacer.

Después, tomó su bolso, bajó a la cocina.

—Chicos, voy a llevar a Kale a su casa.

Los lobos aullaron y ella sonrió viendo a Kale mover la cola con emoción.

Parecía que no les hacía gracia que lo devolviera.

—Quien los entiende, no lo reciben como compañero pero tampoco quieren que se vaya. Son muy egoístas, chicos —negó con la cabeza divertida—. Vamos Kale, vamos a casa.

Caminó hacia la puerta seguida del perro.

Se subieron al coche y condujo con Kale en la parte trasera sacando la cabeza por la ventanilla.

Hacía frío aunque a él parecía no importarle.

Llegaron al lugar que tenía apuntado Loretta.

Kale parecía reconocer el lugar porque corría excitado de un lado a otro y saltaba creyéndose conejo en vez de perro.

Loretta sonrió divertida al verlo tan emocionado.

Caminó hasta la puerta de casa y tocó el timbre.

Le abrió la puerta una chica que parecía salida de una revista de modas, contaba un gran parecido con la que Loretta se encontró en la playa.

La modelo de revista, la observó de arriba a abajo con una mirada muy reprobatoria.

Loretta pensó que fue un error salir de casa vestida como lo hizo. Parecía un mendigo frente a la chica rubia de porte elegante.

—¿Qué necesitas? —le preguntó en un tono que hablaba

muy bien de cómo eran algunas personas en Los Hamptons.

—Busco al dueño de Kale.

La rubia volvió los ojos al cielo y no pudo evitar darle un empujón al perro que venía feliz a saludarla.

—¡Estúpido perro! ¡Me vas a llenar de pelos!

—¡Kale! —Loretta agradeció la interrupción de la voz de una mujer mayor que habló por detrás de la rubia porque estuvo a punto de decirle unas cuantas cosas muy poco educadas por el trato que le diera al animalito.

El perro entró a la propiedad como un rayo brincando encima de la mujer.

Se saludaron entre caricias y lametones durante unos segundos. Kale estaba feliz de verles, incluso a rubia plástica y cruel que Loretta escudriñaba con la mirada mientras esta solo estaba admirando su impecable manicura.

—Melissa, ¿en dónde están los modales esos de los que tanto alardea tu padre que recibiste en Suiza? Muévete y deja pasar a la chica.

La rubia volvió los ojos al cielo de nuevo, Loretta entró con cautela.

No sabía cuándo fue la última vez que estuvo en casa de humanos.

La energía de la casa era agradable a pesar de que la rubia enturbiaba ciertos rincones.

Loretta olvidó cerrar su energía para aislarse de las emociones y energías ajenas al salir de casa.

Ya era tarde para hacerlo mas no se arrepintió porque se sentía a gusto.

La mujer mayor se le acercó con lentitud, apoyada de un elegante bastón.

Le tendió la mano.

—Mi nombre también es Melissa, como el de mi nieta,

aunque no nos parecemos en nada —le hizo un guiño divertido y Loretta respondió al saludo.

—Loretta Brown, señora, encantada de conocerla —pensó que debía decirle que era una lástima que su nieta no se pareciera a ella o una fortuna que ella no fuera como su nieta, todo según quisiera verse.

No le pareció prudente a pesar de haber sido Melissa quien dio pie para hacer un comentario como ese.

—¿Qué te trae a mi casa? ¿Eres la chica que cuida de Kale mientras Bradley está en el hospital?

Loretta cambió de expresión de inmediato. Su rostro reflejó la sorpresa de la noticia.

—No, no —empezó a aclarar dudas—. La verdad es que hace unos días me encontré a Kale en la playa y hasta ayer, que daba un paseo por allí de nuevo, fue que supe en dónde podía encontrar a su dueño. Otra chica, muy parecida a su nieta —señaló hacia donde estaba la rubia con sus auriculares acostada en el mullido sofá del salón de la casa.

—¡Oh! Ha debido ser mi dulce Kate. No tiene nada que ver con su hermana mayor.

—Me di cuenta —le guiñó un ojo a la mujer y esta sonrió con picardía.

—¿Te apetece tomar algo?

—No, no, solo quisiera poder contactar con el dueño de Kale; si está en el hospital…

—Oh, no tiene nada grave, cariño, se repondrá, es un chico fuerte.

—¿Qué le ocurrió?

—Buscando a esta bola de pelos —acarició al perro en la barriga y este se acomodó mejor sobre su lomo para quedar con la barriga hacia el techo así la mujer podía extender las caricias—, no estaba pendiente al cruzar la calle y un coche frenó a tiempo para respetarle la vida, aunque no pudo evitar romperle una pierna. Tuvieron que operarle, está en recuperación. Yo poco puedo salir por la pierna —levantó el bastón— he enviado al chofer y me dice que está mejor, pronto le darán el alta.

—Supongo que entonces puedo dejarle a Kale a ustedes.

—Oh, no, cariño, lo recibiríamos con gusto pero Kate ya se marchó a la ciudad y Melissa y yo estaremos de salida hoy después del almuerzo. No quedará nadie en casa. De todas maneras, tampoco podría recibírtelo porque Kale es la mascota de mi inquilino; aunque nos llevamos muy bien y tomamos café algunas veces, no me gusta asumir responsabilidades que no me corresponden o que podrían dañar la buena relación que mantenemos. Una mascota es como un hijo y yo, ya tuve los míos.

Loretta no pudo evitar sonreí con sinceridad por el comentario de Melissa, que le pareció un poco drástico.

—Bien, entonces iré a casa y luego visitaré a… —no recordaba el nombre del dueño de Kale.

—Bradley Reed —aclaró Melissa.

—Eso, visitaré a Bradley Reed y le daré la noticia de que Kale está conmigo.

—Estará encantado de saberlo, te lo aseguro.

Loretta se movió hacia la puerta, la mujer la seguía con lentitud.

—No se moleste, señora, conozco la salida —le sonrió con amabilidad, Melissa le devolvió la sonrisa—. ¡Vamos, Kale!

El perro ladró incorporándose sobre sus patas con prisa moviendo el rabo de felicidad.

—Muchas gracias por todo, señora Melissa, fue usted muy amable. Que tenga buen viaje.

Loretta abrió la puerta de la casa para salir.

—Gracias a ti por cuidar tan bien de Kale y por tus buenos deseos. Eres una chica muy educada. Nos veremos por aquí en otra oportunidad, estoy segura de eso —respondió con una alegre y pícara expresión en el rostro.

Loretta solo asintió sin decir más y salió.

Se subió al coche después de dejar que Kale ocupara el puesto que le correspondía.

Puso el motor en marcha pensando en ir directo al hospital y después no le pareció buena idea teniendo el perro encima, no se atrevía a dejarlo en ningún lado porque era tan solo un cachorro; ahora ella era la responsable del perro, no quería por nada llevarle malas noticias al pobre chico que ya bastante tenía.

Dejó el perro en casa y sumergida en sus pensamientos, condujo hasta el hospital.

Su móvil sonó cuando bajaba del coche.

"¿Vendrás hoy a casa?"

Sonrió.

"¡Claro! Te dije que hoy sí iría, estoy resolviendo un par de cosas y en cuanto termine, voy para allá"

"No demores"

Felicity la necesitaba, Kale la necesitaba y ella necesitaba relajarse.

No tuvo días más movidos en su vida que esos últimos entre Lorcan, sus historias, las cosas entre Felicity y Garret, Heather.

Respiró profundo entrar en el hospital.

—Buenos días, busco la habitación del Sr. Bradley Reed —informó a la recepcionista que de inmediato le dejó saber el piso y número de la habitación.

Caminó con nerviosismo hasta la puerta indicada, la encontró entre abierta.

Tocó con los nudillos al ver al chico sentado en la cama observando con desgano la escayola que tenía casi hasta medio muslo.

Este levantó la vista al escuchar los delicados golpes en la puerta.

—Hola.

—Hola —la saludó con una sonrisa que iluminó todo el hospital. Loretta se sintió atontada de nuevo y se dijo a sí misma que ya no debía consumir ni infusiones ni café en el resto del día.

El chico seguía observándola con interés y diversión.

—¿Es a mí a quien buscas o te equivocaste de habitación?

Loretta se sintió la mujer más tonta del mundo en ese momento por quedarse como una idiota observándolo, como si él fuera un bicho exótico.

Que lo era.

Su tono de piel era exacto al del chocolate con leche y hacía un estupendo contraste con esos ojos que mezclaba varias tonalidades.

Parecía como si un artista hubiese dado brochazos con acuarela de color verde intenso, verde claro y amarillo brillante.

Sí, una combinación exótica.

La vio otra vez expectante, ella parpadeó creyendo que con eso aceleraría sus pensamientos porque no sabía qué diablos decirle.

¡Ah! ¡Sí! Estaba ahí por el perro.

—Estoy aquí por Kale.

El chico sonrió con mayor amplitud que la vez anterior y los ojos irradiaron una felicidad que contagió a Loretta obligándola a bendecir por primera vez en su vida su poder.

Aquella felicidad que estalló en su pecho nunca antes la

sintió y el haber podido experimentarla fue algo maravilloso.

—¿En dónde está? ¿Cómo lo encontraste?

Loretta le sonrió con timidez, le abrumaba. Estaba sobrecargada de emociones.

Cerró los ojos un segundo para respirar profundo, poco le importó que estuviese él allí viendo lo que hacía.

Él la observaba con curiosidad pero no preguntó nada que Loretta no quisiera responder.

—Lo encontré en la playa y me enteré que eres el dueño porque la nieta de la Sra. Melissa nos encontró dando un paseo ayer durante el día informándome quien eras; no me dijo que estabas aquí. Solo me dio la dirección de tu casa.

—Kate es muy discreta.

—¿Cómo sabes que fue Kate?

Bradley sonrió divertido y levantó las cejas suspirando.

—Melissa jamás hubiera notado que tú llevabas a Kale.

Loretta no pudo evitar sonreír con sinceridad.

—Para haber estudiado en Suiza no es muy amable, la verdad.

—No, no lo es —comentó Bradley seco; tan serio, que Loretta se preguntó qué le pudo haber hecho la chica para que se sintiera tan decepcionado cuando hablaba de ella—. Veo que fuiste a la casa principal.

—Así es, la Sra. Melissa me informó de que estabas aquí, quise dejarle a Kale y ella…

Bradley negó con la cabeza.

—No lo aceptaría y la verdad es que lo prefiero así.

Loretta solo asintió.

Bradley se puso de pie para tratar de tomar las muletas, fue entonces cuando Loretta notó que su equipaje estaba junto a él y que parecía que iba de salida.

—Te ayudo —Loretta le alcanzó las muletas.

—Gracias, ¿qué tal está el clima hoy?

—Gris, frío —Bradley arrugó la cara—. ¿Estás de salida?

Él asintió colocándose las muletas debajo de las axilas e intentó luego tomar el bolso de mano para colgárselo en el hombro antes de salir de la habitación.

—Me acaban de dar el alta. Ahora me envían a casa, suponen que me quedaré allí descansado un par de días más pero, con el trabajo y Kale, será bastante difícil.

—Bueno, en el trabajo tendrán que entender las órdenes médicas y en cuanto a Kale… —Loretta ladeó la cabeza—, si no te importa y mientras estés así, pues puedo quedármelo yo —fue entonces cuando se dio cuenta de que Kale llegó a su vida con un propósito y que todo lo que estaba ocurriendo tenía que ver con Garret y Felicity.

Todo encajaba, no sabía por qué, sin embargo, entendía muy bien que ella no podía moverse de su casa porque algo iba a ocurrir con ellos y Loretta tenía que permanecer en su territorio para ayudarles desde allí.

Sintió la energía de los ancestros sumada a la visión de los lobos ladrando en el jardín de su casa en ese preciso momento.

Sí, definitivamente era eso.

Se preocupó porque qué diablos iba a ocurrir que ella tenía que estar tan alejada de Felicity sin poder ayudarla.

—¿Estás bien? —Bradley se acercó a ella colocándole la mano en el brazo con delicadeza.

Loretta sintió un hormigueo fantástico ahí en donde él tenía la mano apoyada.

Se vieron a los ojos por unos segundos sin pronunciar palabra.

Loretta asintió sin poder demostrar la felicidad con la que él la contagiaba por haber encontrado su mascota.

Ya no, Felicity iba a estar mal y ella no sabía cómo diablos iba a poder ayudarla.

—Oye, puedo llamar al médico y...

—No, no. Estoy bien, gracias. Te decía que yo puedo cuidar de Kale mientras tanto.

—No puedo permitirlo; además, me hará compañía en casa.

—¿Viene a buscarte alguien?

—No, llamaré a un Uber.

—Nada de eso —le quitó el bolso de las manos acercándose a la puerta—, vamos, te llevaré a tu casa y así puedo convencerte de que Kale estará mejor conmigo unos días más.

Bradley le sonrió con suspicacia pero no se negó a que Loretta lo llevara mientras ella solo podía pensar en los próximos días y en la forma de estar preparada para lo que sea que viniera con Garret y Felicity.

***

Felicity bostezó con fuerza y todos rieron de su falta de educación.

—Lo siento, chicos, estoy agotada.

Garret le dio un beso en la coronilla. Le encantaba tenerla en esa posición tan cercana estando frente a los demás.

—Cierra los ojos y descansa —le susurró él

—Me encanta que se lleven bien —comentó Felicity soñolienta viendo a Heather y Loretta sentadas en el mismo sofá de dos plazas del salón. Estaban frente a ellos—, creo que sí voy a cerrar los ojos un poco.

Garret cerró los ojos también y dejó caer la cabeza en el respaldo del sofá. Sentía la energía de Felicity entrando en su sistema, recargándolo por completo.

El hilo delgado del cual absorbía psique seguía activo y ya no le causaba el temor de poder dejarla a ella vacía de psique ocasionándole algún daño o la muerte.

Después de la conversación con Lorcan se sentía mucho más tranquilo y seguro de los pasos que daba. Además, tenía que hacerlo porque cada vez se acercaba más la fiesta de las máscaras y tenía que estar preparado para lo que sea que tuvieran que afrontar.

Respiró profundo sintiendo el aroma ácido de la preocupación en Loretta.

—¿Qué ocurre? —le preguntó viéndola a los ojos sin moverse de su lugar.

Loretta le hizo señas de no querer conversar frente a Felicity.

Garret vio el reloj que llevaba en la muñeca, esperó algunos minutos más.

Hasta que Felicity dejó escapar un suspiro curvando un poco la comisura de sus labios dejándole ver a todos que estaba profundamente dormida.

—Voy a llevarla a su habitación.

Las mujeres asintieron. Garret se apresuró en dejar a Felicity cómoda arriba.

Llevaba dos noches durmiendo mejor aunque no por ello las pesadillas no se presentaban.

No eran como las de costumbre, no sabía qué estaba cambiando pero estaba claro que algo cambiaba en ella y esperaba que fuese para bien.

—Me dijo hoy que recuerda cosas de su pesadilla —le comentaba Heather a Loretta y esta no hacía más que marcar su cara de preocupación.

—Su memoria está más activa —Garret se unió a la conversación—, eso es un hecho, hay muchas cosas más que está empezando a recordar, ya no se olvida de lo que ocurre en corto plazo —vio a Loretta—. ¿Qué es lo que te ocurre?

—No puedo ir con ustedes a Venecia

—Pero si...

Loretta le cortó el habla con la mano.

Él se sentó en el puesto que antes ocupó junto a Felicity.

—Hoy encontré al dueño de Kale y, al encontrarlo a él, me di cuenta de que Kale llegó a mi vida para impedirme asistir al viaje. Lo envían ellos, Garret. Los ancestros lo pusieron en mi camino para que yo no me mueva de casa.

—No entiendo —intervino Heather y Garret la apoyó. Loretta respiró profundo para luego explicar con rapidez todo el asunto con el perro y el dueño del perro—. ¿No puede ser una simple coincidencia? Y si el chico no puede cuidarlo, le pagamos un hotel de perros hasta que regresemos.

—No funciona así, Heather, no es tan simple como parece —sentenció Loretta para luego ver a Garret—. Vi a los lobos ladrando. Es un hecho, debo quedarme porque sea lo que sea que ocurra con ustedes allá, mi parte la voy a hacer desde aquí. Necesito estar en mi territorio. Sobre todo, después de todo lo que ustedes estuvieron conversando hoy —veía a Heather que le contó de la desesperación de Felicity al preguntarle sobre Lorcan.

Garret se frotó el rostro con las manos.

—¿No puede simplemente recobrar la memoria y ya? —protestó agotado—. Dios, juro que después de esto me quedo sin nervios.

—¿Tú crees que pueda recuperarla en el viaje?

Loretta asintió viendo a Heather con preocupación.

—Más que creerlo, siento que va a ser así y tienen que estar preparados para cualquiera que sea su reacción.

Capítulo 15

Felicity tarareaba una canción alegre mientras se maquillaba en la habitación del lujoso palacio en el que se hospedaba junto a Garret en Venecia.

Pensaba en Loretta, acababa de hablar con ella por teléfono y le pareció sentirla preocupada; aunque esta, no lo admitió.

La conocía y sabía que algo le ocurría.

¡Cómo le habría gustado pasar esos días con ella y Heather!

Se había hecho mucha ilusión con ese viaje y con el hecho de compartirlo con sus amigas.

Loretta, el mismo día del viaje, le dijo que no podría irse porque, aun a la fecha, no conseguía al dueño de Kale y no podía dejar al perrito por ir a disfrutar de una fiesta que ella ya sabía muy bien cómo era.

Loretta se lamentó tanto como ella el no poder estar presente en todo lo que planificaron que sería ese viaje para ellas como amigas.

Felicity dejó salir el aire, se sentía muy nerviosa. Más que el resto de los días en los que estuvo recorriendo y admirando la ciudad junto a Garret y Heather.

Para ella nada era conocido a pesar de que sabía que estuvo ahí en el pasado con alguien más.

Con ese hombre del que nada recordaba.

Puso atención en cada recorrido que hizo, cada palacio que visitaron, cada lugar al que entraron a comer y nada le daba una señal de haber estado ahí antes.

Sentía que la ansiedad iba a acabar con ella pero no lo comentó con nadie fingiendo estar muy bien porque estaba cansada de arruinarle los momentos especiales a los que tenía al rededor, en especial a Garret que estaba tan entusiasmado con la notable mejoría de su memoria.

Las pesadillas seguían manifestándose en su cabeza, de la misma manera que hacía semanas y aunque luchaba por avanzar en ellas y descubrir más cosas, no lo conseguía.

Seguía siendo un círculo que se repetía constantemente sin nada que llamara su atención y que le permitiera notar algo diferente.

La mano le temblaba un poco, así que antes de seguir con la parte más delicada del maquillaje como lo era pigmentar los párpados y luego delinearlos, sacudió ambas manos e hizo unas cuantas inspiraciones y exhalaciones buscando un poco de autocontrol.

No conseguía entender qué desencadenó esos nervios absurdos en su organismo ese día. Estaba convencida que algo tenían que ver con la famosa fiesta de las máscaras.

Cada vez que pensaba en el momento de la fiesta sentía cierta angustia y su ansiedad aumentaba. Suponía que podía deberse a que después de la dichosa fiesta, Heather iba a contarle todo lo que sabía sobre su desaparición y le iban a explicar qué tenía que ver Lorcan en todo eso.

Quería pensar que después de obtener toda la información que le darían, ella entendería mejor todo lo que ocurría en su cabeza y quizá podría sanar por completo.

Se vio al espejo, sin nada más que la base en el rostro lucía muy pálida.

Vio el reloj, era muy temprano para maquillarse para la fiesta pero la verdad era que no tenía nada más que hacer y necesitaba ocuparse en cosas para no pensar.

Intentó leer una rato y no consiguió concentrarse ni un poco; entonces llamó a Loretta para hablar con ella consiguiendo distraerse con la historia del dueño de Kale, parecía que su amiga sentía cierto interés en el chico aunque no lo admitió cuando Felicity le preguntó sin más.

La vida amorosa de Loretta parecía no existir, nunca mencionaba algún ex que recordara con cariño o con ganas de seguir mandándolo al infierno. No hablaba de chicos, y fue cuando Felicity se dio cuenta de que en realidad no hablaba de nadie más que su familia o la de Garret.

Era muy solitaria y eso le hacía sentir pena por ella porque era una chica hermosa y buena, merecía enamorarse.

Como estaba ella de Garret, o como Heather del famoso y misterioso Lorcan que la tenía solo para él desde hacía dos días.

Heather le había dicho que cuando Lorcan llegara a Venecia, pasarían tiempo a solas; por supuesto, a Felicity no le gustó que la hiciera a un lado por el hombre que tantos misterios causaban en su vida, no le quedó más remedio que respetar la decisión de Heather

Escuchó la puerta de la habitación abrirse y a través del espejo vio a Garret dejar algunos paquetes en el salón principal para luego acercarse a ella y saludarla con un amoroso beso en los labios.

—Ven —la tomó de las manos llevándola al salón con el rostro medio maquillado, el pelo revuelto; y apenas tapada por la bata de seda rosa pálido que se puso al salir del baño. Garret la observó al completo y frunció el ceño—. Falta mucho aun para la fiesta, ¿por qué has empezado a arreglarte tan temprano?

—Necesito ocuparme en algo, Garret —se vieron por unos segundos a los ojos.

—¿Qué ocurre? —Felicity veía como él escudriñaba en su sus ojos buscando más información.

—Nada —disimuló rápidamente. Aunque sabía que eso no lo convencería, tenía que intentarlo. Se dio por vencida cuando él no cambió su postura y se acercó más a ella—. He estado sola gran parte del día —empezó a hablar con tono de aburrimiento intentando aparentar eso, nada más—. Tú en tus cosas; Heather, con el misterioso Lorcan; y yo aquí, muy aburrida.

Garret se mantuvo serio.

Ella dejó escapar el aire. No tenía sentido seguirle mintiendo, parecía un maldito detector de mentiras humano. Ese hombre siempre conseguía saber cómo se sentía ella en realidad.

—¿Qué es esto? —le preguntó, posando sus ojos sobre las cajas con las que Garret entró en el apartamento en un intento por cambiar la conversación y librarse de un severo análisis e interrogatorio por parte del hombre.

Pensaba que no lo conseguiría, pero el contenido de las cajas hizo a Garret cambiar de semblante. Sus ojos se llenaron de emoción y nerviosismo, algo que nunca antes percibió en él. Era un hombre centrado y tranquilo, Felicity llegó a pensar en algún momento que los nervios no existían en su sistema.

¡Y qué equivocada estaba!

—Esto es una sorpresa para ti y un cambio para mí —Ella frunció el ceño, se quedó de pie junto a Garret mientras él destapaba las cajas—. Finalmente llegaron y no puedo estar más satisfecho con el trabajo que hicieron.

Levantó una tela satinada y delicada de ambas cajas para dejar expuestas dos máscaras de porcelana, que solo variaban en su tamaño.

—¿Qué te parece? —levantó la más pequeña extendiéndola hacia ella—. Esta será la tuya.

Felicity abrió las manos para cargar aquello que Garret veía como si fuera una obra maestra y a ella no le parecía más que una simple máscara dorada.

Sin embargo, cuando la tuvo en sus manos se dio cuenta de que no era como esas máscaras vulgares que se encontraban en cualquier tienda.

Tampoco era de porcelana como ella creía.

—Siempre pensé que eran de porcelana.

—No, cariño, parecen, mas no lo son. Están hechas con una especie de papel maché. Es un proceso artesanal maravilloso. Primero hacen el molde del rostro que es la parte más delicada y larga del proceso; luego, colocan el papel con el pegamento y, una vez seco, desamoldan y hacen el resto de la magia para llegar a esto —levantó su máscara y se la puso en el rostro, encajaba a la perfección según notó Felicity. El dorado de esta hacía que los ojos de Garret resaltaran aún más—. Fueron creadas solo para ti y para mí. El molde fue destruido después de hacerlas.

—¿Por qué?

—Porque así lo quise. Soy un poco exigente en este tema —Felicity no pudo ocultar su curiosidad. Garret cerró los ojos y cuando los abrió, los clavó en los de ella haciéndole sentir un extraño escalofrío que le atravesó la columna vertebral al completo.

La mirada de Garret era opaca, llena de tristeza, haciéndole recordar a Felicity a Garret tras una máscara blanca en una fiesta anterior a la que ella asistió.

—Yo ya estuve en una de estas fiestas —Garret asintió—. Tú, llevabas una máscara blanca —la vio con sorpresa y ella le sonrió tímida, no habían conversado antes de eso.

—¿Cómo sabes que ese era yo? —la atrajo hacia si por la cintura. Ella soltó con cuidado la máscara que tenía en las manos.

—Tus ojos —le sonrió y le pasó los brazos al rededor del cuello—. Los reconocería en cualquier lado, pero no me di cuenta hasta que llegó a mí el recuerdo de esa fiesta.

Garret la besó con dulzura, ella quería seguir haciendo preguntas, sin embargo, los labios de Garret siguieron repartiendo besos haciendo que su cuerpo respondiera de inmediato al deseo que existía entre ambos.

—Voy a disculparme contigo por el tiempo que estuviste aburriéndote aquí sola —le susurró al oído mientras se inclinaba sobre ella para meter sus manos debajo de la bata; elevándola, mientras arrastraba sus caricias en el interior de los muslos de Felicity que ya a esas alturas, tenía el pensamiento nublado.

—Vas a tener que ofrecerme una buena disculpa —comentó con voz temblorosa, mientras Garret la veía con lujuria a los ojos soltando el nudo de la bata para dejarla desnuda.

—Voy a hacer todo lo que me pidas —y selló su promesa con un beso que enmudeció a Felicity por completo.

**

Garret observaba a Felicity descansar a su lado profundamente.

Dormía desde hacía un buen rato, desde que él llegara al clímax y le absorbiera psique en el proceso.

Despertaría pronto, debía hacerlo porque ahora sí empezaban a quedarse sin tiempo.

Le escribió a Miklos para preguntarle si alguien había llevado el tocado de plumas para Felicity.

"Sí, por poco lo olvido; lo dejé en mi apartamento, te lo subo luego"

Le agradeció a su hermano, luego dejó el teléfono en donde lo encontró.

Felicity se estiró dejando uno de sus senos fuera de la sábana y Garret sintió ganas de succionarlo de nuevo como lo hizo minutos antes.

Eran una delicia.

La besó en los labios.

—Parece que alguien quedó exhausta —comentó divertido—. ¿Ya me reivindiqué por hacer que pasaras parte del día aburrida?

Ella le sonrió con esa sonrisa que lo descomponía.

—No, creo que después de la fiesta tendrás que seguir disculpándote.

—Nada me apetece más —susurró en el oído de su amada y luego le estampó un beso en el cuello que le hizo sentir el flujo de la sangre corriendo en las venas de ella.

¡Qué ganas de probar su sangre!

Se relamía solo de pensarlo.

Aquello no sabía siquiera si iba a ser posible porque no tenía ni idea de cómo iba a terminar la historia entre ellos.

La mejoría de la memoria de Felicity hablaba bien del futuro pero eso no aseguraba nada.

Cada vez estaban más cerca del encuentro entre ella y Lorcan, temblaba solo de saber que aquel encuentro acabara mal.

Tenía un plan montando para cualquiera de los escenarios que se presentara; y Heather, Loretta, Miklos, Pál y Lorcan estaban al tanto de sus planes.

Necesitaría todo el apoyo posible.

Si las cosas salían bien esa noche con Lorcan llevando una máscara, intentarían un encuentro casual al día siguiente en las áreas comunes del palacio, lo estuvieron evitando desde que Lorcan llegara a Venecia.

Y entonces conversarían con toda honestidad de lo ocurrido entre Gabor y ella mientras Etelka la tuvo secuestrada.

Si por el contrario, en la fiesta Felicity reaccionaba mal, dependiendo del grado de ansiedad que obtuviera con la presencia de Lorcan tenían preparadas varias salidas: llevarla a su apartamento de nuevo y esperar hasta que estuviese calmada para hablar con ella sobre todo lo que le ocurrió con Gabor; sacarla del palacio y llevarla a un hotel hasta que pudieran conversar todos con calma; o simplemente absorberle la psique y subirla al avión para regresar a casa con ella, una vez allí, decidiría el siguiente paso.

Dejó escapar el aire.

De no haber sido por ese trago tan amargo que le esperaba en la fiesta, ahora la sensación sería plena y muy diferente.

Estaba feliz por todo lo que vivía junto a ella, se sentía dichoso por asistir a la fiesta en compañía de la mujer que amaba y llevando una máscara que no iba a levantar suspiros de compasión y lástima.

Ya no guardaba castidad porque le pertenecía a ella, la deseaba a ella y quería vivir cada instante de su vida con ella.

Quería contarle su historia, estuvo a punto de hacerlo solo que se dio cuenta de que el beso que le dio podía liberarlo de aquella explicación que le debía y que temía hacerle.

Eso podía despertar más recuerdos ¿y si despertaba alguno que le preguntara por su verdadera naturaleza? ¿Qué iba a pasar con ellos?

«Eres un idiota, porque es lo mismo que va a ocurrir después de la fiesta cuando tengas que explicarle todo».

Respiró de nuevo y ella intentó soltarse de su abrazo para verle a la cara.

—Antes me dijiste que eras exigente con lo de las máscaras, ¿por qué?

Garret sabía que ella iba a recordar eso, estaba recordando casi todo lo que vivía cada día del presente.

Hizo una fuerte inspiración sintiendo los embriagantes aromas de ella en el ambiente.

—Es la primera vez que asistiré acompañado. Las parejas llevan máscaras combinadas. Y me hace una gran ilusión todo esto.

Ella lo vio con duda y supo que lo que vendría a continuación era una lluvia de preguntas que quiso evitar entendiendo rápidamente que sería una gran tontería por su parte porque tendría que enfrentarlas en cualquier momento.

—¿Cómo es que nunca habías venido con una chica a estas fiestas?

—No quise hacerlo —cerró los ojos intentando ordenar las palabras en su cabeza. No veía cómo conseguirlo. Parecía un rompecabezas de un millón de piezas dentro de un huracán y no tenía la imagen principal de la cual partir para armarlo. Así era la situación en su interior—. Esto nunca antes lo he dicho porque es una parte de mi vida de la que no me gusta hablar pero… —no podía detenerse porque si no, no le contaría nada—… Diana —cerró los ojos de nuevo porque se sintió muy extraño hablando de Diana con la mujer que ahora amaba y que tenía desnuda a su lado. Felicity le acarició el rostro con amor y ternura—. Diana fue muy importante en mi vida y desde el momento en el que murió quedé destrozado, jurándole amor para siempre. No fui capaz de entablar una relación con otra mujer hasta que te vi a ti —ella le sonrió con tanta dulzura que sintió su corazón llenarse de alegría a pesar de estar hablando con ella de uno de los peores momentos de su vida.

—¿Por eso usabas la máscara blanca?

Él asintió pensando en Diana.

No, no pensaba, ella estaba en su mente y le sonreía con tanta paz.

Sintió nostalgia.

—¿Por qué no me lo contaste antes? Me gustaría saberlo todo de ti, Garret.

Él recordó lo que Heather le contó de la conversación que mantuvo con Felicity antes de viajar a Venecia.

—Y tengo mucho para contarte.

—Lo sé —admitió ella, sintió el cambio repentino en su humor. La habitación se llenó de olores que lo alertaron de los nervios que la estuvieron dominando todos esos días desde que llegaron a Venecia. Ella creía disimularlo y la verdad era que, de haber sido el un hombre normal y corriente, no se hubiese dado cuenta, le hubiese parecido que se encontraba incómoda o cansada algunas veces. Sus cualidades gracias a la maldición le permitían saber qué ocurría en las personas que tenía a su al rededor—. ¿Me lo contarás todo?

No podía mentirle, así que asintió sintiendo en el pecho cómo se le instalaba definitivamente el miedo a perderla para siempre.

Hubo un silencio entre ellos.

Garret la observó perdida en sus pensamientos. De seguro, esos en los que ansiaba respuestas y que sabía que llegarían después de la fiesta; porque Heather, así se lo prometió. Cumplirían. No tenían más alternativas.

—¿Me ayudarás a vestirme? Porque dudo que sepa cómo diablos ponerme tanta ropa sola.

Sí, Felicity estaba luchando por disimular sus verdaderas emociones.

—Lo haré, es sencillo —le hizo un guiño.

—Todavía no sé cómo la gente de antes se vestía con esos vestidos —ella observaba su vestido colgado en una percha especial para que no tuviese ni una sola arruga, así lo encontró ese día en la mañana al salir de la ducha.

Garret dio la orden a las empleadas del palacio que lo llevaran todo a la habitación esa mañana, solo quedaban pendientes las máscaras que él mismo iría a buscar porque era la excusa perfecta para poder pasar por el apartamento en el que estaba hospedada Norma y alimentarse bien para todo lo que debía afrontar ese día en la fiesta.

Se dejó el tocado de plumas de ella como una segunda excusa para escapar por más alimento en caso de que lo necesitara antes de bajar a la fiesta pero se sentía bien y supo que no tendría necesidades de ir por más sangre.

Por ello le envió el mensaje a Miklos.

—¿Quieres ir conmigo a la ducha?

—Por muy tentadora que es tu oferta tengo mucho que volver a hacer para quedar hermosa para esta noche y el tiempo se nos agota, no quiero que estemos retrasados por mi culpa. Así que no, irás tu primero y luego yo.

Garret sonrió divertido dándole un último beso antes de salir de las sábanas para caminar hacia el baño.

—Tienes un trasero que es todo un gusto verlo —comentó ella con una confianza que le hizo sentirse avergonzado y a la vez, le dio gracia demostrándolo con la carcajada que salió por sorpresa de su garganta.

Sin siquiera sospechar que sería la última carcajada que se le escaparía en un buen tiempo.

***

Felicity salió de la cama con prisa cuando escuchó el timbre sonar.

¿Sería Heather?

Se colocó la misma bata de seda que aún estaba en el salón, se alisó un poco el cabello, esperando verse bien de cara porque no tenía un espejo a la mano.

Abrió la puerta y se encontró con un hombre al que no podía verle el rostro porque llevaba una máscara puesta.

O no.

Felicity parpadeó un par de veces sin conseguir entender con claridad qué era lo que veía.

El rostro del hombre parecía una máscara elástica que sufría deformaciones a medida que se ondeaba.

Se sintió extraña.

Le faltaba la respiración y algo en el pecho empezó a alertarla de que eso ya lo había vivido antes.

Fijó su vista de nuevo en el rostro del hombre mientras este daba un paso al frente y ella retrocedía uno al interior del apartamento.

—¿Qué…? ¿Quién…? —no encontraba la forma de hacer que su cerebro coordinara y la ansiedad estaba ganado terreno.

El hombre dio un paso más al frente.

Quiso decir algo más, no encontró la forma de hacerlo, las palabras parecía que no iban a salir de su boca en ese momento.

Entonces todo pasó muy rápido.

Sin saber cómo, quedó debajo del sujeto que le siseaba como una serpiente maldita en el oído y traía a su mente, en alta definición, aquellos recuerdos que tuvo dormidos por tanto tiempo.

Quería defenderse, gritar. No podía, estaba paralizada.

Reconocía la sensación porque experimentó el mismo miedo en el pasado.

La masa ondeante en el rostro del hombre se detuvo consiguiendo ver a su atacante antes de que este volara por el aire y se estrellara contra la pared.

Felicity estaba mareada, quiso reincorporarse, salir corriendo, buscar a Garret o al menos gritar pero no tenía fuerzas y cada vez se sentía más débil.

Un grito se escuchó muy cerca de ella, el grito de guerra de un hombre.

Movió la cabeza haciendo gran esfuerzo, observó a Garret casi volar de donde se encontraba hasta quedar frente a un hombre que ya estaba siendo golpeado por otro.

Felicity frunció el ceño sintiendo gran angustia en ella, recordando la noche en el bosque en la que se sintió desvanecer hasta casi morir.

Así se sentía en ese momento.

¿Iba a morir?

No. Negó con la cabeza o eso creía que hacía porque la verdad era que no sabía si estaba siendo capaz de mover algo en su cuerpo.

La debilidad la absorbía.

Fijó la vista de nuevo dándose cuenta de que Garret se doblaba y quejaba del dolor sacándose del torso lo que parecía la pata de una silla.

Oh no. No. No. No. Garret estaba herido y ella…

De pronto se escuchó un estallido de cristales, más personas alrededor de ella, podía escuchar las voces aunque lejanas.

Así como no era capaz de enfocar nada que estuviese más allá de su mano la cual seguía intentando mover.

Los párpados amenazaban con quedarse cerrados definitivamente y ella temía dejarse ir porque sospechaba que no iba a despertar nunca más.

Sintió las lágrimas salir de sus ojos.

No quería morir.

Pero todo apuntaba a que ese, sí sería su final.

Capítulo 16

El piloto del avión privado en el que viajaban Garret, Norma y Felicity, avisó a los pasajeros que estaban a unos minutos de aterrizar en destino.

Garret suspiró con esfuerzo, le dolía la herida que tenía en el medio del pecho; aunque después del descanso en las horas de vuelo, la sangre y la psique de Norma, la herida estaba mucho mejor. Aun no sanaba por completo y de seguro tardaría un poco más, pero se encontraba mucho mejor.

Después de que Gabor se burlara de los sistemas de seguridad tradicionales y de los de las brujas, consiguiendo llegar de nuevo a Felicity y haber estado a punto de lastimarla, Garret decidió sacarla de ahí para regresar a casa con ella porque no se encontraba en buen estado.

Felicity entró en un estado de pánico absoluto en el cual no fue capaz de reaccionar ni siquiera para gritar. De seguro su mente reaccionaba al presente, asociándolos a los hechos del pasado que tenía dormidos.

Mientras le ayudó a sacar a Felicity del palacio, Lorcan le contó que él subía las escaleras hacia su apartamento cuando se percató de que, al final del pasillo, la puerta que correspondía al apartamento de Garret y Felicity estaba entre abierta, lo que se le hizo extraño obligándole a aguzar el oído para entonces reconocer la voz del maldito de Gabor y fue cuando, sin pensárselo, entró convertido en el guerrero que siempre fue y lo hizo volar por los aires al ver que estaba atacando a Felicity.

Gabor absorbió gran parte de su psique y estaba muy débil, muy débil.

Más, después de que el mismo Garret tuviera que repetir la absorción durante el vuelo porque estuvo a punto de despertarse con un nuevo ataque de pánico y en cuanto la vio abrir los ojos como platos e incorporarse viendo a su alrededor, tal como un animalito indefenso y aterrado, sabía lo que vendría después y no era buena idea ponerle los nervios de punta al piloto con historias que le serían difíciles de creer.

Así que antes de que Felicity pudiese abrir la boca para gritar como solo Garret conocía que gritaba estando aterrada, le absorbió un poco de psique para ponerla a dormir de nuevo y estaba muy consciente de que esa acción no podría repetirla de nuevo porque sería grave para la chica.

La mataría.

Su energía era difícil de atrapar y cuando eso ocurría era porque ya no quedaba mucha de dónde tirar.

Maldito Gabor.

Apretó los puños deseando poder estamparlos en algún lado.

Felicity dormía a su lado.

Norma, en los asientos traseros del avión.

Lorcan y Heather se quedaron en Venecia haciendo los arreglos necesarios para ir a la fiesta un par de horas y luego subirse en otro vuelo privado para llegar a casa y ayudarle con

Felicity.

Nada de esto lo habían previsto.

Nada.

Pál estaba furioso con su nieto. Por burlarse de todos; por ser tan cruel con Felicity.

Ya sabía que no tenía nada que ver con Lorcan, entonces, ¿por qué seguía ensañándose con ella?

Cuando escuchó el timbre en el apartamento pensó que era Miklos con el encargo que le pidió por mensaje de texto un poco más temprano y no puso más atención hasta que sonó el primer golpe seco que fue cuando llamó a Felicity, esta no respondió y entendió que algo pasaba.

Salió desbocado de la ducha para encontrar a Felicity somnolienta en el suelo, parecía que estaba intacta pero la mirada, a pesar de ser vaga por el estado de absorción, estaba llena de temor.

Lorcan se debatía en una pelea cuerpo a cuerpo con Gabor y Garret no pudo evitar intervenir porque alguien tenía que matar al maldito.

Parecía que estaba siempre con la suerte de su lado porque en cuanto encontró la oportunidad, tomó impulso abriéndose paso a través del cristal del ventanal del salón cayendo directo en el canal en donde estuvieron buscándolo luego, no lo consiguieron.

No tenían idea de cómo accedió al palacio, cómo atravesó la barrera de protección de las brujas, cómo fue invisible para el resto de las personas que estaban allí, quién le ayudaba.

No tenían idea de nada.

En medio de la pelea, Garret terminó con una pata de una silla de madera enterrada en medio del pecho y Lorcan con un brazo dislocado que tampoco tardaría en sanar.

Debía llamar a Loretta para ponerla al tanto de todo. Primero llegarían a casa, pondría a Felicity a resguardo y luego avisaría a Loretta.

Necesitaba consumir sangre también. Lo necesitaría más que de costumbre hasta sanar por completo la herida.

Eso le serviría para mantener la calma y la cabeza en claro.

Sintió el tren de aterrizaje salir de la nave y se preparó para el momento.

Le tomó la mano a Felicity besándole el dorso.

¿Cómo es que no pensaron en que algo así podría pasar?

Recordó a Loretta cuando le dijo que Gabor no sería tan estúpido de aparecerse en la fiesta después de lo que hizo.

No, no era estúpido, sabía muy bien lo que hacía y los dejaba a ellos como los estúpidos.

El avión aterrizó, se levantó de su asiento cargando con delicadeza a Felicity para bajarla del aparato con mucho cuidado.

El trayecto a casa fue en completo silencio.

Garret aparcó el coche frente a la entrada de casa.

—Norma, necesito que entres conmigo y me esperes en la biblioteca mientras yo llevo a Felicity a su habitación. Debo alimentarme de nuevo para estar preparado ante cualquier cosa que ocurra con ella.

—Lo esperaré allí, señor.

Le contó a Norma por qué se regresaron tan intempestivamente, se merecía una explicación y además, Garret necesitaba conversar con alguien sobre lo ocurrido.

Todo ocurrió tan deprisa que él no tuvo tiempo de reacción una vez Gabor atravesó el cristal de la venta.

No se permitió escuchar a nadie más que Lorcan sobre lo ocurrido porque él le ayudó a llevarla al aeropuerto, su prioridad era Felicity y lo único que ansiaba era sacarla de Italia cuanto antes.

En el avión fue que se permitió hablar del tema con Norma y luego con una llamada telefónica que le hiciera Pál.

Norma le ayudó en todo momento, mostrándose comprensiva y preocupada por el bienestar de Felicity.

Entraron en la propiedad. Norma cerró la puerta tras de sí.

—La biblioteca está en ese corredor —Garret señaló con la cabeza—, la encontrarás con facilidad. Voy a dejarla arriba, puedo sentir que está inquieta y tal vez me quede un rato con ella. La cocina está hacia allá —señaló con la cabeza de nuevo—, estás en tu casa, ponte cómoda, por favor.

—No se preocupe, señor, estaré bien.

Garret le sonrió con amabilidad.

—Llámame Garret, por favor —Klaudia iba a matarlo por saltarse esa regla de la compañía pero no le importaba, quería que Norma se sintiera bien y no como una simple empleada. Nada estaba siendo normal ese día, así que no pasaba nada si saltaba una regla.

Norma estaba muy bien entrenada y solo asintió avergonzada dándole a entender que no habría manera de que se dirigiera a él de otra forma que no fuera con el «señor» por delante.

Garret subió las escaleras con cuidado y fue hasta la habitación de Felicity.

La apoyó en la cama con toda la delicadeza que pudo, aun cuando sabía que estaba haciendo demasiado esfuerzo ocasionando que su herida empezara a doler de nuevo.

Se revisó el vendaje. Estaba manchado de sangre.

Negó con la cabeza sabiendo que necesitaría descanso, psique y sangre para recuperarse del todo.

Quizá Loretta le podría ayudar por unos días con Felicity mientras él se quedaba un par de días en el sótano, en una de las habitaciones libres, por lo menos durante la mayor parte del día para reponerse del todo.

Tendría a Norma a la mano para alimentarse y podría estar cerca de Felicity en caso de que esta le necesitara.

Sí, eso haría.

Se bajó la sudadera de nuevo, haciendo una mueca de dolor al bajar los brazos e intentar respirar con normalidad.

El sol empezaba a ocultarse y aunque ahora Felicity dormía plácidamente, no sabía cuánto tiempo más iba a durar esa paz en ella así que era mejor darse prisa y tener todo listo para cuando despertara.

Le dio un beso en la frente, la tapó con las mantas; salió de la habitación, listo para alimentarse. Y luego, llamaría a Loretta.

***

Felicity salió del oscuro corredor corriendo sin parar.

Sin importar que el frío le estuviera helando la piel; o que iba descalza y que la nieve le imposibilitaba dar los pasos correctos en dirección opuesta a aquello que la acechaba.

Lo dientes le castañeteaban del frío pero no podía parar.

El monstruo la perseguía, así que ella no podía parar.

Una ráfaga de imágenes le llegó de repente y sintió más miedo todavía.

Había dejado a Lorcan en la oficina, estaba decepcionada por haberle dicho lo que sentía por él y fue por eso que no vio llegar el coche que la raptó.

Escuchó una rama romperse cerca de ella siguió corriendo.

Entonces, después recordó una casa inmensa en la que estuvo encerrada y que allí Lorcan la sujetaba de un puño de su cabello riendo de forma malvada.

Le hacía daño, ¿por qué?

Su mente cambió la imagen de pronto, haciendo que se diera cuenta de que no, no era Lorcan.

Frunció el ceño porque no conseguía ver bien al hombre.

No dejaba de correr aunque su mente estuviese bombardeándola de imágenes que ni sabía que tenía almacenadas allí en algún lado.

Las manos le temblaban más del miedo que del frío.

¿Qué pasaba con ella y con todas las imágenes que le llegaban?

¿Por qué veía a ese hombre agrediéndola una y otra vez?

¿Qué quería de ella y por qué... creía que era Lorcan?

Sintió entonces algo caliente correr por la piel de su garganta y al llevar la mano allí, un líquido espeso quedó entre sus dedos, tanteando una herida que la hizo quejarse mientras continuaba huyendo.

Y otra ráfaga de pensamientos llegó a ella; esta vez, haciendo que disminuyera su carrera y que entendiera la gravedad de todo.

Recordó al hombre haciéndole un corte en la garganta y luego, pegándose a la herida para succionar de ella.

Sangre.

Tembló.

¿Por qué...

La pregunta quedó inconclusa en su cabeza al ver la sombra del hombre acercarse a ella.

El miedo la paralizó deseando con todas sus fuerzas poder hacer algo.

Y ocurrió, fue cuando se sintió flotar por encima de lo que parecía ser ella y el hombre en el medio del bosque.

—Lorcan, por favor, no me... —se vio a sí misma llamarlo Lorcan y no era Lorcan, no.

Estaba llena de heridas inmensas y sangrantes.

El hombre saltó encima de ella, de la Felicity que estaba frente a él, como un animal salvaje la tumbó en el suelo presionándola contra este y su cuerpo.

La Felicity que flotaba sintió angustia pero se dio cuenta de que no participaba dentro de aquella escena por lo que no sentía nada de lo que ocurría y notó como su pulso, a pesar de la preocupación que le causaba lo que observaba, se calmó porque se sintió segura y con la necesidad de ver todo, hasta el final.

El hombre inmovilizó a la Felicity herida de tal manera que su cuello quedó expuesto a los deseos de este y escuchó el siseo que dejó salir en el oído de la Felicity bajo él.

Aquel siseo, a pesar de que flotaba, le causó gran temor poniéndole la piel de gallina

—¡No! ¡Auxilio! —se escuchó gritar a sí misma.

Su forma flotante no conseguía ayudar de ninguna manera a su yo indefenso.

Entonces apareció allí la mujer de los ojos verdes.

Le sonrió y le transmitió paz.

—Nada puedes hacer, es tu pasado. Debes recordar para seguir adelante.

La mujer desapareció y lo siguiente que se escuchó fue el crujir de la piel entre los dientes del depredador.

El hombre hacía ruidos animales grotescos que le daban miedo mientras observaba cómo su vida se desvanecía en ese siniestro ataque.

¿Qué diablos la estaba atacando?

Vio dos sombras moverse a lo lejos con rapidez.

Alguien más llegaba.

Dos mujeres.

—¡Qué estás haciendo, imbécil! —gritó enfurecida la que parecía más mayor.

Felicity, en su estado de aire se acercó a ella y la reconoció. Era la mujer que la visitaba en la mansión.

—Comiendo —respondió el atacante y ella lo pudo apreciar mejor desde donde estaba. Facciones imponentes y unos ojos del color del metal que solo dejaban ver la maldad que reinaba en el interior de este diabólico ser.

—¡La estás matando! —la mujer lo sacó de encima de la Felicity moribunda que balbuceaba en el suelo.

Había sangre, mucha. Alrededor de la chica, en la boca de él.

La otra mujer observaba todo con cautela, esperando órdenes de la más mayor.

El hombre observaba a la joven, parecía como si le temiera de alguna manera.

—¿Cómo crees que va a tomar Pál está reacción por tu parte? —habló la mujer elegante.

Él monstruo con forma de hombre sonrió con malicia.

—Deberá tomarla de la misma manera en la que tomó la actitud del animal en el que se convirtió tu maldito nieto ejemplar. ¡El gran Lorcan Farkas! Es un asesino como ningún otro y tu hermano lo perdonó siempre.

La mujer elegante vio al monstruo con duda como si siempre hubiese sospechado algo de él y ahora llegaba a confirmarlo.

—Llévala contigo —ordenó la mujer elegante a la más joven que de inmediato cargó el cuerpo de la Felicity moribunda mientras iba cantando una melodía extraña. Parecía que la chica sabía lo que tenía que hacer porque caminaba decidida en dirección a la mansión que la Felicity flotante observaba a lo lejos.

—No va a sobrevivir —aseguró el monstruo y fue cuando Felicity, la que flotaba, se sintió succionada por una corriente de aire que la devolvió de golpe a la vida.

Despertó inhalando aire con fuerza, sentándose de golpe en la cama.

La cabeza le daba vueltas, no entendía en dónde diablos se encontraba.

Algunas sombras le empezaron a dar señales de que se encontraba en Los Hamptons.

¿Cómo llegó ahí?

Frunció el ceño aun sin moverse de la cama.

Se aferró a las sábanas en el momento en el que sintió una fuerte punzada en la cabeza y miles de imágenes empezaron a aparecer en sus pensamientos.

Sus recuerdos, volvían.

Los reconocía.

Todos y cada uno de ellos reviviendo el sueño del que acaba de despertar, sabiendo que no fue solo un sueño, lo vivió y de ahí que su mente bloqueara todo lo ocurrido.

Era todo tan confuso, debía de haber algo de irreal en todo aquello de la sangre y…

Lorcan.

El hombre no era Lorcan.

Se llevó una mano al pecho sintiendo tranquilidad de saber que Lorcan, el que ella conocía, no tenía nada que ver en su secuestro y ahora podía confirmarlo.

Debía decírselo a Garret.

Se levantó con prisa de la cama, aun aturdida porque los pensamientos iban y venían revoltosos, como niños pequeños que exigen atención por encima de los demás.

No sabía qué hora era aunque reinaba una oscuridad total en toda la casa, así que fue con cuidado a la habitación de Garret pensando que, como otras veces, estaría allí sufriendo de insomnio y por eso no se quedaba con ella en la cama, porque decía que no quería interrumpir su sueño con sus desvelos.

Bajó las escaleras con la mano en la frente queriendo calmar a sus pensamientos pero sabía que aquello no iba a ser posible.

Abajo, la oscuridad también saltaba a la vista excepto en la biblioteca en donde la luz se filtraba por la delgada abertura de la puerta.

Caminó hasta ahí y abrió la puerta para encontrarse con una escena que parecía salida de un cuento de terror.

Garret abrió los ojos, clavándolos en los ella con una mezcla entre maldad y miedo al tiempo que despegaba su boca con los labios manchados de sangre de la muñeca de una mujer que parecía estar sin vida en el sofá de la biblioteca.

No podía ser, Garret era como él, como el ser maldito de sus pesadillas.

Entonces ¿sí existían?

¿No eran solo un mito?

Sintió el miedo invadirla al completo y solo pensó en correr para salvarse.

Fue lo que hizo, siendo consciente de que Garret corría tras ella.

***

Cuando Garret sintió el olor de su chica en sus fosas nasales, fue demasiado tarde.

¿Cómo había sido tan imbécil de no darse cuenta?

De no escuchar sus pasos si ahora podía escucharle la respiración y galopar del corazón a pesar de que ella corría desbocada delante de él.

La arena le impedía avanzar con mayor rapidez.

Quizá no era la arena si no el miedo que tenía de lo que

vendría a continuación, iba a perder a Felicity.

El viento iba en su contra y podía sentir el olor del desespero y del miedo.

No.

Pánico.

—Felicity, por favor, para. Déjame explicarte —gritaba, intentando coordinar sus pensamientos mientras corría cuanto podía, le faltaba el aire y la herida ardía como el infierno, bajó la vista para darse cuenta de que sangraba ahí de nuevo.

No podía ir más rápido se haría daño y era un peligro si llegaba a necesitar más sangre. Norma estaba recuperándose y con Felicity corriendo frente a él no era buena idea llegar al punto en el que la maldición tomara acción porque entonces sí estarían todos jodidos.

Y la primera afectada iba a ser ella que corría despavorida del depredador que llevaba él en su interior.

Intentó decir algo más pero al tomar una bocanada de aire helado le pareció que sus pulmones se quebraban del dolor y entonces aparecieron los lobos.

Tal como aparecieron la noche en la que caminó con Loretta la primera vez que la acompañó a casa.

Uno de ellos era mucho más grande de lo normal, no lo había visto antes, supuso que era el Alpha.

El animal lo vio a los ojos, interponiéndose en su camino, obligándole a parar en seco, dejando a Felicity correr sin mirar atrás hacia la casa de Loretta.

Dos lobos más corrieron con ella, eran los que ella conocía.

Garret se apoyó en sus rodillas para tomar aire porque sentía que se ahogaba.

Iba a perderla.

¿Cómo pudo ser tan idiota?

¿Cómo se confió de esa manera?

¡Ahhhhhhhhhhhhhh!

Soltó un alarido que lo derrumbó, arrodillándose sobre la arena, dolorido por la herida que le hizo Gabor a pesar de que nada tenía comparación con el dolor que se le instaló en todo el cuerpo, en especial el corazón, de ver cómo Felicity huyó de él.

¿Había recordado todo?

Empezó a llorar con desesperación porque sabía que iban a venir momentos malos.

Esos que tanto temió.

Se agarró la cabeza en ambos lados y gritó de nuevo mientras las lágrimas bañaban sus mejillas.

Uno de los lobos, el más pequeño, se acercó a él, lo olfateó antes de golpearlo con el hocico en un brazo, como si quisiera que Garret lo abrazara.

El vampiro no dejaba de llorar, simplemente no sabía cómo diablos parar.

El lobo se movió y lo lamió.

—La voy a perder —entonces, reconoció la mirada de Diana en los ojos del animal—. ¡Oh Dios! ¿Eres tú, Diana?

El lobo lo lamió otra vez.

La bruja intentaba consolarlo a través del animal.

Se aferró a ella de nuevo.

—No quiero perderla como te perdí a ti, Diana. No puedo dejarla ir. ¿Cómo hago para recuperarla? Para que entienda que yo no le voy a hacer daño jamás.

El lobo se arrebujó en su pecho olfateando allí, en donde estaba la mancha de sangre de su herida. Se vieron a los ojos de nuevo y no necesitó que nadie le dijera nada.

Debería tener paciencia, recuperarse y una vez estuviera bien, buscaría la forma de aclarar las cosas con la mujer que amaba.

Suspiró abatido con lágrimas aun brotando de sus ojos felinos.

—Te lo suplico, Diana, ayúdame, por favor —suplicó viendo al lobo.

Iba a necesitar toda la ayuda posible para recuperarla porque no quería pensar que ya la hubiese perdido al completo.

El móvil vibró en el bolsillo de su pantalón.

Lo sacó.

Era Loretta que de seguro le llamaba para pedirle una explicación.

—Loretta, te juro que no quise que viera nada, todo pasó tan rápido que... —dejó de hablar cuando Loretta gritó su nombre para que se quedara en silencio.

—¡¿Qué diablos me estás diciendo?! ¿Quién vio qué? ¿Qué es lo que está pasando?

Garret frunció el ceño y vio hacia el lado de la playa que Felicity tomó para alejarse de él una vez los lobos no le dejaron seguir tras ella.

No estaba.

El Alpha corría en dirección a la casa de Loretta.

—¡Garret! —Loretta empezaba a sonar histérica al otro lado del teléfono.

Garret temió que algo le hubiera pasado a Felicity e intentó levantarse, pero el lobo, ese que estaba a su lado y que le pareció que era Diana, abrió el hocico para sujetarle con firmeza sin llegar a lastimar el antebrazo de Garret.

Era una advertencia de que debía quedarse en donde estaba.

—¡Garret!

—Loretta, todo pasó muy rápido; Gabor, en Venecia, nos atacó y...

—¡¿Qué?!

—Pál dijo que te llamaría.

—¡Con un demonio! ¡Maldito teléfono! Me quedé sin batería y no he estado en todo el día en casa, espera un momento —la sintió hablar con alguien más, Garret no tenía cabeza para pensar en otra cosa que no fuera Felicity en ese instante, no le interesaba saber con quién hablaba la bruja. Se escuchó el cierre de una puerta y la puesta en marcha de un coche—, estoy en manos libres ¿Qué diablos ocurrió?

Garret respiró profundo intentado sonar seguro en sus palabras y no fue efectivo porque llegados a la parte en la que Felicity lo sorprendió alimentándose de Norma se quebró de nuevo.

—Me teme, Loretta, me tiene pánico, no quería no... —rompió a llorar desconsolado.

—No sabías que iba a ocurrir eso. Estabas haciendo lo que era correcto.

—Pude haberlo hecho en el sótano

—Garret, esto iba a pasar, así te escondieras con Norma en un armario. Estoy de camino a casa. Ella estará bien, acabo de tener una visión del Alpha, la cuida de cerca y mi casa está protegida. La cuidaré. Dale unos días para que se aclare. Te mantendré al tanto.

Garret solo pudo pronunciar un entrecortado «Gracias» ya que se le dificultaba hablar entre el llanto, el dolor de la herida, el frío que empezaba a sentir y la impotencia de saber que no podía hacer nada más que esperar.

Colgaron; se abrazó al lobo, buscaba consuelo.

Alguien que le dijera que todo iba a salir bien.

El lobo le lamió la mejilla de nuevo y al verlo a los ojos, Diana ya no estaba, estaba solo, llorando a la mujer que amaba, tal como lo hizo en el pasado.

Y detestó pensar que, tal como en el pasado, la perdería.

***

—¡Loretta! ¡Loretta! —Felicity golpeaba la puerta sin piedad.

Gritaba y veía hacia atrás desesperada, temiendo que Garret pudiese llegar a ella y la lastimara.

Golpeó de nuevo, al ver que no recibía respuesta corrió a la entrada principal de la propiedad.

Golpeó y tocó el timbre.

Entonces se percató de que la casa estaba a oscuras.

Vio a su alrededor de nuevo temiendo que Garret la tomara por sorpresa.

Tenía la respiración agitada y las bocanadas de aire helado que ahora tomaba no ayudaban en nada.

Tosió un par de veces buscando con la mirada un lugar para esconderse.

Ahí no veía en dónde podía meterse; el corazón le latía tan de prisa que necesitaba darle un descanso porque le parecía que el pobre en poco no aguantaría más.

O quizá era ella la que no iba a aguantar y se iba a derrumbar.

¿Qué era todo eso que estaba viviendo?

Corrió de nuevo al porche trasero, después de inspeccionar el área se dio cuenta de que tampoco ahí había lugar para esconderse pero entonces notó algo que no vio antes, uno de los lobos estaba en el interior de la vivienda y le ladraba como si quisiera decirle algo.

El otro lobo, se detuvo junto a ella frente a la puerta de acceso a la cocina ladrando un par de veces con la mirada clavada en la puerta.

Ella dio un paso al frente colocando la mano en el picaporte, para cerciorarse de que la puerta tuviera el seguro puesto, quizá no y le sería más fácil y seguro esperar dentro a Loretta.

La llamaría al entrar.

—¿Cómo la vas a llamar idiota si no te sabes su teléfono? —se reprochó con nervios.

«A Heather», pensó.

A ella sí la llamaría.

Giró y la puerta abrió.

Entró, cerrando de nuevo y pasando el seguro. Buscó el teléfono, llamó a Heather.

Contestadora automática.

Marcó de nuevo.

Nada.

Una vez más.

Mismo resultado.

Entonces se quedó con el teléfono en mano y decidió sacar un cuchillo del cajón de cuchillos en la cocina de Loretta para luego sentarse en un sillón orejero que le daba una buena visión de toda la planta baja.

Si Garret entraba, ella estaría lista para recibirlo aunque no estaba segura de que pudiera defenderse, las manos le temblaban tanto que dejó el cuchillo en el suelo temiendo que se hiciera daño a sí misma por no poder controlar los nervios que la hacían temblar de forma descontrolada.

Llevaba puesto tan solo una bata de satén que...

Empezó a llorar nerviosa y confundida.

Se cerró más la bata, subió las piernas en el sofá encogiéndose, abrazándose a sí misma mientras intentaba poner en orden el caos de recuerdos que tenía en la cabeza.

¡Dios!

¿Cómo fue que pudo olvidar cosas tan importantes como

el ataque del que fue víctima?

Un lobo aulló fuera de la propiedad y de pronto, varios más aparecieron.

Sabía que Loretta tenía cuatro. ¿De dónde salieron los demás?

Recordó a Loretta en el invernadero comentándole algo referente a su verdad y…

¿Y si ella era como ellos y estaba en peligro allí también?

Se removió nerviosa en el asiento, decidió que era mejor salir de ahí cuando dos lobos bajaron las escaleras de la propiedad sentándose frente a ella en tanto las luces de un coche alumbraban el interior de la casa.

Felicity se sintió presa del pánico teniendo a los animales de frente, vigilándole.

Puso un pie en el suelo cuando la puerta se abrió porque intentaría salir corriendo. No quería quedarse a probar suerte allí.

Uno de los lobos gruñó y la voz de Loretta dejó todo en silencio.

—Llévatelos a todos fuera de casa —Felicity hizo el intento de moverse de donde estaba—. No hagas ninguna tontería, sé que estás aterrada y yo voy a decirte todo lo que quieres saber, pero tienes que quedarte en donde estás.

Llegó ante Felicity y se vieron a los ojos.

Loretta se fue encima de ella para abrazarla con fuerza, Felicity no pudo evitar derrumbarse definitivamente en ese momento.

—Shhhhhh —Loretta le acariciaba la espalda con calma y amor—, todo va a estar bien.

Felicity no podía decir por cuánto tiempo lloró de pronto empezó a calmarse, sobre todo cuando Loretta entonó una extraña canción que…

Abrió los ojos y se apartó de ella.

—¿Eres como ellos?

Loretta negó con la cabeza.

—Eso que cantas...

—Ya lo has escuchado antes, el día del invernadero también lo hice.

—En mi cabeza hay una melodía parecida que la cantaba una mujer que me sacó del bosque el día que... —rompió a llorar de nuevo y entre sollozos finalizó—: el día que casi muero.

Loretta asintió.

—Seguro escuchaste el cántico que nos otorga fuerza, Dana necesitaba cargar contigo porque estabas a punto de morir.

—¿Dana?

—Escucha —Loretta la vio con seriedad—, vamos a la habitación a conseguirte algo más caliente para ponerte y luego venimos a tomar té y a conversar.

—No quiero tomar nada.

—No te voy a envenenar, Felicity, de haber querido lastimarte ya lo habría hecho —Loretta hizo una pausa—. Al igual que Garret. De haber querido, lo habría hecho.

Se levantó de donde estaba y buscó una manta.

—Toma, ponte esto por encima y empecemos a conversar que tengo mucho por decirte. Voy a la cocina por té, yo sí necesito tomar algo.

Vio a Loretta alejarse, echó la cabeza hacia atrás en el sillón.

Cerró los ojos y vio tantas cosas.

Tantas.

Unas le daban tanto temor, otras le producían tanta felicidad, que necesitaba encontrar la forma de aferrarse a esas para conseguir un poco de calma, pero ¿cómo si todas estaban ligadas a Garret?

Loretta regresó al área en la que ella estaba con una bandeja llena con una tetera y dos tazas. El polvo de la infusión estaba en un frasco de vidrio con tapa de corcho.

—Loretta, son vampiros —se sintió reír nerviosa—. Lo que me atacó es un vampiro y Garret, es otro, ¿cómo es posible? Los vampiros no existen.

—Pensarás que las brujas tampoco y ya que es la noche de las verdades, adivina ¿qué soy yo?

Felicity la vio confundida.

—Las brujas tampoco existen.

—Chicos —dijo Loretta y, de pronto, una docena de lobos aparecieron en el jardín trasero de la propiedad siguiendo los pasos de uno que les doblaba en tamaño.

Felicity no pudo evitar llevarse una mano a la boca mientras reconocía a los lobos que le eran familiares y se asombraba por el de mayor tamaño.

—Puedo enseñarte un antiguo truco para encender velas o puedo hacer el cántico de fortaleza para que seas testigo de lo fuerte que soy —Loretta tomó un sorbo de su bebida y los lobos desaparecieron otra vez en los matorrales—. O puedo echarte de casa y bloquear tu visión para que no la encuentres nunca más.

Felicity frunció el ceño.

—Eso pensé, no quieres que nada de eso ocurra y para hablarte de todo lo que quieres saber, necesito que estés consciente de que todo, absolutamente todo lo que voy a decirte, es verdad.

Felicity volvió a sentarse, esta vez, junto a su amiga.

Seguía nerviosa, sin embargo, algo le decía que debía confiar en ella que desde el inicio supo que allí estaría bien y aunque lo dudó hacía unos minutos, ahora sabía que su decisión no fue descabellada.

Loretta respiró profundo.

—Estoy emparentada con Garret de alguna manera porque hace muchos siglos, una mujer decidió hacer un trato de eterna belleza y juventud con un demonio que le cumplió sus deseos a cambio de crear una especie de seres malditos en el espacio terrenal —otro sorbo de infusión y Felicity se dijo que era momento de relajarse y prestar atención porque aquello sería algo muy difícil de procesar—. La maldición, no solo recaía sobre la mujer sino también en su descendencia. La Condesa Sangrienta tenía cuatro hijos con su consorte; tres de ellos, murieron sin dejar descendencia; y solo Aletta llegó a convertirse en mujer y casarse con un aristocrático con el que engendró la primera generación de seres portadores de la maldición como la Condesa. Niños que ya nacían malditos.

—¿Bebés vampiros?

Loretta resopló divertida.

—Bueno, vamos a llamarlos así. Tuvo tres. El primero murió porque nadie sabía cómo poder alimentarlo y los otros dos… digamos que fueron un experimento de una bruja.

—Que tenía que ver contigo…

—No, brujas hay de varios tipos, pero no vamos a meternos con eso todavía —Loretta siguió contándole sobre los dos niños de Aletta, las cosas horrendas que hizo la condesa, los rumores en las comarcas en los que esa mujer estaba involucrada y la forma en la que fue juzgada—. La encerraron dentro de su propia habitación. Lo que no sabían quienes le encerraron allí, era que no podía morir al completo. La gente creía que era un cadáver, en realidad, estaba en lo que conocemos como sequía —tomó un sorbo de infusión—. Si un portador de la maldición no se alimenta como es debido, cae en sequía. No muere. Y su alimentación se basa en sangre y psique. Así es como quedan saciados. Sin lo uno o sin lo otro no están en equilibrio, son peligrosos y pueden entrar en sequía.

Felicity recordó la pata de la silla en el pecho de Garret y se llevó una mano al mismo lugar en el que este debía estar lastimado.

—¿Qué ocurre? —le preguntó Loretta.

—Garret, en Venecia, fue atacado; el hombre que me quería atacar le clavó la pata de una silla que se rompió en medio de la pelea cuando Lorcan empezó la batallar con él.

Vio la cara de preocupación de Loretta.

—Creo que está bien, ¿pudo haber muerto?

—No, solo mueren si se les arranca la cabeza con una hoja metálica bien afilada. El corte debe ser limpio y rápido porque si no, no funciona. Lo demás, solo los hiere. Puede ser de gravedad, pero no para matarlos. Y en sequía podrían pasar toda la eternidad.

Felicity se sentía en un cuento de misterios y leyendas insólitas.

Se sirvió una taza de té porque algo necesitaba consumir aunque habría preferido un escocés.

—Continúa, por favor.

Loretta asintió y continuó explicándole el resto de la historia.

Con cada palabra, Felicity se sumergía más en un mundo que creía solo de películas.

—Entonces, Kristof, que era un bastardo de la condesa, se enamoró de Szilvia, una bruja muy poderosa, y de la unión de ellos nacieron dos niñas en el mismo parto. Una obtuvo la herencia de la magia de Szilvia…

—Y la otra, la de la maldición.

—Correcto. Veronika y Klaudia Sas son…

—Klaudia es la dueña de la compañía de prostitutas finas para las que yo trabajaba y allí...

—Conociste a Lorcan —Felicity no se podía creer todo aquello que escuchaba—. Yo soy descendiente de Veronika; y Garret, Lorcan, Miklos, son descendientes de Pál.

Felicity frunció el ceño porque también conocía a Pál, no solo de los días anteriores cuando estuvieron en Venecia, no. Lo conocía de cuando estuvo en la oficina de Lorcan.

—Y Pál es hijo de Aletta; primo de Klaudia. Ambos son nietos de la condesa. Pál tenía una hermana, Etelka, y murió a manos de Gabor el día que casi te mata.

Al escuchar el nombre de ese hombre sintió un escalofrío y vio a los lobos correr hacia la casa para luego sentarse alrededor de esta como si estuviesen custodiando.

—¿Por qué actúan así?

—Los lobos son parte de nuestra herencia mágica y nos protegen. Tanto mi casa como la casa de los Farkas ahora están envueltas en halos mágicos para que no puedan ser encontradas, para protegerte. Yo uní a dos de mis lobos a ti y el resto, sigue a los que sienten que algo no va bien.

Felicity pensó en las cosas extrañas con los lobos desde que conoció a Loretta.

El hecho de que siempre la acompañaban.

—¿Lastimarían a Garret?

—Si lo que quieres saber es si podrían los lobos matar a Garret o a alguno de ellos, no. Ellos tampoco matarían a los lobos, pero podrían quedar muy mal heridos ambos.

—En las películas de vampiros y lobos...

Loretta resopló divertida.

—Sí, en las películas es muy diferente.

—¿Por qué Gabor me quería lastimar, por qué me secuestraron?

—Fue un plan de Etelka que no era más que para presionar y obtener algo que Pál debe custodiar junto a nosotras, un asunto de la sociedad; el caso es que te vieron con Lorcan en Venecia los días previos a la fiesta del año pasado y Etelka dedujo que eras importante para él, después de todo, Lorcan es el más atormentado de los Farkas y el más peligroso también hasta que Gabor te hizo lo que te hizo. Pensaron que teniendo una conexión con Lorcan, podrían chantajear y conseguir su objetivo, habría sido así de no ser porque Gabor se salió de control para castigar a Lorcan por sentirse mejor en la vida. Lorcan asegura que tú le dabas mucha tranquilidad.

—¿Se alimentó de mí?

—Nunca de sangre.

—Chupó mi energía entonces.

—Es probable, pueden hacerlo de cualquiera y en cualquier momento.

—¿Y Garret?

—Sería incapaz de tomar de tu sangre si tú no se lo permites. La psique sí la ha absorbido, muchas veces, incluso en mi presencia, porque lo ha hecho para que pudieras superar los malos momentos en los que te sumergías cuando no eras capaz de controlar tus nervios y ansiedades durante la noche.

—No lo quiero cerca de mí. No quiero a ninguno de ellos cerca, les tengo terror. La chica que estaba con Garret estaba muerta.

—No, no lo estaba, es Norma; y trabaja para la misma compañía que tú trabajaste antes de que te secuestraran. Norma pertenece a un grupo selecto de humanos que no tienen problema en alimentar a los vampiros. Conociste a Lorcan por eso, solicitaba a una de esas chicas y por equivocación, te enviaron a ti. Podemos visitar a Norma cuando quieras para que te explique cómo es el proceso. Ella está para que Garret se alimente y no represente un peligro para ti o para alguien más. Lo que viste, es la alimentación de ellos. Sangre más psique y por ello Norma parecía muerta, pero no lo estaba. ¿No me dijiste que el día que Dana te salvó en el bosque te sentías desvanecer?

—En Venecia, cuando Gabor me intentó atacar de nuevo también lo sentí; y luego, Garret también lo hizo, en el avión. Yo iba a tener un ataque de pánico —lo recordaba todo.

Loretta siguió hablando, explicándole todo lo que hizo Garret por cuidar de ella, por protegerla, amarla y dejarse llevar por el amor que sentía por ella.

Le habló de la mujer de sus visiones y le explicó que ese era el antiguo amor de Garret, no entró en detalles, sin embargo, le dijo que había sido una prueba muy dura de superar para Garret y que solo llegó a superarla cuando apareció ella.

Le explicó todo lo que ocurrió mientras ella estuvo desaparecida. Todo coincidía con lo que ella vio en el último sueño o recuerdo o lo que diablos fuese.

Lo único que Loretta no sabía, porque lo desconocía del todo, era por qué siempre acusó a Lorcan de que ser su atacante.

—Porque lo veía a él y en realidad era el tal Gabor. Anoche tuve un sueño en el que floté por encima de mi cuerpo, lo vi todo. Yo lo llamaba Lorcan pero no lo era.

—Gabor es una caja de sorpresas, o tiene un poder grande que desconocemos o está usando a algunas brujas poderosas para poder llegar a lo que busca.

—Que soy yo.

—No, creo que lo de Venecia lo hizo buscando algo más, quién sabe qué será. Si tú hubieses sido su objetivo, ya estarías desaparecida de nuevo o muerta.

Hubo un silencio entre ambas en el que Felicity no supo

cómo sentirse después de enterarse de todo.

No podía culparlos de haber esperado hasta recuperar la memoria para contarle toda la historia de la verdadera naturaleza de los Farkas, de haberlo hecho antes, con el cerebro como lo tuvo todo ese tiempo, no les habría creído ni una palabra o peor aún, lo habría olvidado a la mañana siguiente.

—¿Cómo Heather puede estar con Lorcan aun sabiendo lo peligroso que es?

Loretta le sonrió con ternura.

—Lorcan no es el mismo de antes, Felicity. Desde que está con Heather cambió por completo —Dejó su taza en la mesa, le tomó las manos y la vio a los ojos—. Escucha, no te culpo que te sientas aturdida, confusa y que no quieras acercarte a ellos porque sientes que corres peligro, todos suponíamos que esto era lo que iba a pasar. Yo no viajé a Venecia porque los ancestros me indicaron que mi puesto estaba aquí y ahora veo que era cierto. Te quedarás conmigo el tiempo que quieras hasta que decidas hacer otra cosa, te adoro como si fueras mi hermana y haría cualquier cosa por ti, pero quiero que sepas que Garret te ama con todo su corazón y que merece la oportunidad de que le escuches.

—No sé si pueda.

—Podrás, no ahora; en unos días podrás porque hoy piensas en él como algo que no es y esa imagen solo podrás sacarla de tu cabeza cuando estés frente a él y sepas qué es lo que sientes en realidad. Ahora vamos a descansar que ambas lo necesitamos.

—¿Ninguno de ellos vendrá por nosotras?

Loretta la abrazó comprensiva y Felicity le agradeció el abrazo.

—No vendrá nadie que nosotras no queramos.

Capítulo 17

Entonces —Bradley observaba a Loretta con interés y diversión y Felicity se deleitaba con la escena—, ¿tú estabas en aprietos? —preguntó a Felicity que se quedó en blanco sin saber qué responderle.

—Sí, tuvo un pequeño accidente en casa y tuve que ayudarla.

—Pero ese día que te fuiste de aquí corriendo, mencionaste a Garret.

—¿Conoces a Garret? —Felicity preguntó con curiosidad.

—No —Loretta se removía inquieta en su asiento pensando muy bien sus palabras para salir victoriosa de ese interrogatorio que le estaba haciendo el chico que le gustaba—. No conoce a Garret. Me escuchó hablando él, el día del accidente —aclaró a Felicity y luego vio a los ojos a Bradley—, hablas de él como si lo conocieras.

—¿Y debería conocerlo? —Loretta no le contaba aún de ninguna de las personas que le rodeaban. Las conversaciones entre ellos eran casuales y ninguno de los dos parecía tener ganas de hablar de sus familias o de su vida antes de conocerse en el hospital. Bradley las vio con el ceño fruncido estaba confundiendo las cosas, Loretta sintió su preocupación por ellas—. Aunque esté con las muletas puedo darles ayuda si lo necesitan.

Loretta entendió la sugerencia y Felicity dejó escapar el aire.

—No ocurre nada malo con Garret, cosas del amor y malentendidos. Es todo.

Felicity frunció el ceño con molestia, dedicándole una mala mirada a Loretta.

Bradley las observaba con detalle.

Loretta seguía yendo todos los días a casa de Bradley, necesitaba ayuda para pasear a Kale.

La bruja volvió los ojos al cielo entendiendo que Bradley necesitaba más información para creerse la historia de que Garret era buena persona con Felicity y que nada malo ocurrió entre ellos.

Las blancas mentiras a veces eran necesarias en su mundo.

—Te lo contaré con más calma en otro momento —vio el reloj que tenía en la muñeca agradeciendo que ya había sacado a pasear a Kale que ahora descansaba exhausto en la cocina—. Debemos marcharnos, tenemos cosas que hacer.

—¿Qué cosas? —preguntó Felicity y Loretta pensó en que debían establecer un código o algo así para comunicarse de cosas sobrenaturales antes terceros. La verdad era que en esta ocasión la pobre no estaba enterada de todo.

En un par de horas estarían llegando Heather y Lorcan a casa de Loretta.

Ella misma coordinó todo con ellos al ver que Garret estaba sufriendo tanto y Felicity se negaba a hablar con él. Quizá era pronto; sin embargo, Loretta no soportaba ver como los dos sufrían sin siquiera haberse dicho todo lo que tenían que decirse.

Entonces se le ocurrió que empezarían con su mejor amiga que está feliz con el que fue el verdugo más peligroso de la historia y que, además, era vampiro.

Nadie mejor que alguien que ya convivía con uno en perfecta armonía para contarle a Felicity las cosas tal cual eran.

Loretta no se dio cuenta de lo pensativa que estaba hasta que reaccionó y volvió a la realidad percatándose de que tanto Bradley como Felicity la observaban con una mirada que exigía explicaciones.

Sintió la ansiedad de Bradley porque ya se iban.

Ella tampoco quería marcharse pero no sabía qué respuestas dar a Bradley en cuanto a su vida y la de sus amigos, así que antes de cometer una gran equivocación lo mejor era escapar.

Pensó en que su vida siempre iba a ser así y sintió un poco de desaliento en cuanto a esa idea loca de tener una vida propia y vivirla al máximo.

Parecía que no era fácil para ella.

—¿Estás bien? —los ojos de Bradley analizaban los suyos. Ella le sonrió y asintió.

—Le dejé todo bien servido a la bola de pelos, vendré mañana si puedo.

Felicity se despidió de Bradley con la mano y se acercó a la puerta.

Cuando Loretta se levantó de su asiento, Bradley le alcanzó la mano haciendo que las terminaciones nerviosas de la bruja estallaran como fuegos artificiales.

Se vieron a los ojos.

—De verdad, ¿estás bien?

—Sí, lo estoy —le dio un apretón y le sonrió de lado—. Un poco cansada, eso es todo. Conversaremos con más calma en otro momento.

—¿Te gustaría comer pizza mañana en la noche?

—No creo que pueda, Bradley, mi vida es un poco complicada en estos días —sintió la apatía en él y no pudo evitar reproducir la propia, no quería hacerse más ilusiones de las que ya se estuvo haciendo, además, no era justo con él.

—Tómate el tiempo que necesites —le hizo un guiño. Loretta sintió como su corazón se aceleró—, las pizzas las tenemos al otro lado de la línea telefónica, así que podemos pedirlas en cualquier momento.

Loretta no pudo evitar sonreír llena de emoción, una emoción que en el fondo le aterraba porque no quería sufrir por amor y tenía el presentimiento de que acabaría sufriendo.

—Ok, lo dejaremos para el futuro. Mañana vendré por Kale.

—Mejor eso que nada —un guiño más y Loretta sintió sus rodillas temblar—. Hasta mañana.

—Que descanses, Bradley.

Salió con prisa de la casa, Felicity la esperaba en el porche.

—¿Te gusta, eh? —Felicity bromeó con ella divertida.

—Tanto como a ti te gusta él —señaló al frente para enseñarle a Felicity que Garret salía de la casa de la señora Melissa acompañado por la mujer.

Felicity se quedó paralizada y se frotó las manos.

Loretta la analizó sintiendo todas sus emociones. Ninguna hablaba de miedo.

Del miedo que supuestamente decía que le tenía.

Sí, estaba aterrada, pero de admitir que no podía vivir sin él.

La emoción de ver a Garret se le salía por los poros y no hacía falta ser empático para darse cuenta de que ese brillo repentino en su mirada, era todo por Garret.

Se sintió contenta de que a alguien más le temblaran las

rodillas ese día.

Empezó a caminar dándose cuenta de que Garret disimulaba no haberlas visto.

Felicity seguía en el mismo llegar.

Se dio la vuelta y la vio con sarcasmo.

—¿Vas a venir conmigo o vas a echarte a correr? ¿Te expliqué que no es buena idea correr ante ellos?

Felicity la vio frunciendo el ceño y Loretta sonrió.

—No es gracioso.

—Para mí, lo es, porque tú aseguras que les tienes un miedo tremendoK; aunque, en este momento, te mueres por darle un beso.

—La situación no es fácil, Felicity —la vio con duda—. ¿Vas a sentir siempre todo lo que yo siento?

—Sí, es mi maravilloso poder, no me lo puedo quitar de encima como una camiseta —protestó la bruja sarcástica, dejando en claro, una vez más en su vida, que no le gustaba nada sentir las emociones ajenas—. Y no, la situación no es fácil, lo sé, pero por fortuna, Garret tampoco es como Gabor, ya te lo expliqué antes y como te dije, es tu decisión. Si no quieres saludar, espérame en el coche.

Felicity se cruzó de brazos y Loretta la sintió resoplar.

Ella y Garret se arreglarían pronto, estaba segura de eso.

Sería un juego interesante de jugar porque cada uno de los que rodeaban a la pareja tendría un poco de participación y un objetivo común: que Garret y Felicity pudieran conversar.

Al menos eso, una conversación tranquila y privada que le hiciera a ella entender que él la amaba por encima de todas las cosas y que haría cualquier cosa por ella.

***

Felicity seguía a Loretta con molestia.

Y temor.

Claro que sentía temor, uno muy grande porque fue testigo de una escena con Garret y esa chica que no dejaba cabida a otra cosa que no fuese eso: temor.

Bien que lo sabía ella que fue atacada vilmente por uno de esos… vampiros.

Dios santo. Cómo le costaba aun decir esa palabra en su cabeza sin que sonara a cuento de ciencia ficción.

Llevaba varios días con Loretta conversando de todo lo que tenía que ver con ella, su vida mágica, la vida de ellos, Los Farkas y todo lo que sentía en su interior

Que aún no sabía con exactitud qué era.

Al principio fue pavor pero con el pasar de los días, a medida que conocía más de la historia fantástica de cada uno de ellos, algo en su interior fue cambiando.

Su reacción primaria siempre era el miedo, miedo a que le ocurriera lo que le ocurrió con Gabor, miedo a que no pudiera salvarse, miedo a que fuera él, el hombre que ahora tenía enfrente y que la veía a los ojos con una tristeza tan profunda que le partió el corazón.

Garret la extrañaba. No estaba bien.

—Sra. Melissa, ¿cómo se encuentra? —saludó Loretta a la mujer del bastón que estaba hablando con Garret.

—Muy bien, cariño, ahora que estoy en casa por unos días, mejor.

—Me alegra —vio a la mujer y le sonrió, Loretta hizo las presentaciones y luego saludó a Garret como siempre lo hacía. Felicity sintió que los nervios la abrumaron en cuanto le dijo «Hola» a él.

La Sra. Melissa los observaba con curiosidad.

—El señor Farkas ha venido a encargarse en persona del

alquiler temporal de la segunda casa de huéspedes que tenemos. Estábamos ultimando algunos detalles, ¿creo que ha quedado todo claro, ¿cierto, Sr. Farkas?

—Así es, señora. —Felicity apreció esa educación impecable que tenía Garret ante el mundo y rememoró todos los momentos en los que disfrutó de ella estando a su lado.

Su corazón palpitó con fuerza como si quisiera decirle algo y prefirió ignorarlo.

—Pues entonces los dejaré porque ya necesito colocar el pie en alto —se apoyó del bastón para levantar un poco el pie al que tenía que dedicarle atención—. Me dio gusto verte —le dijo a Loretta con cierta picardía en la mirada—, a Bradley de seguro le viene bien tu compañía. Encantada de conocerla, Felicity —se dirigió a ella.

—Igualmente, señora.

—Sr. Farkas —saludó a modo de despedida y Garret solo hizo una especie de reverencia que la mujer aceptó con elegancia para luego darles la espalda y entrar en la propiedad.

Ellos caminaron hasta donde estaban los coches aparcados.

—¿Cómo has estado? —Garret se dirigió a ella con tal seriedad que dudó de que se tratara el mismo hombre dulce que conocía.

—Nos veremos luego, Garret —Loretta le aseguró mientras se daba la vuelta para dedicarle una mirada comprensiva a Felicity—. Te espero en el coche. Estará todo bien.

Felicity se frotó las manos y Garret sonrió con gran pesar.

—No quiero hacerte sentir mal, Felicity. Ni en un compromiso de aguantar mi presencia si me temes —sintió la voz de él flaquear. ¿Cómo, si él era decidido y seguro de sí mismo? Garret cerró los ojos y tomó fuerzas para no hablar con un hilo de voz—. Cuando estés lista para escucharme, hablaremos. Solo cuando tú lo decidas.

Ella no fue capaz de decir nada y él solo le dedicó otra sonrisa apagada con una mirada que Felicity no había visto en él jamás.

Estaba muy mal.

¿Debía hablar con él?

Su corazón latió con fuerza como minutos antes.

Y su cerebro le recordó que no era buena idea porque podría correr peligro a su lado.

A pesar de que los demás le aseguraran que no.

Solo ella sabía lo que era caer en las manos de uno de esos seres y no tenía ganas de pasar una otra experiencia similar.

***

Garret sirvió el *whisky* en los vasos de vidrio.

—¿Cómo superaste todo?

Lorcan lo vio con burla.

—¿Me estás haciendo esa pregunta a mí? —Lorcan bebió un sorbo de su bebida y negó con la cabeza—. ¿En serio, Garret? Me encontraste lleno de cortes porque pensaba drenarme y ponerme en sequía para no tener que sentir el rechazo de Heather algún día. ¿Te parece que soy la persona más adecuada para hacerle esa pregunta cuando tú fuiste el que me ayudó a bajar de la camilla y me dio un maldito tirón de orejas que aún recuerdo?

Garret frunció el ceño.

—¿A quién carajo le pido un consejo entonces? Estoy destrozado por dentro, Lorcan.

Lorcan entendía las emociones de su hermano, no solo porque las sentía en ese momento como propias, sino porque él pasó por algo parecido con la mujer que amaba.

—Pál es bueno en estos casos, mucho mejor que yo o que Miklos, sin duda —ambos bufaron pensando en los consejos de amor de Miklos: «No creas en el amor». Punto. Y tenía sus razones para hacerlo—. Pál no va a ayudarte ahora con esto, lo de Gabor lo tiene obsesionado. No me gustaría nada estar en su lugar cuando estén frente a frente.

—¿Qué diablos puede querer ese imbécil para haberse burlado de nosotros de esa manera? ¿Para poner tanto esfuerzo en cruzar barreras y arriesgarse como lo hizo?

—Mucho me temo que no vamos a poder detenerlo y el día que atacó en Venecia, cuando lo saqué encima de Felicity sentí algo que no me gustó nada de él. Había en su interior gran inconformidad por no haber obtenido lo que quería. Que no era Felicity. No iba por ella.

—¿Entonces por quién? Estábamos todos ahí.

Lorcan negó con la cabeza.

—No. Klaudia nunca llegó.

—¿Y qué puede querer Gabor con Klaudia?

Lorcan levantó los hombros curvando los labios hacia abajo.

—No lo sé pero cuando le mencioné esto mismo a Pál maldijo a todo lo que se le cruzaba en frente así que él debe saber algo que nosotros no y cuando llegue el momento apropiado, nos lo dirá.

—¿En dónde está Klaudia?

—Ahora está en Venecia, con Miklos, nada bien emocionalmente, por cierto; creo que por eso está con Miklos. Está buscando diversión de la que solo Miklos sabe encontrar —Garret volvió los ojos al cielo. Nunca entendió esa clase de descontrol a la que Miklos llamaba «diversión».

—No puedes culparlo. De todos nosotros, él fue el que puso los ojos en la mujer equivocada. Y no le ha tocado fácil.

—A ninguno nos ha tocado fácil.

—Bueno, tú tienes a Felicity cerca y si llega a acceder a conversar contigo, la tendrás todo el tiempo que quieras a tu lado. Miklos no puede hacer eso. Se la arrebatan cada vez que la encuentra. Así que creo que nosotros estamos mucho mejor que él.

Garret dejó escapar el aire.

—¿Qué piensas hacer?

—Nada, Lorcan, nada. Me voy a sentar y voy a esperar por ella. A que ella quiera hablar; a que no me tema —le contó lo que ocurrió ese mismo día, más temprano, cuando se encontraron en casa de Melissa—. Mientras espero, voy a hundirme en el trabajo para mantenerme ocupado porque no quiero pensar día y noche en que ella puede negarme su presencia para siempre. Siento que me falta el aire cada vez que pienso en eso.

Lorcan sintió compasión por él.

—Felicity es muy diferente a Heather. Desde que la conocí siempre estuvo llena de miedos y es normal, le ha tocado vivir cosas muy duras. Tú y yo nunca hemos estado amenazados por uno de nuestra especie de la manera en la que ella estuvo —suspiró—. Nosotros nos enfrentamos y somos iguales en fuerza y técnicas; ella se enfrentó a un depredador que la acechó como si fuese una liebre. Y no dudo de que te ame, porque si recuperó toda la memoria debe tener muy claro sus sentimientos por ti, lamentablemente te vio en la postura de depredador. Se sintió amenazada contigo y por eso se niega a dar el paso.

—Estoy dispuesto a alimentarme de Norma o de otra chica para siempre, lo único que deseo con todas mis fuerzas es —la voz de Garret se quebró por segunda vez en el día y Lorcan le palmeó un hombro con cariño.

—Va a volver, hermano. Si te ama, va entender y va a volver y si no lo hace, te ayudaré a superar la pena; o por lo menos, te ayudaré a que aprendas a vivir con ella.

Capítulo 18

Cuando Felicity abrió la puerta de casa no esperaba encontrarse con su hermana de vida allí.

Se abrazaron un rato largo y Felicity lloró en su hombro drenando más de lo que estuvo acumulando esos días.

No encontraron un momento para conversar con calma desde que ocurrió lo de Venecia. Heather estuvo ocupada en asuntos de su trabajo, por ello le sorprendió verla allí.

Loretta estaba en su habitación. Le comentó que debía hacer algunas cosas relacionadas a sus habilidades mágicas y que necesitaba privacidad.

Felicity no se opuso a eso, además, ella quería estar sola. Lo necesitaba después de haber estado frente a frente con Garret.

Lo extrañaba tanto que a pesar de temerle, le gustó verlo.

Y ese contacto, esa mirada triste de él, su sonrisa apagada despertó cierta curiosidad en Felicity que no sabía cómo calmar porque ya lo sabía todo de ellos.

Loretta fue cuidadosa en las explicaciones que le dio sobre todo lo que ella preguntó y no le quedaban más dudas; o eso creía antes de encontrarse de nuevo con él porque después de eso, aparecieron otra vez las preguntas en su cabeza y esta vez, las respuesta que ya conocía y que le proporcionó Loretta, no le bastaban.

Era como si le faltara algo más.

Su amiga le sonrió con compasión. Estaban sentadas a la mesa de la cocina disfrutando de una taza de café.

—Lo que te falta, es la versión de él —comentó Heather después de escuchar todo lo que Felicity tenía para contarle.

Vio a su amiga como si hubiese dicho una gran verdad.

Así lo sintió en su corazón.

¿Era eso? ¿Le faltaba escucharlo a él?

—No sé si quiero acercarme a él, Heather, le temo —ese día le parecía que el temor que tenía era diferente. Quizá Loretta también tenía razón en lo que le dijo al salir de casa de Bradley.

—¿En serio? —Su amiga tomó un sorbo de café y luego contemplo la vista a través de la ventana, el mar estaba calmo ese día y los lobos estaban echados en el jardín trasero—. Yo le temí a Lorcan también, pero él me puso en una situación, dos veces, en las que tenía muy justificado tenerle pánico —le contó a ella lo que ocurrió con Lorcan las dos veces en las que la bestia por poco la toma a ella como víctima—. Y sin embargo, me atreví a verlo, a quedarme a solas con él, lo escogí a él. ¿Sabes por qué?

Felicity negó con la cabeza sintiendo un nudo en el estómago.

—Porque entendí que así fuese un extraterrestre, no podría vivir en paz estando lejos de él. Entendí que mi sentimiento por él, era amor. Tan simple como eso y una vez que lo asumí, lo que necesitaba era entenderlo a él. Sus fortalezas y sus debilidades. Ayudarlo a superar todo lo malo. Porque si conseguía eso, él podría controlar a la bestia que llevaba en el interior, la que se regodeaba matando y haciendo cosas horrendas —vio a su amiga a los ojos, la tomó de las manos—. Lorcan no es el mismo de hace un tiempo, el amor lo cambió. Garret nunca ha intentado cruzar ninguna línea contigo. Solo lo viste alimentarse de Norma.

—Y fue suficiente para recordar lo que Gabor me hizo a mí —Felicity se llevó la mano al cuello recordando el dolor de los dientes del vampiro clavándose allí.

Heather sonrió de nuevo.

—Garret es el más centrado y controlado de todos los hermanos Farkas. Te prometo que siempre estará preparado para no tocarte ni un pelo si así no lo quieres. Hasta ahora lo ha hecho así. Y conociéndolo, estaría dispuesto a no consumir nunca más ni una gota de sangre con tal de tenerte a su lado.

Felicity respiró profundo sintiendo como sus emociones se alborotaban pensando en volver junto a Garret.

—Lo vi tan triste hoy.

—¿Y tú, no lo estás? —Felicity levantó el hombro sintiéndose desdichada—. ¿Qué te impide hablar con él? Es lo único que te hemos aconsejado. Si es miedo, yo puedo acompañarte.

—No sé qué es, Heather, ya no lo sé.

Heather se arrimó a ella y le pasó el brazo por encima de los hombros dándole un cariñoso apretón.

—Aclara tus emociones, pero no desde el miedo. No pienses en eso, imagina que te encontraste a Garret comiendo una manzana —Felicity la observó con seriedad y ella le sonrió divertida—. Es su proceso de alimentación y ¿quieres que te diga algo? Sé que te mueres de ganas por saber más de eso y por vivirlo —Felicity la observó de nuevo como si fuese otro momento «Eureka», trató de disimularlo—. Estuve en tu lugar, Felicity, sin embargo, di el paso y me atreví a escucharlo a él. Quería la verdad de él, de su especie, de su vida, que saliera de su boca. Y luego, quise saber cómo era el proceso de alimentación, quise vivirlo y le pedí que me enseñara.

—¿Lo hizo?

—Tomó lo que le ofrecí temiendo lastimarme —Heather se perdió en sus pensamientos—. Ese día estaba aterrado de quedarse a solas conmigo, de alimentarse de mí. Pensaba que no podría controlarse y... —Felicity recordó las palabras de su amiga más temprano cuando le contó toda su historia con Lorcan—... y no me arrepiento de haberlo hecho porque eso nos hizo uno. No sé explicarlo con palabras. Fue la mejor experiencia de mi vida. La succión fue... —Heather sonrió con ojos cargados de ilusión—, maravillosa. Me hizo entender que nunca podría correr peligro con él porque me ama de verdad.

—Eres muy valiente.

—Y tú también. Sobreviviste a lo que te hizo Gabor porque te aferraste a la vida —Era cierto aunque nunca lo había visto así—. Las cosas malas se superan, cariño, y lo importante es no dejar ir lo bueno en el proceso de soltar a lo que tememos.

***

Al día siguiente, Felicity se levantó antes que las demás.

Estuvieron conversando hasta muy entrada la madrugada y no esperaba que Loretta y Heather se levantaran tan temprano.

Ella tampoco lo habría hecho en condiciones normales pero nada en su vida era normal por esos días.

Recordó cuando, hacía unos meses, deseaba recordar y tener una memoria limpia y clara; ahora que la tenía, estaba harta de reproducir una y otra vez los ataques de Gabor que la alejaban de Garret.

Resopló al salir del baño, buscó su ropa de deporte térmica.

Se iría a dar una larga caminata por la playa. Les dejaría una nota a las chicas diciéndoles que desayunaran sin ella porque no tenía apetito de nada.

Salió de casa y los dos lobos que parecían su sombra, la acompañaron en el recorrido.

El sol apenas calentaba.

Ese día en especial el viento empezaba a levantarse, lo que quizá era sinónimo de que se aproximaba un temporal.

No lo parecía con el cielo azul y brillante libre de nubes.

Caminó tirando piedras al mar, recordando a su hermana Odette.

Algo en ese día le recordaba mucho a ella.

El día que partió fue muy doloroso para Felicity. Le ardía el pecho con intensidad cada vez que recordaba el momento preciso en el que la vio soltar el último aliento.

Ella, sin poder hacer nada para salvarla mientras la madre de ambas se ahogaba en una botella de alcohol y se revolcaba con un tipo diferente cada día.

El recuerdo de un día muy triste que la fue paseando por los peores momentos que tuvo que atravesar en la vida para llegar a donde estaba.

Nunca lo tuvo fácil.

Nunca.

Las cosas mejoraron cuando encontró a Heather y sin embargo, volvieron los momentos amargos con la deuda que tenían que pagarle al camello para poder preservar la vida de ambas.

Porque no podía imaginarse perder a Heather también.

Negó con la cabeza.

Eso no era posible. Por eso no le importó volver a la prostitución y fue cuando llegó a su vida Lorcan.

Desde ahí, todos sus recuerdos mejoraron a pesar de que pasó por amargos momentos.

Así era la vida ¿no?

Uno que otro día que marcaba la diferencia para valorar más lo días buenos y dejar pasar esos que causaban tristeza o angustia.

Pensó en lo bueno y amable que siempre fue Lorcan con ella. Por eso se sintió tan confundida creyendo sentir algo hacia él.

Lo sentía, pero no como para hacerlo el amor de su vida tal como ella creyó.

Pensó en las noches de películas a su lado o en los momentos en los que él solo la escuchaba atentamente.

Esos fueron sus momentos favoritos y pensando en eso, llegó a Garret.

A la primera vez que se cruzó con él en la oficina de los Farkas.

La forma en la que él pareció deslumbrarse con ella.

La forma en la que ella reaccionó sin darse cuenta.

Encontró a Garret objeto de su interés desde entonces, y fue Lorcan quien le dio la atención que ella tanto anhelaba.

Debía ser así, Lorcan era su cliente, Garret no; y desde esa vez en la que lo conoció, poca veces más volvió a verlo y esas pocas veces, Garret evitaba conversar con ella.

Se le notaba incómodo. Ella asumió que se debía a que no le gustaba que le vieran hablando con damas de compañía.

Al fin y al cabo, seguían siendo prostitutas.

Ahora podía entender que su actitud no tenía que ver con eso.

Era porque Lorcan pagó la exclusividad por ella en la compañía y Garret, siempre tan respetuoso, evitaba ponerle los ojos encima porque Lorcan la marcó como algo de su posesión con ese pago de exclusividad.

Pensar que lo único que buscaba Lorcan era protegerla del mal que ya había vivido antes con otros hombres.

Él le dio las esperanzas de que su vida sí pudiera llegar a ser diferente.

Volvió a negar con la cabeza.

Cuan diferente pasó a ser su vida después del secuestro.

No se dio cuenta de todo lo recorrido hasta que uno de los lobos gruñó y ella parpadeó para volver a la realidad, percatándose de que estaba a pocos metros de la casa de los Farkas y que alguien estaba sentado en la playa.

Lorcan.

—Está bien, chicos, puedo con esto —les dijo a los lobos con tranquilidad porque, sí, podía con eso.

No se sintió en peligro estando ante él.

Lorcan volvió la cabeza al sentir su presencia.

Le dedicó esa sonrisa varonil y encantadora que tenía, Felicity se echó a llorar de nuevo.

Lorcan se levantó sin dejar de verla a los ojos, mientras ella lloraba desconsolada; él se acercó con cautela, con los brazos extendidos hasta que la envolvió en un abrazo que la hizo llorar más.

No sabía cómo diablos parar de hacerlo.

Se daba cuenta que tenía tanto guardado en su interior, ahí, en donde creía que no quedaba más después de haber llorado con Heather también y los días anteriores con Loretta.

Le quedaba y mucho.

Ese encuentro le estaba devolviendo una parte de su vida que tanto le gustó.

Que le hizo sentir comprendida y querida siempre.

Y entendió que aun con esa parte, reinaba el vacío en ella porque ese vacío solo podría llenarlo con Garret a su lado.

Lorcan la estrechó todo lo que pudo contra sí y ella se lo agradeció.

Así estuvieron algunos minutos hasta que ella cambió el llanto desconsolado por una mezcla de llanto de alegría con risas sin control.

Lorcan también se contagió y empezó a reír.

Se aferró más a ella mientras seguían disfrutando de esas carcajadas entre ambos.

Felicity no se podía creer la tranquilidad que sentía junto a él.

Si le hubiesen dicho que iba a sentirse de esa manera, no lo habría creído.

—No esperaba encontrarte por aquí —comentó Lorcan secándole las lágrimas con delicadeza.

El corazón de Felicity cambió su estado de repente permitiéndose sentirse feliz de ese encuentro.

—Bueno, nadie te mencionó en casa —pensó en la coincidencia de que Heather estuviese con ella y que llegara el día anterior por sorpresa—. Supongo que Loretta coordinó todo muy bien con ustedes y si me hubieran dicho que estabas aquí o que irías a casa, ahora estaría próxima a un ataque de pánico.

—Y no es ni de cerca lo que estás sintiendo —Lorcan sonrió, la abrazó de nuevo. Heather le contó que él era como Loretta en eso de la empatía—. ¡Ahhhhhh! —Soltó alegre—, no sabes lo feliz que me hace esto. Ven, vamos a sentarnos —Felicity vio hacia la casa y su expresión la delató—. Garret no está. Va a tardar en volver. Puedo avisarte cuando sienta el coche llegar a la parte delantera para que te vayas a casa.

Felicity asintió. Se sentaron en la arena uno junto al otro, ambos viendo al mar.

—¿Cómo es que llegaste hasta aquí si no lo quieres ver aun? —Lorcan la vio con sorna—. Parece que tu subconsciente te está jugando sucio.

Felicity dejó escapar el aire negando con la cabeza.

—Todo esto ha sido complicado de asimilar, Lorcan.

—Pensé que no podría acercarme más a ti —la vio con pesar—, lo que pasó entre nosotros…

Ella le tomó la mano y apretó con fuerza.

—No hay nada que aclarar —sonrió a medias, avergonzada—, yo fui la que confundí las cosas. Todas tus atenciones me parecían detalles de alguien que siente algo profundo por esa otra persona —se mantuvieron tomados de las manos. Ella posó su vista en el mar de nuevo y él la observaba sin perder detalle—. Siempre fuiste tan bondadoso y detallista conmigo. Confundí lo mucho que te quiero como amigo, con amor. Lo siento.

—Ayyyy, Felicity, por dios —le besó el dorso de la mano y ella lo vio a los ojos. Lorcan tenía unos ojos muy parecidos a los de Garret—. No se te ocurra volver a disculparte conmigo, todo lo que te tocó vivir hasta ahora fue mi culpa, yo te puse ante ellos. Gabor será castigado, tienes mi palabra.

—No lo dudo —Felicity se daba cuenta en ese momento de que, a pesar de todo el temor que Lorcan le pudo haber producido mientras estuvo sin memoria, ella en el fondo de su corazón nunca le creyó capaz de hacerle daño. En ese momento notaba esa pequeña luz que estaba allí, muy al fondo de la oscuridad de todos sus temores y era la confianza que le tenía. Nunca la perdió.

Él le sonrió.

—¿Cómo te has sentido desde que regresaste de Venecia?
Ella levantó los hombros.
Resopló.
—Hace una hora no habría sabido qué responder a eso, ahora me parece que estoy vacía.
Él asintió volviendo su vista al mar.
Ella lo imitó y así estuvieron unos minutos, en un silencio que era solo irrumpido por las olas golpeando en la orilla queriendo hacerse notar.
Ella respiró profundo. Muy profundo y cerró los ojos.
—Estoy aquí, a tu lado, y eres como él.
Lorcan resopló sarcástico.
—No, no lo soy. Soy más parecido a Gabor.
Felicity sabía a lo que se refería.
Siguió con los ojos cerrados porque la voz de Lorcan la tranquilizaba y el mar en el fondo le ayudaba a concentrarse en sus emociones.
—Quiero saber de ti, Lorcan.
Silencio.
Después de una gran bocanada de aire, Lorcan empezó a hablar sin omitir ninguna etapa de su vida. Le contó del sacrificio por su familia, algo que ella hizo por Heather también.
De cómo tuvo que bloquear sus emociones y empezar a disfrutar de las atrocidades que hacía.
Le contó de Diana. Algo que ella desconocía.
Frunció el ceño aun con los ojos cerrados.
—Supongo que Garret no te ha hablado de ella.
—Sí, lo hizo. En Venecia, cuando me enseñaba las máscaras y me explicó el por qué la usó blanca durante tantos años. Yo no pregunté nada más, aunque me dio mucho coraje que no me lo hubiese contado antes —hizo una pausa analizando sus emociones en el momento y entendía cada vez más las

evasivas de Garret. No habría sido fácil de explicar nada de lo que Lorcan acababa de decirle sin antes contarle de su verdadera naturaleza.

—Ahora entiendes.

—Empiezo a entender. Tuvo que haber sido...

—Desgarrador para ambos —completó Lorcan sumido en una profunda tristeza—. Él perdió a la mujer que amaba en ese momento y su pena aumentó al saber que yo no hice nada por ayudarla, al contrario.

Lorcan dejó de hablar y ella entendió que le costaba mucho recordar ese tiempo y el daño que les hizo a otros. Lo tomó de la mano de nuevo.

Él siguió hablándole de su vida. De Mary Sue, de lo bien que vivió con ella pero que nunca había conseguido amarla. Por lo menos no como amaba a Heather.

Le habló del refugio. De las cosas que hizo allí.

No podía imaginarse la culpa con la que vivía encima, aun la llevaba.

Felicity podía sentirlo.

—Y entonces desapareciste tú y Heather llegó furiosa a la oficina haciendo que todas mis barreras se destrozaran y la bestia empezara a desestabilizarme. En el primer encuentro, sin darme cuenta, le absorbí psique —Felicity abrió los ojos, lo vio directo a los suyos. Lorcan asintió con pesar—. Fue totalmente impulsivo y desconcertante para todos —bufó—. Heather se desmayó, Pál estaba cabreado porque no entendía nada de lo que ocurría y Garret tenía ganas de matarme. Él fue el primero que entró y me dio un puñetazo en el rostro.

Felicity le dejó ver una sonrisa, él amplió la suya para darle un poco de alegría al momento.

—Pensaban que yo te pude hacer algo malo.

—¿Cómo llegaron a eso?

—Porque Heather fue a donde Alex J y… —negó con la cabeza—… le dio un golpe que se fracturó la mano, ¿puedes creerlo?

Felicity se sorprendió de la confesión porque su amiga no se lo mencionó.

Sí, podía creerlo, era el temperamento de Heather.

—Pensaría que él me tenía.

—Exacto y él resultó ser inocente en eso —negó con la cabeza de nuevo. Felicity sintió que le ocultaba algo. Él se dio cuenta de sus dudas y bajó la cabeza respirando profundo para luego continuar—: hice todo lo posible por alejarlo de ti, de ustedes. Ese hombre no escuchaba razones.

Felicity frunció el ceño.

—¿Qué me quieres decir, Lorcan?

—Quiero que confíes en mí y que le des una oportunidad a mi hermano, pero para ello tengo que decirte toda la verdad, hay cosas que no te va a gustar escuchar.

Felicity no era tonta.

—¿Lo mataste tú?

Lorcan negó con la cabeza.

—Lo hizo Garret.

—¿Cómo lo hizo?

—Absorbió psique hasta matarlo.

—Por ello declararon muerte natural —Felicity no se sintió mal por enterarse de esa noticia. La verdad era que Alex J iba a terminar muerto en cualquier momento y mucho les amenazó de muerte a las dos, así que… no… no se horrorizó pensando en Garret haciendo uso de su maldición para liberar al mundo de una escoria.

Lorcan asintió.

—Visitó al hombre y arremetió contra él. No quiero que pienses que perdió el control —ella lo observaba con atención, creyendo en sus palabras—. Garret estaba desesperado por saber en dónde podías estar y cómo estarías. Después de lo que le ocurrió con Diana, pensar en perderte era algo muy doloroso para él —le mantuvo la mirada—. Te pido que por favor guardes el secreto porque, como bien ya te lo habrá explicado Loretta o Heather, nos debemos a las reglas de la Sociedad de los Guardianes de Sangre y si Pál llegara a enterarse de que Garret mató a un humano, deberá tomar acciones concretas y perderíamos a Garret.

Felicity dejó de respirar unos segundos nada más de pensar en esa posibilidad.

Lorcan la vio de reojo sonriendo con sorna.

—¿Qué sientes por él?

—Estamos hablando de ti.

Lo siguieron haciendo, Lorcan siguió contándole todo.

—La segunda vez que perdí el control con Heather me aterré y me fui al refugio sin decirle a nadie. ¿Te explicaron lo de la sequía? —Felicity asintió—. Me llené de cortes por todo el cuerpo e intenté drenarme. No soportaba pensar que podía ser un peligro para ella y que no podría vivir a su lado porque no podía controlarme. Por fortuna, apareció Garret y toda mi vida cambió —hizo una pausa, Felicity notó cómo recordaba cada uno de esos momentos que significaron tanto en su vida—. Me salvó y luego Pál me obligó a enfrentarme a mis miedos. A asumir el control de toda mi vida. De la parte buena y de la mala.

—Y te reuniste con Heather.

Él asintió.

—No creas que me voy a olvidar de la pregunta que te hice hace un momento.

Felicity frunció el ceño.

¿Qué sentía por Garret?

—No puedo negar que es algo fuerte y que…

—Llama las cosas por su nombre —la interrumpió—. ¿Es o no amor? Porque la única forma en que estés dispuesta a estar a su lado es porque lo amas con cada fibra de tu ser.

Y ahí estaban cada una de las fibras de su ser protestando porque sí, amaban a Garret.

Lorcan sonrió.

—Bueno, es eso; o que estoy loca porque aun conociendo toda la verdad de la maldición y lo peligroso que puede ser, es mayor el vacío que siento por no tenerlo a mi lado.

—Nadie dijo que el amor estuviese hecho para gente centrada y cuerda.

Ambos rieron.

Felicity reconoció que la conversación con Lorcan la necesitaba tanto.

—Creo que no he tenido mejor época en mi vida que estando junto a él.

—Entonces es posible que le des una oportunidad para acercarse a ti de nuevo.

Felicity respiró profundo y con nerviosismo.

—¿Qué es lo que te preocupa?

—Todo, Lorcan, todo. ¿Qué va a pasar si me hago una herida?

—Nada. Creo que ya ocurrió el día que te heriste con unas rosas que tenías en las manos —Cierto. Felicity no había tomado en cuenta los detalles de ese día—. Y debo decirte que Loretta te llevó a su casa en ese momento porque mi hermano, no tenía buena alimentación por esos días y por ello, cuando percibió tu sangre la oscuridad de la maldición salió a flote. Después de eso no se ha saltado un día con Norma y hay veces que ha recurrido a ella hasta dos veces por día.

—No se siente seguro de poder controlarse estando junto

a mí.

—Antes no, no estabas bien y no podía decirte de su naturaleza. El estrés, las tensiones, tu estado de memoria, tus pesadillas, la preocupación de buscar algo que te ayudara, la impotencia de no encontrar ese algo y ver cómo te deteriorabas; todo eso, Felicity, nos afecta y promueve el descontrol. Ahora te aseguro que es diferente y podrá tener todo bajo control, sin problema.

—¿En dónde está Norma?

—Vive en el apartamento del sótano desde hace un tiempo, supongo que estará ahí. Tal vez es de las que sale a correr temprano, no lo sé. ¿Quieres conocerla?

Felicity negó con la cabeza. Realmente no quería.

—Heather me habló de la comunión entre ustedes y la persona que aman, en la intimidad.

—Eso es solo si tú estás dispuesta a hacerlo. Para nosotros es un paso muy importante porque nos une por completo a ustedes, es algo sublime. Como te digo, solo si tú también quieres que ocurra.

—¿Y si no me atrevo a dar ese paso nunca?

—No creo que eso sea un problema para Garret. Pero no puedo responderte por él. Son cosas que deberás preguntarle tú misma.

Felicity negó sonriendo sin creerse que, en su interior, algunas cosas empezaban a moverse como piezas de un rompecabezas que cobraban vida e iban encajando para darle otra perspectiva de todo lo que vivía y de los que significaba Garret en su vida.

Todavía se veían algunos vacíos.

Algunas piezas que solo podía dárselas él.

Parecía que, después de todo, sí aceptaría a hablar con Garret.

Capítulo 19

Un relámpago alumbró toda la zona cuando Garret se aparcó frente a su casa.
La lluvia azotaba desde hacía una hora.
Llevaba un par de días sin consumir sangre y sabía que no era buena idea seguir así en el estado depresivo en el que se encontraba.
El trueno estalló en el cielo haciendo temblar todo. Como si estuviera de acuerdo con su pensamiento.
Debía alimentarse.
Recordó la última tormenta ahí y lo bien que la pasó junto a Felicity.
Respiró profundo.
Cada vez que pensaba en Felicity le parecía que se alejaba más y más de él haciendo que su corazón viviera encogido de dolor y de amargura.
No podía imaginarse la vida sin ella.
Lorcan le aseguró que la conversación que mantuvo con

Felicity fue muy positiva y decía que estaba convencido de que le daría una oportunidad pero ya había pasado una semana de eso y él aún seguía esperando a que ocurriera el milagro.

Abrió la puerta de casa, encendió las luces.

Fue hasta la cocina y llamó a Norma que aún estaba hospedada en el apartamento del sótano.

—Buenas noches, señor.

—Buenas noches, Norma. ¿Estás disponible ahora?

—Sí, enseguida voy para allá.

—Gracias.

Colgaron y Garret se deshizo el nudo de la corbata, abrió la puerta del sótano para que Norma entrara sin problemas.

Le había enseñado el camino bajo tierra hasta la casa principal porque algunos días no quería moverse de casa.

Otro relámpago alumbró todo el jardín trasero permitiéndole ver que alguien corría hacia la casa.

Un trueno retumbó mientras el cielo se alumbraba de nuevo y entonces reconoció los lobos de Loretta.

Con Felicity corriendo detrás de ellos.

El corazón le palpitó con tanta fuerza que pensó que se le iba a salir del pecho.

No sabía si emocionarse o preocuparse por la escena que veía.

Esperaba que no hubiese ocurrido nada malo.

Abrió la puerta de cristal y corrió hacia donde estaban ellos.

Los lobos siguieron su camino hasta quedar resguardados bajo techo y él se sacó la chaqueta de su traje para tapar a Felicity en un intento inútil de que no le cayera más agua encima.

Daba lo mismo, ya estaba empapada.

Él necesitaba protegerla.

Corrieron hasta quedar bajo techo en el porche trasero de

la propiedad.

Felicity temblaba del frío.

—¡Por dios santo, te vas a enfermar! ¡Entra! —ella tiritaba sin ser capaz de moverse bien y él se dio cuenta de que no solo el frío la tenía temblando—. Puedo llevarte a casa si no quieres estar aquí...

Ella negó con la cabeza viéndolo a los ojos tratando de hablar, pero no era capaz de hacerlo.

Entonces él la tomó en brazos y la llevó de prisa al baño.

Abrió el agua caliente dejando que la bañera se llenara mientras la sumergía dentro y le quitaba la ropa mojada sin dejar de verla a los ojos porque no quería hacer nada que la incomodara.

Su mirada era preciosa en ese momento. Dulce, temerosa y a la vez arriesgada.

Le sonrió a medias.

Podía escuchar los dientes de ella castañeteando por los temblores.

Después de unos minutos, el agua caliente empezó a hacer efecto en el cuerpo de Felicity.

La observó relajarse y retomar el control de si cuerpo poco a poco.

—¿Señor? —¡Norma! ¡Con un demonio! ¡Lo había olvidado!

Felicity lo vio a los ojos con duda y la vio respirar profundo.

—En un momento estoy contigo.

Cerró los ojos, se sentó junto a la bañera moviendo el agua, observando el cuerpo de Felicity bajo esta, ondeante y seductor.

La vio a los ojos y sintió la necesidad de decirle la verdad.

—Tengo dos días sin alimentarme como es debido y llamé

a Norma al llegar, no sabía que tu…

Ella acercó su mano a la de él y entrelazó los dedos.

El agua ya la tapaba y ella casi no temblaba.

Garret cerró el grifo con la mano que le quedaba libre.

Se vieron a los ojos por unos segundos.

—¿Me dejarías estar presente? —la voz de Felicity aún era temblorosa.

Garret parpadeó un par de veces sintiendo que estaba alucinando.

Felicity estaba ahí, con él y le pedía presenciar su proceso de alimentación.

No se lo podía creer, parecía demasiado bueno para ser verdad.

Los milagros ocurrían ¿no?

Le besó el dorso de la mano.

—Claro, cariño, todas las veces que quieras —sonrió con nervios y sintió que ahora el que temblaba era él.

Estaba conmovido de poder tener una oportunidad de demostrarle a ella que podían ser felices juntos y que nada le haría a ella nunca.

—Voy a buscarte algo de ropa.

No tardó mucho en regresar y ayudarla a salir de la bañera, se encargó de secarla al completo y de que estuviera bien abrigada.

Quiso hacerlo él, ella se lo permitió mientras analizaba cada uno de sus movimientos y se fundía en su mirada intentando descifrar lo que pensaba.

Lo que sentía.

Salieron del baño.

—Norma, te presento a Felicity —observó la cordialidad y educación entre ambas mientras encendía la chimenea en el estudio.

Felicity se quedó de pie, sin saber qué hacer o en dónde ponerse.

—Ven —le tomó la mano, guiándola hasta el sillón de dos plazas en el que se sentaría con Norma. Le cedería el puesto a ella.

Él se arrodillaría junto a Norma y dejaría que Felicity presenciara todo en primer plano.

No quería ocultarle nada.

—¿Quieres que te lo explique primero?

Felicity negó con la cabeza.

—He tenido suficiente de la parte teórica —le sonrió con vergüenza—. Necesito esto.

Garret solo pudo sentir nervios en la boca del estómago y le pidió al cielo que todo saliera bien porque tenía los niveles de ansiedad en la estratósfera.

Norma los veía con curiosidad.

—No es doloroso y saben hasta dónde pueden llegar.

Garret agradeció la intervención de Norma, Felicity le sonrió asintiendo.

Se agachó de rodillas junto a la mujer que le extendió el brazo.

Garret le dejó ver a Felicity el anillo y la forma en la que activaba la salida del punzón.

Desde ese momento no quitó los ojos de los de Felicity.

Era parte de su oscuridad ver las reacciones de ella en el proceso. Era parte del morbo, de la maldad en él y no podía hacer nada contra eso.

Si luchaba en ese momento por controlar de más, algo podía torcerse y no era el día para torcer las cosas.

Felicity observaba cada movimiento con gran atención.

Frunció el ceño cuando el abrió la piel de Norma y no perdió de vista el recorrido de la muñeca de la mujer hasta que hizo contacto con la boca de Garret.

Entonces lo vio a los ojos y él le dejó entrar en su mirada.

Le dejó descubrir que siempre habría oscuridad en él pero que todo podía tener un límite.

La vio con la lujuria que otorgaba la maldición y le indicó que estaba dispuesto a comérsela entera, de saborearla en cada rincón de su cuerpo, de hacerla gemir bajo él.

Ella dejó escapar el aliento que no era más que un tímido gemido y que ante oídos humanos podía ser imperceptible.

No para él, menos en ese momento.

Su virilidad palpitó y se imaginó penetrándola.

Fue entonces cuando empezó a absorber psique de Norma y esta se relajó en el sofá mientras Garret continuó succionando sangre y psique.

Al primer bostezo de la mujer, el encantamiento de la maldición lo abandonó y paró.

Limpió la muñeca de Norma y la cubrió con gasa esterilizada.

—¿Estás bien?

—Sí, señor, como siempre. ¿Puedo retirarme?

Él asintió.

—Gracias, Norma.

La mujer se despidió y salió.

Felicity aun lo veía atontada.

—¿Me absorbiste psique a mí también?

Él sonrió con dulzura y se sentó junto a ella en el sillón.

—No.

—¿Pudiste haberlo hecho?

—Claro.

—¿Por qué no lo hiciste?

Ella mantenía la distancia, él no sabía si podía acercarse.

No quería presionarla y mucho menos, asustarla.

—Porque no es lo que quieres.
Ella le sonrió irónica.
—Ni yo sé qué es lo que quiero, Garret.
Felicity observó a su alrededor, se levantó para caminar por el estudio detallando las piezas exhibidas en las estanterías de cristal.
—Nunca sentí curiosidad por preguntarte sobre estas cosas, pensaba que eran coleccionistas de antigüedades y objetos extraños, imagino que son cosas de la familia.
—Algunas. No todas —Garret se puso de pie y le enseñó la garra, que un tiempo atrás le enseñó también a Loretta, y le explicó todo lo que Klaudia hizo por mejorar el proceso de alimentación de ellos.
Felicity le sonrió nerviosa.
La habitación estaba inundada de los maravillosos olores que salían de ella.
En el exterior, el cielo no dejaba de resplandecer bajo la luz de los rayos; los estruendos de los truenos, no cesaban.
La lluvia caía a cántaros.
Felicity se detuvo frente a la ventana.
Garret decidió esperar a que ella organizara sus pensamientos y dijera todo lo que quería decir.
Se apoyó del escritorio de madera oscura que tenía varios siglos de existencia.
Como él.
Felicity se cruzó de brazos e hizo una inhalación que pudo haber dejado a Garret sin oxígeno.
—Debería llamar a Loretta. Salí decidida a venir aquí y hablar contigo, pero no estabas cuando llegué —Se dio la vuelta, lo vio a los ojos desde donde se encontraba—. Seguí caminando y empecé a cuestionarme si estaba haciendo lo correcto, si venir aquí, pararme frente ti y escuchar tu historia,

es lo que de verdad quería.

Él se moría de ganas por hacer preguntas, su corazón latía tan rápido como el de ella.

Le dedicó una sonrisa dulce.

Y esperó.

—De repente, la lluvia nos sorprendió y lo único que pensaba era en buscar un lugar para refugiarme. Un lugar en donde sentirme segura, tranquila; y lo único que pude pensar fue en tus brazos.

En ese momento, Garret estuvo a punto de colapsar tras escuchar las palabras de ella.

El corazón le bombeó con fuerza dos veces como si lo estuviera pateando para que no se fuera a desmayar de la emoción y agradeció que ninguno de los suyos estuviese cerca porque se habrían burlado de él y sus emociones el resto de la eternidad.

Ella dio un paso hacia él, no se aguantó más.

La abrazó, la estrechó, la estrujó para sentirla, para saber que eso sí estaba pasando y no era un sueño.

Ella respondía de la misma forma despertando en él tantas cosas.

Tantas.

Ella apartó su rostro para verlo a los ojos y le sonrió.

—No estoy segura todavía de no sentir temor de todo esto; después de verte correr hacia mí en el jardín, sé que estoy haciendo lo correcto.

Él acunó el rostro de ella entre sus manos y acarició sus mejillas con los pulgares.

Sus ojos se paseaban entre los de ella y esa boca que lo invitaba a besarla.

Ella se puso de puntillas dándole una pequeña señal que no desperdició.

Primero acarició la boca de ella con sus labios, después le dio delicados besos e invitó a su lengua a danzar, disfrutando de cada roce.

Disfrutar de su calidez de ella y de la maravillosa sensación que le llenaba el pecho en ese momento.

También sintió el pulso de Felicity acelerarse y la forma en la que la sangre le recorría todo su organismo pero aquello fue irrelevante ante el hecho de lo que realmente importaba para él en ese momento y era que, por fin, ella estaba allí, como lo soñó miles de veces.

Aceptándolo, amándolo.

Y permitiéndole a él hacerla muy feliz.

***

Pasaron un buen rato abrazados después de besarse con dulzura y pasión a partes iguales.

Felicity disfrutaba el momento aunque aún estaba nerviosa porque, en su interior, se activó una curiosidad mayor al ver el proceso de alimentación entre Norma y Garret.

Le parecía insólito que después de tanto temerle a él, quisiera probar de aquello que presenció.

Y no sabía cómo decírselo a él.

Debía hacerlo, sabía que Garret podía sentirla u olerla; o lo que quiera que fuese que hiciera.

Ella trató de disimular sus ganas de expresar su curiosidad motivándolo a contarle cosas que ya se sabía de sobra pero que le quería escuchar de él.

Se las contó, con todos los detalles que le pidió.

Él reflejaba la felicidad que ella también sentía.

Sí, había tomado la decisión correcta después de tanto pensarlo y meditarlo en soledad, en compañía, a cada momento del día.

La conversación entre ella y Lorcan fue decisiva para que se atreviera a dar el paso.

Garret era el hombre que amaba.

Era el hombre que deseaba.

¡Demonios! ¡Sí que lo deseaba!

Cuando él estuvo ocupado con Norma, le miró de maneras tan profundas que pensó tendría un orgasmo ahí mismo.

Estuvo a punto de dejar escapar un gemido.

Aquel proceso estaba cargado de lujuria y sensualidad.

Aunque a Norma parecía no afectarle en nada.

Ahí estaba de nuevo, pensando en las preguntas que no sabía cómo hacerle a él.

Se encontraban en el salón, acurrucados en el sofá, tapados con una manta, observando la tormenta a través de los cristales.

Ella dejó salir el aire y él la imitó.

—Cariño, ¿estás segura de quieres estar conmigo?

Ella se dio la vuelta sorprendida.

—Sí, claro. Es solo que... —quedó frente a él y lo vio a los ojos.

¡Cómo le gustaban esos ojos felinos!

—¿Qué? —Él le acarició el rostro apartando un poco el cabello—. ¿No te he dicho suficientes cosas?

Felicity asintió avergonzada.

Él la vio con duda, inspirando profundamente.

Lo vio cerrar los ojos e intentar buscar concentración.

Ella le acarició el rostro.

Era perfecto.

Lo besó con delicadeza en los labios.

—¿Qué es lo que ocurre, cielo? —La observaba con tanta confusión—. No es solo sexo, es más que tu excitación. Estás ansiosa, Felicity, y me estás desestabilizando entre la excitación que tienes y la ansiedad que te invade.

Felicity estaba expuesta y debía comportarse como la mujer que era.

—Me gustaría intentarlo —Notó la sorpresa en el rostro de él. Ella sonrió nerviosa. Muy nerviosa. Exhaló para intentar calmarse. Notó cuando él tensó la mandíbula y recordó toda la información que le estuvieron dando. Necesitaba escucharla de su boca—. No pensé que diría esto hoy; no pensé que te iba a ver con Norma. La forma en la que me viste cuando... —lo besó con dulzura de nuevo—, estaba ardiendo por dentro, Garret, deseándote dentro de mí.

—Lo sé, porque yo hubiese querido hacerlo en ese preciso instante. No es necesario que me alimente de ti mientras estamos... —ella le puso el dedo índice sobre la boca.

—Solo respóndeme si quisieras tenerme al completo.

Los ojos de Garret parecían resplandecer como si le estuviesen entregando el mejor de los regalos.

—No hay nada en el mundo que pueda desear más —la voz de él salió ronca, áspera.

—Entonces bésame y enséñame tu mundo, porque no pienso irme de él nunca.

***

Garret sintió como si encendieran una hoguera en su interior en cuanto las palabras de Felicity salieron de su boca y sí, la besó con toda la pasión que llevaba dentro.

Su miembro se endureció al momento, reclamando una dolorosa atención que él le negó porque necesitaba hacerlo todo con calma.

No quería prisas, no quería abrumarla o asustarla.

—Dime lo que ocurre en ti, por favor.

—No creo que sea capaz de coordinar tantas cosas a la vez. Estoy loco por hacerte mía pero no…

Ella volvió a silenciar sus labios con un beso que le hizo soltar varios sonidos guturales.

Sus sentidos empezaron a agudizarse.

La excitación de ella revolucionaba todo su sistema.

Su miembro palpitó de nuevo, dándose cuenta de que esa palpitación estuvo sincronizada por la de su pulso.

Notó el torrente de sangre fluyendo en las venas.

Así que fue al cuello de ella y besó con ímpetu la zona.

Ella gemía entre placer y cosquillas.

—Ahora empiezo a desearte más y te siento por completo —lamió el cuello sintiéndola removerse incómoda. Paró de inmediato—. ¿Estás segura de esto? Podría ser como lo hice con Norma. No hay prisa.

—¿Qué sientes de mí?

Garret cerró los ojos y se acostó de costado junto a ella.

—Tu sangre. Tus pulsaciones —ella estiró la mano y empezó a desabrochar su pantalón. Garret quiso detenerla, no lo consiguió. Empezó la resequedad en la boca. El dolor intenso en las encías—. Se me reseca la boca —las manos de ella entraron en contacto con su miembro y él la dejó acariciar la zona unos minutos, los suficientes para mantener el control.

Cuando sintió que estuvo a punto de perderlo, cambió la postura colocándola a ella de nuevo debajo de él.

Felicity lo observaba con deseo.

Inspiró profundo y sí, estaba muy excitada.

Le habría gustado dejarse llevar un poco más por su lado oscuro, no era el momento. Ella le estaba entregando su confianza y no quería defraudarla.

Por su parte, Felicity estuvo debatiéndose entre seguir o

parar. Sobre todo cuando él lamió su cuello y ella, pensando que recordaría algo desagradable de Gabor y su ataque, se removió incómoda.

Él lo notó, por supuesto, y estuvo dispuesto a parar pero ella no lo permitió.

No quería parar.

Garret le besaba el pecho con delicadeza en tanto ella arqueaba la espalda invitándolo a continuar.

La fue desvistiendo con delicadeza y notaba que hacía profundas inspiraciones.

Le besó cada rincón del cuerpo, dejó que su lengua acariciara cada centímetro de su piel mientras mantenía los ojos clavados en los de ella.

Dejó que sus dedos exploraran en su interior llevándola al éxtasis un par de veces.

La besaba, la exploraba, la admiraba y le decía con la mirada todo lo que estaba siendo capaz de controlar de su maldición, para que esa experiencia fuese lo que ella esperaba, y lo estaba siendo.

Ronroneó, haciéndolo sonreír de lado, con malicia.

Ella sintió más excitación ante esa mirada motivándolo a deshacerse de la ropa que aún lo cubría.

Cuando volvió a subirse encima de ella la vio con intensidad a los ojos.

Le pedía permiso.

—Estoy lista.

Y fue testigo de cómo esas palabras encendieron una llama en los ojos de Garret que parecía volverlo loco.

La penetró, intentando ser delicado pero su lado salvaje no se lo permitió y ella no se quejó tampoco porque le gustó ese cambio en él.

Entró y salió de ella un par de veces con ímpetu, antes de

respirar profundo de nuevo con los ojos cerrados, dejando escapar un gruñido que finalizó en un siseo lleno de ganas de devorarla.

Se vieron a los ojos, él bajó hasta su cuello, sin salir de ella, moviéndose con lentitud.

La besó y gruñó de nuevo.

Aquellos gruñidos la encendían.

Gimió, dejándole saber que estaba muy lista.

Se preparó para lo que vendría porque aunque estaba muy dispuesta, no podía esconder sus nervios.

Garret acarició con la mano derecha la zona del cuello y después de escuchar un delicado clic, Felicity sintió el punzón entrar en su piel.

Buscó su mirada, él estaba embelesado con la sangre que ya salía de la herida.

Inspiró todos los aromas.

Felicity notó el cambio una vez más.

Sus ojos brillaban deseando probar ese líquido y entonces, sin decirle nada más, lo hizo.

La embistió al tiempo que daba lametones en el cuello llenándose de vida gracias a ella.

Felicity gemía sin control y eso lo estaba enloqueciendo.

En cuanto probó su sangre supo cómo debían sentirse los drogadictos al caer en la tentación.

Su sangre lo llenó de pasión con sus sabores fuertes y dulces a la vez.

Era deliciosa.

Seguía entrando y saliendo de ella cuando decidió acelerar aquel proceso pegándose a la herida por completo.

Chupó con desespero.

Con ansiedad.

La sintió entrar en sus venas, recorrer su cuerpo.

Se unió a ella.
Felicity estaba teniendo la experiencia más impresionante de su vida.
Tal como se lo aseguró Heather.
La sensación de succión en el cuerpo era electrizante.
Llegó al clímax varias veces más porque no era capaz de contenerse o de controlar nada.
En realidad, no buscaba controlar.
Buscaba saber qué era la comunión con un vampiro y le parecía algo increíble.
De pronto, empezó a sentirse cansada.
Se dio cuenta de que él llegaba al clímax también sin dejar de consumir de su sangre y que también estaba tomando su Psique.
—Es mejor de lo que pensé —pronunció satisfecha, somnolienta; con una sonrisa dulce y relajada que hizo sentir a Garret en la gloria.
Lamió de nuevo la herida del cuello; satisfecho por el momento él también.
Le dio un beso ahí en donde aún brotaba un poco de sangre y se relamió gustoso los labios.
Siseó con total naturalidad, con todo lo que la maldición lo obligaba porque estaba saciando al completo su parte oscura, mientras que la felicidad lo llenaba de luz.
Se recostó de lado, abrazándola por detrás como solía hacerlo cuando ella tenía las pesadillas. Le encantaba la sensación de tenerla entre sus brazos, alejada de todo mal, llenándola de amor.
Suspiró y sonrió pensando que lo consiguieron.
Estaban juntos.
El futuro era de ellos, juntos.
Y no habría más tristeza en su vida, su castidad se rompía

al completo esa noche, en cuerpo y alma, haciéndole entender que el único voto que existiría en él a partir de ese día, sería la promesa de llenar de amor y placer a esa mujer que lo estaba haciendo caer en la más profunda y maravillosa de todas las tentaciones que probó a lo largo de su vida.

¡No te vayas todavía!
En la siguiente página,
encontrarás los primeros capítulos de «Soledad»
el tercer libro de esta serie de vampiros…

Guardianes de Sangre III

SOLEDAD

STEFANIA GIL
romance paranormal

Soledad

Guardianes de Sangre 3

Stefania Gil

Soledad
Serie Guardianes de Sangre III
Copyright © 2020 Stefania Gil
www.stefaniagil.com

All rights reserved.

En esta novela de romance paranormal los personajes, lugares y eventos descritos son ficticios. Cualquier similitud con lugares, situaciones y/o personas reales, vivas o muertas, es coincidencia.
Fotografía Portada: AdobeStock.com
Maquetación: Stefania Gil
Diseño de Portada: ASC Studio Design

Todos los derechos reservados. Esta publicación no puede ser reproducida, ni en todo ni en parte, ni registrada en, o transmitida por un sistema de recuperación de información, en ninguna forma y por ningún medio, mecánico, fotoquímico, electrónico, magnético, electroóptico, por fotocopia o cualquier otro, sin el permiso previo por escrito del autor.

Capítulo 1

Miklos y Klaudia terminaron de trabajar temprano aquel día.

Klaudia le mencionó que no se sentía bien y prefirió no presionarla.

La vampira no se sentía bien desde que llegó de Irlanda, poco después de la última fiesta de las máscaras que casi termina en tragedia para los Farkas.

Le hervía la sangre cada vez que pensaba en el atrevimiento de Gabor al cruzar las puertas del palacio en Venecia para atacar a Felicity de nuevo.

Por supuesto que le molestaba que el mal nacido de su primo quisiera seguir haciendo daño, pero lo que enfurecía a Miklos, a decir verdad, era que Gabor consiguiera burlarse de todos ellos.

En especial de él, que es quien dirige el palacio en Venecia y todo lo que ocurre en el edificio es su absoluta responsabilidad aunque el inmueble sea patrimonio de los Farkas.

Y pensar en que alguien, así sea su primo, llegó a burlarse

de él, le llevaba a despertar esa parte de la maldición que no le incomodaba en lo absoluto, como podía incomodarle a sus hermanos y a Pál.

No.

Miklos siempre estuvo en paz con esa parte oscura en su interior.

Le gustaba tenerla; y en ocasiones, lo agradecía porque llegó a librarle de muchas cosas a lo largo de su existencia.

Era un ser con muchas ventajas sobre los humanos corrientes, ¿por qué iba a querer cambiar algo así?

Caminó hasta el bar que tenía en su apartamento privado dentro del palacio y se sirvió un trago de vodka.

Después, caminó hacia la terraza que le regalaba una vista del Río de Santa Caterina

Como siempre, la ciudad estaba llena de turistas envueltos en un aura romántica que Miklos detestaba.

También había aprendido a vivir con esa aura, la gente y el estúpido romanticismo que vendía la ciudad.

Se bebió el trago de vodka al completo, ocupando sus pensamientos de nuevo en Klaudia; antes de que aquellos pensamientos a los que más temía en su vida, llegaran a su cabeza.

Siempre los evadía cuando sentía que iban a aparecer.

Era como una punzada que se hacía notar ligera y distante al principio; y que se intensificaba si los dejaba pasearse con libertad por su cabeza haciendo que todo su sistema fuese dominado por esa sensación de angustia, vacío y hasta dolor.

Cerró los ojos y respiró profundo para volver a concentrarse en Klaudia.

Era lo más importante.

Estaba muy preocupado por ella.

No era ni la sombra de la Klaudia que él conocía, aunque debía admitir que se esforzaba en dar la impresión de que era la misma de siempre.

Miklos la conocía tan bien que sabía que lo que ocurría en su interior tenía mucho que ver con el detective que dejó atrás en Irlanda; pero sospechaba que no era solo eso.

Había algo más, algo que ella se guardaba con recelo como si temiera que la familia pudiera pensar que algo malo ocurría con ella.

Intentó conversar con ella al respecto y la vampira siempre conseguía evadir las preguntas con tanta habilidad que hasta Miklos estaba sorprendido de caer en esas evasivas a las que fue inmune hasta el momento, porque Klaudia era un poco como él y se entendían tan bien que se conocían mutuamente más de lo que podían conocer a otros integrantes de la familia y de lo que otros, podían creer que conocían de ellos.

No era un simple mal de amor lo que la afligía y eso era lo que más le preocupaba porque estaba en las sombras, atado, sin saber cómo ayudarla a resolver su enorme problema.

Mencionó que pronto se iría de nuevo, emprendería un viaje por Europa porque necesitaba alejarse de todos y pensar.

«¿Pensar en qué?» se preguntaba Miklos con insistencia, intentando descifrar su mirada cuando estaba ante ella para poder entrar en sus pensamientos cerrados a cal y canto.

Su móvil sonó.

Un mensaje de Klaudia.

"Olvidé mencionarte que mañana llegará la experta que nos envían de Florencia para la subasta"

"¿Quieres tomar algo antes de dormir?" le respondió él.

No hubo respuesta.

Miklos dejó escapar el aire.

En otra ocasión, Klaudia no habría mencionado nada de trabajo fuera del horario y en cambio, habría sido ella la que lo hubiese incitado a hundirse en una botella —o varias— de alcohol, mientras se divertían en una de esas fiestas que acababan siempre en un enredo de piernas y cuerpos desnudos.

Lo que le llevó a preguntarse cuándo fue la última vez que se alimentó.

No lo recordaba. Lo que quería decir que ya hacía un tiempo y eso no estaba bien.

Sabía que sin la correcta alimentación, era una bomba de tiempo.

Eso sí lo estaba haciendo bien Klaudia. El chico de la compañía que la asistía vivía en el palacio con ellos, en uno de los apartamentos que se encontraban vacíos cuando el resto de la familia no hacía uso de ellos.

Hubo un tiempo, antes de Carla, en el que intentó tener a su fuente de alimento allí en el palacio pero la chica empezó a tener un comportamiento que involucraba sentimientos hacia él así que decidió acabar con eso pronto, porque si de algo estaba seguro en la vida era que no quería enredarse con nadie porque…

Resopló obstinado y negando con la cabeza. Sintiendo que la punzada ya no era ni ligera ni distante.

Era imposible evadir los pensamientos sobre Úrsula.

Frunció el ceño con amargura.

No importaba qué tanto se esforzara, siempre acabaría pensando en ella al final de cada día de su vida.

***

Milena se sentó en el elegante sofá del palacio Farkas, el mismo que, a simple vista, dedujo era el siglo XVIII.

Estaba muy bien conservado.

No podía —ni quería— dejar de ver a su alrededor.

Cada vez que entraba en una estancia cargada de tantas cosas para admirar y valorar, se sentía tan emocionada que podía casi jurar que era el equivalente a la emoción de una pequeña niña en DisneyWorld rodeada de sus princesas favoritas.

Milena Conti siempre sintió fascinación por los objetos antiguos, por la historia de esos objetos.

Incluso cuando apenas era un bebé, según las historias que le cuenta su madre, se quedaba embelesada ante las pinturas de los museos, tal como si estuviera absorbiendo los colores, comprendiendo las formas, entendiendo el significado que podía representar ese conjunto de figuras en la mente de su creador.

Milena siempre tuvo esa conexión especial y con el pasar de los años y el aprendizaje adquirido, tenía el ojo afilado para poder reconocer la originalidad de una obra con una facilidad que a muchos eruditos del arte dejaba asombrados.

Por ello se había convertido en una de las favoritas del museo Ufizzi en Florencia y su nombre sería difícil de olvidar para los que trabajaron junto a ella en el Museo Metropolitano de Londres.

Entrecerró los ojos al notar una pintura que, por la técnica aplicada, era probable que hubiese sido creada en el siglo XVII.

Se levantó y caminó hasta la obra que colgaba en lo alto de la alargada pared.

No tenía necesidad de tener la obra frente a ella, desde ahí podía apreciar sin problema que había sido restaurada y que la restauración no fue la apropiada para esas piezas.

—Un pecado —se lamentó en voz alta cruzando los brazos a la altura de su pecho.

—¿Qué le parece un pecado, señorita Conti? —Milena se sorprendió ante la voz de la mujer que le hablaba aunque la reconoció de inmediato por los intercambios telefónicos que tuvieron antes de llegar a donde estaban.

Sonrió, acercándose a la mujer que le pareció una obra de arte al igual que el resto de objetos que estaban en aquella casa.

Parpadeó un par de veces porque no se creía la perfección en el rostro de la mujer que le extendía la mano.

Era…

Sublime.

—La restauración de esa obra —señaló con la mirada y después respondió el saludo educado de su anfitriona—. No estuvo bien hecha.

—Supongo que podrá arreglarla —Milena asintió con la cabeza sin borrar la sonrisa del rostro—. Klaudia Sas —se presentó finalmente—. Por fin nos conocemos.

—Mucho gusto, Sra. Sas. Es un placer y un honor poder estar aquí.

Klaudia la vio con interés y al mismo tiempo, dejó ver hastío en su mirada.

—Ya te he dicho que no me llames «señora».

Milena entendió el hastío entonces; sí, recordaba que, en dos ocasiones, en sus comunicaciones telefónicas, Klaudia le pidió que se olvidara de llamarla «Señora».

—No quiero ni pensar en lo que diría mi madre si hago caso a su sugerencia —Klaudia la observó analítica.

—Tu madre no está aquí y no fue una sugerencia, tómalo como una orden.

Milena no pudo evitar sonreír con nerviosismo porque la ironía en su anfitriona y jefa, no le gustó en ese momento.

—Klaudia, deja a la chica en paz —Milena se dio la vuelta al escuchar las notas graves seductoras de esa voz que le erizó los vellos de la nuca—. Supongo que eres la chica que nos envía Salvatore.

Solo pudo asentir mientras el propietario de la voz grave se acercó a ella y le sonrió al mejor modo de modelo de portada de revista, haciendo que todos y cada uno de los sentidos de Milena fallaran por primera vez en su vida.

El hombre le extendió la mano, ahora con una sonrisa de sobrada seguridad, porque sabía lo que estaba ocasionando en su organismo y, de seguro, estaba acostumbrado a causar ese efecto en las mujeres.

—¿Me vas a dejar con la mano extendida? —entrecerró los ojos. Milena negó con la cabeza reprendiéndose por su estupidez.

Respondió al saludo de él.

Klaudia se cruzó de brazos resoplando.

—Por dios, ya termina de coquetear con ella y...

El hombre la vio con reprobación, Klaudia resopló de nuevo.

—Milena Conti —por fin fue capaz de responder—, pero supongo que eso ya lo sabe.

—No lo sabía, solo estaba enterado de que vendría alguien del Uffizi para ayudarnos con algunas cosas. Encantado de conocerte, Milena. Yo soy Miklos Farkas.

El famoso Miklos del que algunas mujeres hablaban en Florencia. Un hombre que amaba el arte y... las mujeres... y las fiestas.

—Hemos preparado un apartamento para ti, indicaré que te lleven...

—Oh, gracias Seño... —sacudió la cabeza; luego, rectificó—: Klaudia, gracias, pero creo que lo apropiado será quedarme en el hotel en el que el museo ya reservó mi alojamiento para el tiempo que ustedes necesiten de mis servicios.

Klaudia la observó de arriba a abajo.

—¿Lo apropiado? —Levantó una ceja al cielo—. ¿Qué

crees que es esto? ¿Un prostíbulo?

Miklos soltó una carcajada por lo bajo y Milena solo bajó la cabeza juntando sus manos al frente en un acto que denotaba que estaba avergonzada por no haberse explicado bien.

—Lo siento —levantó la cabeza de nuevo—, no quise...

—No, no quiso decir eso y lo sabemos, señorita Conti —Miklos usó un tono severo al decir aquello, observando a Klaudia con cara de pocos amigos—. Disculpe a mi prima, no está teniendo un buen día —clavó su mirada en Klaudia que lo retaba de una forma que a Milena no le pareció apropiado en una mujer—. Ni un buen mes. Procederemos como usted prefiera.

Ya a esa altura, Milena se sentía tan avergonzada que de haber podido, habría echo Reset y habría empezado desde su llegada nuevamente.

—¿Café? —Miklos le enseñó una mesa.

—Por favor.

—¿Klaudia? —le preguntó a la mujer que seguía observándolo con resentimiento.

—¿Tengo más alternativas?

Miklos volvió los ojos al cielo.

—Siempre puedes subirte a un avión y largarte a patearle el trasero a quien lo necesite. Puedo ayudarte si me lo permites, pero, ahora, me gustaría tomarme un café en la calma matinal sin que salte tu sarcasmo por algún lado.

—Creo que... —Milena se empezaba a sentir algo incómoda con todo lo que estaba presenciando.

Klaudia la interrumpió levantando la mano para que hiciera silencio y ella lo hizo.

—Lo siento, he pasado mala noche y no soy la mejor compañía ahora. Subiré a mi apartamento el resto del día, Miklos te dará las indicaciones y me disculpo por...

—Nada que disculpar —agregó con rapidez Milena intentando esconder los nervios que florecieron entre tantos comentarios directos—. Ya tendremos tiempo para conversar con calma.

Klaudia asintió e ignorando a Miklos por completo, se dio la vuelta y se fue.

Milena la vio salir del salón sintiendo una extraña sensación de celos por el cuerpo, la elegancia y el pelo de esa mujer. Que no era la mar de lo simpática, pero su belleza hacía que se le perdonara cualquier cosa.

Volvió la cabeza hacia Miklos, este estaba con el ceño fruncido viendo hacia la puerta que acababa de cruzar Klaudia Sas.

No estaba molesto.

—Le preocupa.

—Es usted muy perceptiva, señorita Conti —le sonrió a medias haciéndole luego un gesto con la mano para que se instalara con él en la mesa que tenía el servicio de café y algunas pastas para acompañarlo.

Le sirvió el café con la gentileza de un caballero.

Se sirvió una taza para él y tras beber un sorbo, le preguntó:

—¿Por qué no le parece apropiado quedarse en esta residencia? Puedo asegurarle que este palacio está perfectamente equipado para que usted se sienta segura y a gusto.

Ella le sonrió con vergüenza.

—Lo siento, es que siempre prefiero permanecer en un hotel. Eso me ayuda a separar mi lado profesional del personal.

Miklos asintió, observándola con gran intensidad.

—Entiendo, lo dejo a su consideración; sin embargo, sepa usted que Salvatore no nos perdonaría no haberle dado el trato justo.

—Me encargaré de dejarle claro a Salvatore que yo fui la que impidió que ustedes me dieran ese trato especial.

Miklos sonrió divertido y ella tuvo que callar a su cerebro que parecía una fan enloquecida por el hombre que tenía frente a ella.

—Me gustaría enseñarle el palacio entero y luego, las piezas para la cual le contratamos.

—Estaré encantada de admirar cada rincón de este lugar.

Vio con fascinación a su alrededor y pudo jurar que un destello salió de la mirada del hombre que parecía que la observaba a ella con gran fascinación también.

Capítulo 2

Miklos vio a Milena alejarse, descendía las escaleras centrales de la entrada principal al palacio. No podía evitar estudiar las curvas de esa mujer desde esa posición.

Tenía un buen trasero, eso seguro.

Solo le restaba ver si tenía buenas piernas, aunque ya había notado que tenía el pecho pequeño y eso no le hizo mucha gracia.

Milena Conti resultó ser una mujer agradable, educada y con un atractivo que para Miklos era irresistible: conocía mucho de arte y de historia.

Su conocimiento no solo venía dado por lo aprendido en la universidad, en los años que llevaba trabajando en el Uffizi o el tiempo que estuvo en Londres.

No. Se le notaba que sabía mucho más de lo que los estudios o la experiencia le pudieron dar.

Pasión por el arte y lo antiguo. Dedujo Miklos, en cuanto

percibió la fascinación en su mirada observando objetos tan valiosos como antiguos que estaban exhibidos en el palacio de los Farkas.

Cuando viera el ático y todo lo que allí guardaban, alucinaría. Estaba seguro de ello.

Cuando ella cerró la puerta tras de sí, Miklos se dio la vuelta encontrándose de frente con Ferenc que lo observaba en su recta postura de mayordomo.

—¿Señor?

—Ferenc, casi me matas del susto —Miklos no se esperaba al hombre allí. En realidad, Ferenc siempre conseguía asustarle. Era como un fantasma que se movía silenciosamente entre las sombras por toda la casa.

Solo que no era un fantasma.

Era uno de ellos.

Ferenc apenas levantó la comisura derecha de la boca, con la intención de mostrar una sonrisa.

—No era mi intención, señor —comentó con sarcasmo. Miklos sonrió negando con la cabeza, claro que fue su intención, era parte de su día a día.

Ferenc era un buen hombre.

Era quien le acompañaba en casa cada día, eso le hacía sentirse menos miserable de vez en cuando.

A Miklos no le gustaba para nada la soledad, de hecho, la odiaba. Era como si ese maldito silencio que siempre acompañaba a la soledad hiciera tanto ruido sobre sus oídos que era casi insoportable.

Por ello siempre se mantenía lo más rodeado de gente que pudiese.

Fiestas, compañeras de cama, amigos, museos, conversaciones, música.

Cualquier sonido que pudiera callar el silencio que la soledad llevaba consigo y que lo hundía irremediablemente en lo más profundo de sus recuerdos, de su dolor.

Úrsula.

Negó con la cabeza, como cada vez que pensaba en ella.

¿Volvería a encontrarla alguna vez?

El corazón se le encogió como tantas otras veces en las que pensaba en lo mismo.

—¿Está bien, señor? —Miklos parpadeó de nuevo, Ferenc le observaba con gran preocupación. Le conocía y sabía en qué pensaba.

—Eso intento cada día de mi maldita existencia, Ferenc. Es difícil sin ella.

El mayordomo, esta vez levantó ambas comisuras de los labios con una sonrisa compasiva y triste. Entendía lo que Miklos quería decir.

Ferenc conocía bien la historia porque en los peores ataques de desdicha de Miklos, que fueron pocos pero muy intensos, era quien se mantenía a su lado para ayudarle a salir de la mierda en la que caía cada vez que perdía a Úrsula.

Pál siempre se ofrecía a quedarse y Miklos no quería cerca a nadie de la familia; ni siquiera a Klaudia, a quien sentía casi como a una hermana.

Frunció el ceño.

Ferenc lo vio con curiosidad.

—¿Te preocupa algo más?

—Es Klaudia, Ferenc, algo pasa con ella.

—Lo he notado, mas no es de las mujeres que quiera obtener ayuda cuando así lo necesita.

Miklos asintió y resopló.

No podía ser más cierto eso. Y la verdad era que a él poco le importaba lo que hacía o dejaba de hacer la vampira, no era de los que se metía en sus asuntos, tal como ella respetaba los de él.

Esa vez, era diferente.

Sentía que debía hacer algo al respecto para saber qué diablos pasaba con ella.

—¿Está en su apartamento?

El mayordomo asintió con seriedad.

—Subiré a hablar con ella, se comportó de una manera poco educada con la nueva chica que nos envía Salvatore.

—Una chica interesante por lo que pude hablar con ella mientras la guiaba al gran salón para que les esperara allí.

Miklos entrecerró los ojos y cruzó los brazos sobre el pecho.

—Pensaría que estás intentando que me fije en ella, Ferenc, aunque no tienes que hacerlo más porque no estoy ciego y no soy tonto. Esa mujer me deslumbró en cuanto habló de las tres piezas que más me gustan de todo el palacio —Piezas que eran poco conocidas—. Además, ya sé que me vas a decir que tú no te fijas en esas cosas pero no puedo evitar preguntarte si es que no te diste cuenta de que tiene un cuerpo bien formado.

—Un buen trasero, es lo que quieres decir —Miklos sonrió divertido—. Tal como siempre te respondo, no soy ciego, es solo que no me parece apropiado hablar de las mujeres de esa manera.

Miklos sonrió de nuevo dándole al mayordomo unas palmadas en la espalda con entusiasmo.

Después, siguió su camino hacia el ascensor para subir hasta la planta en la que se hallaba el apartamento de Klaudia.

Al llegar, tocó la puerta con sutileza.

Ella abrió vestida como nunca antes la había visto.

Un pijama polar, calcetines calientes, sin maquillaje y un moño desajustado en la cabeza.

Nunca-antes-la-había-visto-así.

Hacía unas horas estuvo abajo, recibiendo a Milena, embutida en sus pantalones de cuero negro con las botas de tacón alto, un suéter color del vino que le iba de maravilla con la blancura de su piel y maquillada y peinada como si tuviese que ir a la oficina.

Ella lo observó con hastío mientras le daba acceso al interior de su apartamento.

Finalmente se derrumbó en el sillón, frente a la chimenea y la TV que estaba encima de esta.

Dos botellas de vino vacías descansaban en la mesa de apoyo frente al sillón y Miklos se preguntó qué podía ser ese olor rancio que ahora le picaba en la nariz.

—¿Qué diablos pasa contigo?

—Nada que no vaya a superar pronto.

Miklos se sentó en la otra esquina del sofá analizando cada movimiento y expresión de la mujer.

—Te preguntaría si quieres hablar pero ya hemos llegado al punto en el que me da igual si quieres o no. Vas a hablar conmigo hoy y me vas a contar qué coño pasa contigo. ¿Te has visto en un espejo?

Ella sonrió a medias. Sabía que Miklos era amante de lo hermoso, de la estética, y ella en ese momento no estaba ni hermosa ni se veía estética.

—Lamento haberle hablado hoy a Milena de la forma en la que lo hice. La verdad es que no le di una buena impresión para ser su primer día conmigo como jefa.

—No, no lo hiciste.

Miklos se acomodó en el sofá porque le dio la impresión de que aquello iba a tomarle más tiempo del que tenía en mente.

Silencio.

—¿Qué te pareció? Y no me hables de su trasero.

Ambos rieron con gran picardía.

—Me pareció que su amor por el arte va más allá de los años que tiene en el medio o de lo que haya aprendido en la universidad.

—Es buena. Salvatore no paró de mencionarlo, pensé que estaba deslumbrado con ella como le ha ocurrido con otras, pero no es del gusto de Salvatore —Miklos frunció el ceño—; como mujer, Miklos, no es el tipo de mujer que Salvatore se llevaría a la cama.

—¿Y es que todavía puede llegar a la cama con una mujer?

Ambos rompieron a reír.

Salvatore Ricci era un hombre de más de 60 años que no dejaba escapar la oportunidad de llevarse una mujer hermosa a su cama.

Con cinco divorcios encima, Salvatore era uno de los hombres más interesantes en Florencia porque provenía de una de las familias más adineradas y antiguas de la ciudad.

Era un Medici y aunque no hubiera heredado el apellido porque se perdió en alguna parte de la descendencia, heredó todo lo demás: dinero, amor al arte y a las mujeres.

Miklos se concentró en Klaudia de nuevo.

—¿Qué te ocurrió en Irlanda, Klaudia?

La vampira resopló cansada y triste.

Triste.

Muy triste.

Y eso preocupó aún más a Miklos.

Se acercó a ella, la tomó de la mano.

—Déjame ayudarte, Klaudia, por favor.

Lo vio a los ojos y sonrió con tanto pesar en la mirada que casi le parecía estar frente a una completa desconocida.

No eran emociones propias de Klaudia.

—Nadie puede ayudarme, Miklos. Nadie.

***

Cuando Klaudia vio a Miklos al otro lado de la puerta, maldijo con desgano en su interior.

No quería tener visitas ese día.

Pasó una de las peores noches desde que regresara de Irlanda e hizo todo lo posible por parecer una persona coherente y educada en la cita con la Milena Conti, pero últimamente las cosas no le salían tan bien como las planificaba y tampoco podía controlar sus emociones como estaba acostumbrada a hacerlo.

Estaba convertida en un ser inestable que cada día debía hacer mayores esfuerzos por intentar disimularlo.

Ese día, después de haber sido una mujer hostil y sarcástica con Milena, decidió no fingir nada más, tomando la decisión más sabia de refugiarse en la privacidad de su espacio sin nadie que la perturbara hasta el día siguiente.

No tuvo que darle ninguna indicación a Ferenc porque el hombre le conocía bastante bien y sabía que si ella quería algo, lo pediría.

Pensó que Miklos se mantendría ocupado con la chica nueva hasta caer la noche o quizá hasta el día siguiente cuando amanecerían enredados entre las sábanas del vampiro.

Al parecer, ese día estaba equivocada en todo.

Estaba llegando al punto en el que tanto evitó caer desde que llegara a Venecia hacía unos meses; semanas después de estar vagando por Europa tras huir de Irlanda, dejando ahí su corazón junto a Ronan.

Respiró profundo, se aferró a Miklos porque sentía que iba a quebrarse recordando los mejores momentos de su existencia junto a Ronan.

Empezó a contar su enamoramiento con el detective.

Las batallas en el claro, sus heridas, lo caballero que fue con ella al llevarle a casa para ayudarle a sanar.

Le contó cuando notó que el detective estaba celoso de su fuente de alimento.

Sonrió pensando en eso. Le gustó verle celoso. La hacía sentir importante en su vida.

—Y sabía que lo de nosotros iba a ser una idea terrible porque era imposible que tuviéramos un final feliz —Klaudia estaba sentada frente a Miklos con las piernas cruzadas; él la imitaba, escuchando en absoluto silencio sin dejar de verla a los ojos—. Él quería a Luk porque su aldea fue arrasada por Luk Farkas. Buscaba venganza y me usaba para eso sin darse cuenta de que nacieron sentimientos por mí que luego no pudo dejar de sentir.

Pudo notar la nostalgia invadir los atrevidos ojos color miel de Miklos.

Luk era un punto sensible para todos ellos.

—El caso es que no me atrevía a decirle la verdad porque quería recuperarme al completo y cuando estuve recuperada —resopló abatida—; simplemente no pude, Miklos. Sabía que eso me alejaría de él o me pondría en la difícil situación de decidirme por su vida o la mía.

Miklos parpadeó, la vio alarmado.

—¿Darías tu vida por la de él?

—¿Tu no lo harías por Úrsula?

Miklos bajó la mirada. Luego la fijó de nuevo en la de ella.

—¿Lo amas?

Ella soltó una carcajada nerviosa.

—Supongo que es amor —negó con la cabeza porque aún no sabía qué diablos sentía por ese hombre. En realidad, nunca sintió algo tan intenso y profundo por un hombre, así que no sabía si era amor—. No sé qué es el amor, Miklos. Nunca lo he sentido por un hombre. Si se le llama «amor» a la maldita asfixia que siento en el pecho cada vez que lo recuerdo; que los días son una agonía por no tenerlo; entonces sí, lo amo. Y no te imaginas cuánto.

—¿Te rechazó?

Ella negó con la cabeza, le contó el resto de la historia.

El ataque que estuvo a punto de hacerle a él en su casa y la pelea en el claro, la última vez que se vieron.

—Pensé que me iba a matar ahí —Miklos frunció el ceño apretando los puños de solo pensar en eso—. Yo tuve la culpa de todo, Miklos, le oculté la verdad y por encima, entré en su espacio sagrado después de haberlo atacado por sorpresa en su casa. Tenía las marcas en el cuello aun —negó con horror recordando cuando su dentadura se hundió en el cuello de Ronan—. Él solo respondió a su venganza y luego, dejó en claro lo honorable que es. Me alimentó para no desfallecer en el bosque hasta recuperarme por mí misma.

Hubo un silencio en el que el aroma de Miklos se hizo tan intenso que Klaudia entendió la rabia que se removía en su interior al pensar que ella estuvo en peligro. Sabía que Miklos la adoraba como si fuese una hermana.

Y ella le correspondía de la misma manera. Era él el único que siempre la entendió tan bien porque eran muy parecidos en todo.

—¿Qué ocurrió después?

Ella suspiró profundo recordando el momento en el que le absorbió psique a Ronan dejándolo dormir plácidamente en el claro mientras ella huía de ahí y se alejaba cuanto pudiese de él.

Ahora, Miklos parecía confundido.

—¿No era mejor esperar a conversar con él?

Ella negó con la cabeza.

—Lo ataqué en su casa, Miklos. No porque había tensión entre nosotros y no pude controlarla. No porque se haya cortado un dedo y yo no pudiera controlarme, no porque lo deseaba con locura y eso me haya llevado a desear su sangre —lo observó con sarcasmo—; no soy una novata en esta especie y llevo siglos practicando el autocontrol, nada de eso podría desestabilizarme.

—¿Entonces?

—No sé qué es, Miklos. No lo sé. Empezó un tiempo después de verme con Ronan por última vez en Nueva York. Empecé a escuchar cosas extrañas. Al principio, creí que era como una obsesión que estaba desarrollando por no haber finiquitado mis asuntos con él. Esa última vez, en Nueva York, cuando entendí su procedencia y cuando percibí la sed de venganza en sus ojos, entendí que íbamos a tener una batalla grande. Y una extraña ansiedad me invadió desde entonces, deseando cada vez más esa lucha y anhelando salir de ella victoriosa para que Ronan no pudiera representar un peligro para ustedes; porque sentía que, después de enterarse de que Luk estaba muerto, buscaría la forma de matarnos a todos. Yo quería acabar con él primero.

Miklos resopló con gran ironía

—Vaya forma de acabar con él.

—Sí —certificó sarcástica ella—. En fin. El caso es que empecé a escuchar susurros.

—¿Fantasmas?

—No, Miklos. Es otra cosa porque me aterran.

Le contó todo acerca de los susurros.

El día que se perdió de camino a casa de Fiona y la forma en la que el miedo la tomó al completo por primera vez en su vida.

—Al principio era como un cántico. Ahora puedo escuchar con claridad la voz aterradora y maldita de una mujer que me llama siempre desde las sombras. Me siento acechada —no se dio cuenta pero empezó a hablar con rabia y pánico, entre dientes, mientras se abrazaba a sí misma para darse el valor que necesitaba para conversar de eso en voz alta y no sentirse demente—. ¡Yo, Miklos! ¡Yo! ¡Klaudia Sas! La que no se asusta con nada, ahora soy una estúpida cobarde que se mea del miedo ante la voz de esa mujer.

—¿Y si es una bruja?

Ella negó con la cabeza.

—Mis brujas me han dicho que no hay ninguna de ellas en medio de esto y ninguna de mis brujas ha querido indagar más a fondo porque aseguran que es una fuerza que no consiguen dominar y ver.

—Esto no tiene sentido, Klaudia. ¿Has hablado con las brujas de la Sociedad? Nunca he creído en tus brujas del sur. Son oscuras y no son fiar.

Klaudia no podía culpar a Miklos por sentirse así con respecto a las brujas del sur de los Estados Unidos. Una de ellas le juró a Miklos que podría ayudarle con Úrsula, llenándolo de ilusiones, quitándole gran cantidad de dinero para luego no conseguir ningún resultado positivo.

Klaudia tuvo que intervenir en aquel entonces porque Miklos estuvo a punto de matar a la bruja y a todo su Coven.

—No he hablado con nadie de esto y preferiría mantenerlo así un tiempo más.

—No lo encuentro lógico.

—En el pasado superé algo parecido, Miklos. No era tan fuerte o aterrador como ahora, pero lo superé sin ayuda. Y ahora pienso hacer lo mismo —lo vio con duda—; solo que ahora me cuesta más porque lo que siento por Ronan me debilita. Es evidente que es eso. Necesito arrancármelo de la cabeza y del corazón para poder controlar la oscuridad de la maldición —negó con la cabeza—. Me toma por sorpresa. Hay noches que despierto lista para matar. Como si fuera un ser salvaje e incontratable que tienen cercado y quiere sangre y muerte. Es realmente aterrador.

—¿Has salido del palacio?

Ella asintió con vergüenza.

—He salido y he estado a punto de atacar a dos turistas, sin embargo, mi yo racional entra en escena y me impide atacar. Tal como me ocurrió con Ronan.

—Klaudia, esto es serio. No podemos dejarlo pasar ¿y si esto mismo es lo que le ocurrió a Luk? ¿Vamos a esperar a ver cómo enloqueces un día y acabas con todo un hotel lleno de humanos y luego, qué, llamo a Pál y le digo que venga a quitarte la cabeza?

Miklos hablaba con gran carga de angustia en su voz grave.

Nunca lo vio tan preocupado por ella.

—No va a pasar nada de eso. Estaré bien pronto. Lo que necesito es dejar fluir la tristeza y no fingir más. Por ello es que me atrevo a confesarte qué me pasa; porque no quiero fingir estar bien cuando en realidad no lo estoy. Y creo que necesitaré pasar mucho tiempo aquí, en soledad.

—Klaudia...

—Miklos, por favor, dame un tiempo; si no mejoro, tomaremos nuevas acciones.

Miklos se quedó en silencio unos segundos mientras la analizaba.

—Me aterra que podamos perderte.

—No va a ocurrir, te lo prometo.

Trató de mostrarse lo más segura que pudo pero en el fondo de su alma, ahí en donde se alojaba la maldición, algo se removió indicándole que esa promesa no iba a cumplirse porque algo muy grave estaba por pasar.

Capítulo 3

El macho Alfa de la manada de lobos de Loretta Brown observaba a Pál con cautela.

El vampiro, que sabía debía moverse con cuidado ante ellos, le saludó con la cabeza como solía hacer con cada macho Alfa que había encontrado a lo largo de su existencia.

Protegían a las brujas que, a su vez, protegían la cueva y que eran parte de la Sociedad; por lo que él les debía respeto.

El lobo estaba escondido entre los matorrales al fondo del jardín. El ojo de un humano común no lo habría notado. Los Alfa poco se dejaban ver y no era para menos, teniendo en cuenta que ya un lobo de la manada intimidaba.

No era normal encontrarse con un lobo salvaje que parecía estar domesticado.

Así que encontrarse con un Alfa, cara a cara, no era algo que pudiera ser soportado por un humano corriente.

Se detuvo ante la puerta y la tocó con delicadeza con sus nudillos.

Escuchó los pasos y finalmente, Loretta abrió la puerta.

Verla era como recordar el mar turquesa del Caribe mezclado con la belleza salvaje del Amazonas. Así era Loretta Brown.

Le recordaba tanto a Veronika.

Aunque los ojos de Loretta eran algo que había visto en ella y en las aguas del mar Caribe.

Le sonrió.

Era dulce, inocente y de no haber sido criada en una casa de brujas descendientes de Veronika, habría sido muy soñadora.

Era lo que Pál percibía al estar ante ella.

Hizo una fuerte inspiración sintiendo sus aromas.

Loretta confiaba en ellos desde que Garret se acercara para pedirle que ayudara a Felicity con el asunto de su memoria, que por fortuna, ya estaba recuperada y feliz junto a Garret.

Pál le devolvió la sonrisa a Loretta, se acercó a ella.

La chica no se negó a abrazarle a pesar de no haberlo hecho antes.

Se preguntó qué tanto estaba cambiando en ella y qué promovía esos cambios porque de no confiar nada en ellos, pasó a ser casi parte de la familia Farkas.

—¿Cómo has estado?

—Muy bien —respondió ella sonriendo alegre e invitándole a pasar con un gesto de la mano.

Pál entró, caminó en el interior de aquella casa en la que estuvo unas pocas veces cuando la abuela de Loretta era muy joven.

—¿Te apetece un té?

—Me encantaría.

Pál siguió a Loretta hasta la cocina.

La casa se mantenía casi igual a como él la recordaba.

Era una casa anciana y robusta, aguantaría de pie varios siglos más si seguían manteniéndola con tanto cuidado como hasta el momento.

La magia ayudaba, claro.

Y el dinero que tenían reunido en la familia, también.

Las Brown siempre tuvieron buenas reservas que pasaban de generación en generación como todo lo demás.

«Bueno y malo», pensó.

Porque así como heredaban la magia, las riquezas, las bondades, también debían asumir las maldiciones.

Los lobos jugaban en el jardín.

No había nevado en algunos días; mas las temperaturas seguían muy bajas, tal como ocurría en esa temporada.

Los lobos estaban preparados para eso.

Loretta también.

La casa era confortable y cálida en su interior.

Sonrió complacido de ver que la chica vivía bien.

—¿Por qué sonríes?

—Me parece que vives bien, que eres feliz y eso me da satisfacción.

—Eres un buen hombre, Pál.

—Gracias.

Loretta sirvió el té que ella misma preparó gracias a sus hierbas y le extendió una taza.

Caminaron al salón, se sentaron en los sillones junto a la chimenea.

—No sé si soy completamente feliz —empezó a decir Loretta con la mirada clavada en el fuego crepitante. Pál percibió un cambio en su aroma. Un cambio que intensificaba todo lo que salía de ella. El vampiro sabía que eso solo lo ocasionaba el amor—. Antes de que Garret apareciera en mi vida, no creía que pudiera existir algo para mí fuera de esta casa, del territorio que siempre nos ha pertenecido; y vivía llena de miedo de que alguno de ustedes pudiera venir y hacerme daño.

Pál la escuchaba con atención.

Loretta tenía mucho por decir y él la escucharía.

Se lo debía. Sobre todo después de que le hablara de la razón por la que se encontraba allí ante ella, ya que no estaba allí por una simple visita social.

Loretta bajó la vista a su taza y luego atrapó la mirada de Pál.

—Gran parte de la historia supongo que te la sabes.

—No la tengo desde tu punto de vista y me gustaría escucharlo.

Ella le sonrió divertida.

—Cuando Garret llamó a mi puerta estuve a punto de decirle al Alfa —señaló a los lobos—, para que lo ahuyentara lo más lejos posible de la propiedad pero su tristeza me abrazó de tal manera que la sentí mía y creo que fue porque en parte, yo me sentía tan triste y desesperada como él solo que no tenía a nadie a quién pedirle ayuda. No confiaba en nadie, ni conocía a nadie.

Hubo un silencio en el que lo único que se escuchaba era el crepitar de las llamas en la madera que ardía dentro de la chimenea.

—No quería ayudarle porque le temía. Luego, apareció Diana y todo cambió, Pál. Todo —Loretta lo vio con seguridad—. Parece una locura… mi vida entera cambió gracias a ustedes.

—Gracias a ti, que te decidiste a dar el paso para ayudarnos y tomaste las riendas de tu vida para darte cuenta de que no somos tan malos como la gente suele creer.

Loretta formó una línea delgada con sus labios y asintió.

—Gané dos amigas —sonrió—, a las que adoro como

hermanas.

—Y ellas te corresponden, que lo sepas. Además, Garret y Lorcan harían cualquier cosa por ti.

Le sonrió con vergüenza a Pál.

—Lo sé. A Garret a veces lo siento como si fuera mi hermano mayor.

—Los cambios en tu vida no terminan con nosotros, ¿o sí?

Ella sonrió negando con la cabeza.

—No, pero es complicado porque mi vida no es normal para presentársela a un ser que es normal.

Pál asintió comprendiendo la situación. Para ellos nunca era fácil asumir relaciones con humanos. Siempre existían complicaciones, riesgos.

Con las brujas era igual o peor, porque tenían esa extraña creencia de que ellas nacieron para servir a la naturaleza; y las descendientes de Veronika, creían que solo existían para proteger a la humanidad del despertar de la Condesa.

A Pál le parecía muy injusto eso porque se negaban a experimentar una de las mejores emociones que existía como lo era el amor por otra persona.

La pasión, la devoción, las risas cómplices.

—No te desanimes a hablarle de tus sentimientos, nunca se sabe. Mi Katharina me aceptó tal como soy.

—Lo sé, y lo intentaré más adelante, quiero conocerlo bien primero y en estos meses que hemos pasado juntos he conseguido… —Loretta hizo silencio para recomponerse porque la voz le temblaba de la emoción. Pál quiso alentarla más, sin embargo, prefirió respetar sus pensamientos y decisiones—… he conseguido sentirme tan feliz estando junto a él que, si te soy sincera, se me hace muy difícil pensar en volver a mi solitaria vida de antes.

—¿Y él, cómo asume tu compañía?

—No para de decirme lo feliz que es a mi lado y lo mucho que yo debería darle la oportunidad de pasar al siguiente paso y ser una pareja de novios. Eso quiere. Y yo, me aterro.

Pál sonrió sintiendo pena por ella porque sabía que ella se aterraba debido su inocencia e inexperiencia con los hombres, con el amor en sí, la delataba.

—Sigue tu corazón, de seguro te dirá cuándo es el tiempo correcto y no dejes que la mente tome el control porque entonces podrías perderlo —Ella perdió la sonrisa al escuchar eso—. Así es el amor, cariño. Una vez que te entregas y lo vives, es la mejor experiencia que puedas tener en el mundo.

—¿Y si ocurre como ocurrió con mis padres?

Pál la vio con seriedad.

—Lo dudo, porque tu abuela ya no está y tú eres una Brown diferente. Tú naciste para cambiar las cosas en tu propia familia.

—No lo había visto así y creo que tienes razón.

Estuvieron en silencio un poco más, Pál disfrutando del momento y Loretta analizando cada una de las palabras que el vampiro acababa de decirle.

Después, ella fue quien rompió el silencio.

—¿Qué te trae por aquí, Pál? —lo observó con suspicacia ya que sabía que si el vampiro estaba allí era porque algo ocurría. Podía sentirlo en sus emociones. Estaba preocupado y su mirada, a pesar de que seguía apacible y segura como siempre, se perdía en ese pensamiento que era importante para él. Le sonrió con cordialidad porque la verdad era que le agradaba su compañía—: Eres bienvenido a visitarme cuando quieras y espero que lo hagas más seguido —él elevó las comisuras de los labios sin separarlos, dejando ver a Loretta la tranquilidad que le generaba su invitación, agradeciendo la honestidad con la que lo encaraba—: Siento que algo te perturba y quiero que me digas qué es.

—¿Acabaría eso con este grato encuentro? —era un hombre tan sincero que Loretta se sintió complacida de esa pregunta.

—Me vendría bien compañía para la cena. ¿Te apetece? Tengo un poco de asado que podemos combinar con una ensalada; y en la bodega debe haber algún vino decente, tú serás el encargado de entrar allí.

—Es lo menos que podría hacer —respondió Pál encantado con el encargo que la chica le estaba dando porque se moría de ganas de conocer la bodega de las Brown.

La abuela de Loretta era una bruja en toda regla y una muy poderosa. Amante de los brebajes de la naturaleza a la que le gustaba el vino.

Si lo sabía él, que le enviaba algunas de las mejores botellas de su colección cuando necesitaba hablar con la bruja personalmente.

O cuando era indispensable la presencia de ella en alguna reunión de la Sociedad.

Loretta estaba cautivada con Pál. Le gustaba la sensación de seguridad que le transmitía.

El hombre clavó su vista al exterior, dejando salir un suspiró que nubló por completo el brillo que tenía en sus ojos.

—Es Klaudia, Loretta.

—¿Qué ocurre con ella?

El vampiro levantó los ojos, negó con la cabeza.

—No lo sé, solo sé que no es bueno y…

Se frotó el rostro con las manos. Loretta sintió el cambio intenso en su humor.

Aquello le preocupaba más de lo que ella pensaba.

Quizá…

Un pálpito súbito hizo que el corazón se le acelerara y el

vampiro levantó la cabeza de golpe para verla a los ojos porque él sintió el cambio en el olor de ella.

Pál no necesitó decir nada más.

—Pál, eso es...

—Es posible, Loretta. Lo es. Está ocurriendo. Klaudia está despertando y debemos evitar, a cualquier costo, que llegue a la maldita cueva.

Loretta apoyó la taza en la mesa, notó como el Alfa se acercaba entre las sombras a la casa porque la sentía a ella y sabía que algo no iba bien.

Buscó los ojos del animal para indicarle que todo estaba en orden; que no debía preocuparse por nada, aun.

—Necesito que me cuentes todo lo que sabes de esto.

—No sé mucho porque Klaudia es el ser más autosuficiente y empecinado que he conocido en mi vida.

—Lleva una maldición en su interior, Pál, y si todo lo que dejó escrito mi abuela es cierto, comparte poderes con Veronika.

Pál asintió.

—Mira, lo único que sé es que todo esto empezó con Felicity y el detective que nos abordó en Nueva York —Loretta puso toda su atención, la misma que parecía fallarle últimamente. No era momento de tener fallas—: Algo nos olía extraño en ese hombre, sobre todo a mí y a ella. ¿Sabes a lo que me refiero?

—Olfato vampírico, supongo.

Ambos sonrieron cómplices por el comentario sarcástico de ella.

—Las veces que estuve ante él me recordaba a algo que tenía años, siglos, que no olía.

Loretta frunció el ceño pensando qué podría ser, se mantuvo en silencio porque quería que Pál no omitiera ningún detalle.

El vampiro abrió los ojos con sorpresa y la vio entusiasmado.

—¡Un hada!

—¡¿Qué?!

Pál asintió sonriente porque no dejaba de sentirse sorprendido por enterarse de que existía un sobreviviente de esa especie.

—Bueno —rectificó—, medio hada porque es hijo un hada con un humano.

—No sabía de ellos.

—Es que Luk acabó con todos.

Loretta le dejó ver su confusión. Intentaba atar cabos porque empezaba a sentir que las historias iban entrelazadas.

—Luk Farkas —Pál asintió de nuevo, haciéndole recordar que en uno de los diarios de sus antepasados se mencionaba a Luk Farkas. Murió a manos de Lorcan... entendió todo, abrió los ojos y preguntó con sorpresa—: ¿Fue la especie que Luk exterminó?

—Exacto —Pál le contó a Loretta todo lo ocurrido con Luk hacía tantísimo tiempo—. Pensábamos que todos estaban muertos. La noche en la que encontramos a Luk en la colina, esa última noche que lo vimos con vida, lo único que reinaba era el silencio, la muerte y la sangre. Nunca supimos qué diablos ocurrió con él —negó cerrando los ojos, recordando ese momento doloroso, una imagen terrorífica—: ni siquiera era capaz de reconocernos, Loretta. Ese día entendí lo que cuentan las leyendas de los humanos sobre nosotros en esa versión diabólica y retorcida.

Loretta sirvió más té y sacó algo para mantener la boca entretenida mientras escuchaba toda la historia.

Así que se puso de pie mientras dejaba a Pál reorganizar

sus pensamientos; ella sirvió el té en las tazas, sacó un plato decorado con unas delicadas rosas en el fondo y lo llenó con pastas dulces que estuvo horneando en la mañana con excusa de la visita de Pál.

Sirvió todo en la mesa para luego ocupar de nuevo su sitio.

Pál probó una de las pastas e hizo sonidos de regusto por lo que comía.

Ella le sonrió.

—Una receta que encontré en Internet.

—Pensé que sería algo de tu abuela.

—Era bruja, no buena cocinera —ambos rieron.

—Bien, Loretta, déjame continuar para que lleguemos pronto al punto que me angustia —tomó un sorbo del té y continuó—: Después de darle a mi hermana el adiós digno que merecía a pesar de la estupidez que hizo secuestrando a Felicity, Klaudia volvió a encontrarse con el detective que confirmó quién era en realidad y lo que quería: Venganza. Es un cazador y busca acabar con Luk, para empezar; porque suponíamos que luego iría tras toda la familia. Klaudia no le dio más información. Él le indicó que se marchaba a Irlanda y que después de que ella conversara conmigo sobre lo que él quería obtener, lo buscara en su tierra para entregarle al asesino de su aldea.

—¿No podían arreglarlo en Nueva York?

—No, el buscaba venganza, y sellarla en su territorio, en donde todo comenzó. En cierto modo lo entiendo porque debe tener la necesidad de cerrar ese ciclo que le causó tanto dolor. ¿Te imaginas ver cómo asesinan a toda la gente que amas? Debe ser aterrador. El hecho de cerrar ese ciclo allí, también sería una forma de rendirles honor a los caídos por culpa de Luk. Klaudia aseguraba que parecía un hombre de palabra, yo no sé por qué nunca llegué a fiarme —hizo una pausa—; el caso es que la vida eterna nos ha enseñado a estudiar al enemigo y ganar tiempo para saber a qué nos enfrentamos, y Klaudia es la mejor investigando cosas. No estaba de acuerdo en que ella se encargara de esto. Un día, simplemente me llamó desde Venecia diciéndome que ya estaba en Europa, lista para pasar una buena temporada mientras investigaba a Ronan y lo ubicaba porque el hombre no puso nada fácil —tomó un sorbo de su té—. Es difícil persuadir a Klaudia. Aunque la adoro, a veces me desquicia con sus necedades.

Hubo un silencio en el que Loretta dominó su impaciencia porque Pál se tomaba su tiempo en narrar las cosas.

—He hablado poco con ella desde entonces. Nunca supe cuándo llegó a pisar Inglaterra y como si el maldito destino así lo quisiera, sé que Klaudia llegó a estar muy cerca de la cueva, Loretta.

La bruja lo vio con horror.

—Su poder y sus recuerdos, ¿siguen dormidos? ¿No?

—No lo sé, Loretta. Sospecho que están despertando por alguna extraña razón. Me enteré de todo esto porque Fiona, en Inglaterra, la recibió en casa para ayudarle a localizar a Ronan en Irlanda a través de un hechizo. Lo consiguió, sin embargo, Fiona también pudo ver y sentir cosas espantosas con respecto a Klaudia. Me dijo: «la persiguen los demonios. La vienen a buscar los demonios en la noche», te digo las palabras tal cual las usó la bruja conmigo.

Loretta empezaba a sentir la ansiedad de la angustia reclamando más dulces en su barriga.

—De inmediato la llamé, sin dejar en evidencia a la bruja, claro está; porque además sé que Klaudia no es un ser al que se le deba abordar de frente cuando es algo de lo que ella se niega a hablar o que quiere demostrar que es capaz de arreglarlo por sí sola —Pál también se comió una pasta y tomó un poco más del té—. El caso es que tan pronto como me saludó y empezamos a hablar, me di cuenta de que algo no iba bien con ella. Miedo, Loretta. Klaudia Sas estaba llena de miedo. Yo estaba a miles de kilómetros de distancia y a pesar de eso, la conozco tanto, que sé que estaba aterrada. Por supuesto, no me dijo nada; ni de las voces nocturnas ni nada más que no fuera en referencia a Ronan.

—¿Hiciste algo al respecto?

—A Klaudia no se le debe acorralar.

—¿Hay algo que se pueda hacer con ella? Porque hasta ahora no he parado de escucharte decir que si es de esta manera o de esta otra y lo que me parece es un poco insolente y creída.

Pál vio con diversión a la bruja.

—Me gustaría que un día se lo digas a ver cómo reacciona. No olvides que tú y yo sabemos algo que ella no sabe y se supone que en mi familia hemos visto tanto, que temerle a los fantasmas es un poco absurdo, ¿me entiendes?

Loretta le entendía, sin duda, eso no quería decir que lo aceptaba.

Pál decidió continuar:

—Klaudia llegó a Irlanda y cambió. Le contó a Lorcan de una batalla con Ronan en donde salió muy mal parada, sin embargo, él se comportó como un caballero con ella permitiéndole alimentarse y recuperarse en su propia casa…

—Ay, Pál, ¿se gustan?

—Creo que va más allá de un simple gusto pero sí, me temo eso y no termina allí —Pál se puso muy serio entonces—. Klaudia no consiguió llegar a la fiesta de las máscaras, no tengo nada claro el porqué, una excusa absurda que soltó sin más y como era de esperar, no le creí. Algo está muy mal con ella. La conozco.

—¿En dónde está ahora?

—Con Miklos. Subastas de antigüedades, fiestas y mucho alcohol es lo que tienen en común esos dos, así que supongo que estará bien.

—No has hablado con Miklos —Loretta lo soltó como una afirmación más que como pregunta.

—Miklos es Klaudia pero con un pene, Loretta. Haría cualquier cosa por ella y estoy seguro de que la adora como a una hermana. Por lo que si ella llegara a pedirle que no diga nada de lo que le ocurre, él cumplirá con su deseo hasta que ella cambie de opinión o hasta que sea muy tarde, me temo.

—¿Y si te presentas de sorpresa?

—No sé si conseguiría algo. No sé ni siquiera qué es lo que pienso encontrar pero tengo un mal presentimiento con todo esto y me temo que cuando nos enteremos, va a ser muy tarde.

Loretta tuvo algunos flashbacks de días anteriores a ese encuentro en el que ocurrieron cosas a las que no prestó atención porque le parecía que todo marchaba tan bien que… ¿qué podría salir mal?

—Loretta, ¿en qué piensas?

—He recibido algunos presagios que quizá me estaban augurando algo de esto —recordó la planta muerta en el invernadero minutos después de que le diera el riego necesario. La planta se quemó por completo.

Lo comentó con Pál.

—Sé que es un mal augurio, muy malo; así como que los lobos no paren de traerme a casa animales en descomposición que se encuentran cerca. Nunca lo hacen a menos de que estén avisando algo…

Loretta se quedó en silencio porque entendió, por primera vez, por qué esos y otros presagios más no los tomó en cuenta; o quizá sí, pero no quería concentrarse en esos asuntos porque su atención estaba siendo acaparada al completo por las novedades que descubría en el mundo al cual poco accedió en el pasado y que en el presente le estaba dando tanto.

Como la compañía de nuevas amigas y… a Bradley.

Pál le sonrió con compasión, le tomó las manos.

—Loretta, estás en todo tu derecho de vivir tu vida como lo desees, ahora estás siendo feliz junto a ese chico y lo que no es justo es que yo venga a perturbar esa felicidad. No debes culparte por obviar algunas cosas negativas del mundo que conoces tan bien. No hay vergüenza en eso. Son deseos de que nada vaya mal porque estás siendo feliz y como te dije, no quieres que nada ni nadie perturbe esa felicidad.

—Es mi deber con la Sociedad no saltarme estas cosas.

—Encontrarás un balance, estoy seguro. Y mientras lo encuentras, estaría dispuesto a ayudarte con cada cosa que te avisen o que presencies. No cargues sola con el peso de la negatividad que te anuncian y que opaca tu alegría. No tienes por qué estar sola en esto, ¿entiendes? Yo estaré contigo compartiendo la carga. No podemos compartirlo con nadie más hasta no saber con exactitud qué es lo que pasa con Klaudia y la cueva. Tú y yo, nada más.

Ella sonrió con dulzura, entendiendo la importancia de esa petición por parte de Pál y se alegraba de que él no le reprochara el no haber hecho bien su trabajo porque por asuntos del corazón, estaba distraída.

Recordó entonces a su abuela y las peleas con su madre cuando le decía que olvidara al amor de su vida porque eso la llevaba por mal camino y le impedía cumplir con su deber.

¡Cuánta razón tenía! Lo comprendía ahora cuando ya era tarde.

Cuando aún no tenía nada más que una hermosa amistad

con un chico que le removía todo en su interior y le llenaba de electricidad cada fibra del cuerpo.

Pál sonrió como ella. Podía deducir lo que sentía por sus olores y porque era un hombre sabio y recorrido que notaba todo pronto.

Tenía que encontrar la forma de concentrarse en el asunto de Klaudia.

Quizá sería buena idea alejarse un poco de Bradley. Sintió entonces como si le hubiesen quitado el oxígeno a su alrededor con solo pensar en eso.

Pál la vio con profundidad, apretó sus manos con cariño.

—No puedes sacarlo de tu vida, Loretta; y mi consejo es que cuanto antes hables con él, será más fácil para ti.

—Me cuesta mucho hablar de este tema aun —se avergonzaba de decir en voz alta de que se sentía enamorada de un chico—. ¿Crees que Klaudia pueda llegar a la cueva?

—No solo lo creo, estoy seguro de eso y estoy convencido de que será pronto.

—Entonces mi vida privada tendrá que parar una temporada, hasta que podamos resolver esto. Nací para ser una aliada, para ayudar a la sociedad. Soy descendiente de Veronika y debo asumir mi deber con lealtad y honor, Pál. De todas maneras, no tendré un futuro tranquilo si la Condesa es liberada.

—Es verdad —afirmó él con tristeza—. Ninguno lo tendrá.

—Entonces luchemos por la felicidad de todos, vamos a empezar ahora mismo. Tú vas a buscar el vino a la bodega y yo empezaré con la cena para que vayamos intercambiando ideas y escenarios de todo lo que puede, o no, ocurrir; porque esta guerra tenemos que ganarla, por el bien de nosotros y de la humanidad.

Querido lector:

Siempre te estaré agradecida por tu apoyo, por tu fidelidad hacia mis historias y por compartir conmigo tu experiencia como lector.

Recuerda que tus comentarios son importantes para que otros lectores se animen a leer esta o cualquier otra historia. No tienes que escribir algo extenso, no lo tienes que adornar, solo cuéntalo con sinceridad. Los nuevos lectores lo agradecerán y yo me sentiré honrada con tu opinión, bien sea para festejar por obtener muchas estrellas o para aprender en dónde estoy fallando y mejorar.

Puedes dejar tus comentarios en Amazon, Goodreads y/o en la web.

¡Suscríbete ya a mi web y recibe relatos gratis! Además, podrás mantenerte al tanto de las novedades, lanzamientos, sorteos, eventos, y mucho más.

Me encanta tener contacto con todos mis lectores. No dejes de seguirme en las redes para que podamos estar en constante comunicación ;-)

¡Mil gracias por todo, sin ustedes, esto no sería posible!

¡Felices Lecturas!

Web Oficial: https://www.stefaniagil.com
Pinterest: stefaniagil
Facebook Fan Page: Stefania Gil – Autor
Instagram: @Stefaniagil
Email: info@stefaniagil.com

Otros títulos de la autora:

Perfecto Desastre
En el momento perfecto
Tú y yo en perfecto equilibrio
La culpa es del escocés
Antes de que el pasado nos alcance
La casa española
Redención – Guardianes de Sangre I
Castidad – Guardianes de Sangre II
Soledad – Guardianes de Sangre III
Entre el deseo y el amor
Deseos del corazón
Ecos del pasado
No pienso dejarte ir
Estamos Reconectados Reenamorados
Romance Inolvidable
Pide un deseo
Un café al pasado – Naranjales Alcalá I
El futuro junto a ti – Naranjales Alcalá II

EL Origen – División de habilidades especiales I
Contacto Maldito – División de Habilidades Especiales II
Misión Exterminio – División de Habilidades Especiales III
Las Curvas del amor – Trilogía Hermanas Collins I
La melodía del amor – Trilogía Hermanas Collins II
La búsqueda del amor – Trilogía Hermanas Collins III
Siempre te amaré
Mi último: Sí, acepto
Presagios
Sincronía
Colección Completa Archangelos

Stefania Gil es escritora de novelas de ficción romántica: contemporánea, paranormal y suspenso.

Con más de 20 novelas en español publicadas de forma exitosa y más de 30.000 ejemplares vendidos.

Sus libros han sido traducidos al inglés, italiano y portugués.

En 2017 participó como ponente en la mesa redonda organizada por Amazon KDP España para celebrar el mes de la publicación independiente en la ciudad de Málaga, lugar declarado «Capital de la literatura indie» #MesIndie

En 2012 su relato Amor resultó ganador en el Certamen literario por Lorca y forma parte del libro Veinte Pétalos. Ese mismo año, también obtuvo un reconocimiento en el I Certamen de Relatos de Escribe Romántica y Editora Digital con su relato La heredera de los ojos de serpiente.

Stefania forma parte del equipo editorial y creativo de la revista digital Amore Magazine, una publicación trimestral dedicada al género romántico. Y fue colaboradora de la revista digital Guayoyo En Letras en la sección Qué ver, leer o escuchar.

Le encanta leer y todo lo que sea místico y paranormal capta su atención de inmediato.

Siente una infinita curiosidad por saber qué hay más allá de lo que no se puede ver a simple vista, y quizá eso, es lo que la ha llevado a realizar cursos de Tarot, Wicca, Alta Magia y Reiki.

Actualmente, reside en la ciudad de Málaga con su esposo y su pequeña hija.

Y desde su estudio con vista al mar, sigue escribiendo para complacer a sus lectores. Y desde su estudio con vista al mar, sigue escribiendo para complacer a sus lectores.

Made in United States
Orlando, FL
13 March 2025